〔英〕詹姆斯·卡罗尔 著

姜忠伟 译

被偷走的灵魂

灵魂 BROKEN DOLLS

北京联合出版公司
Beijing United Publishing Co.,Ltd.

图书在版编目（CIP）数据

被偷走的灵魂 ／（英）詹姆斯·卡罗尔著 ；姜忠伟
译. -- 北京 ：北京联合出版公司，2018.6
ISBN 978-7-5596-1941-9

Ⅰ．①被… Ⅱ．①詹… ②姜… Ⅲ．①长篇小说—英
国—现代 Ⅳ．①I561.45

中国版本图书馆CIP数据核字(2018)第072998号

著作权合同登记 图字：01-2018-2045

Copyright © 2014 by James Carol

Published in agreement with Darley Anderson Literary, TV and Film Agency,

through The Grayhawk Agency Ltd.

被偷走的灵魂

作　　者：[英]詹姆斯·卡罗尔
译　　者：姜忠伟
出版统筹：新华先锋
责任编辑：孙志文
策划编辑：刘思懿　李　娜
封面设计：王　鑫
版式设计：徐　倩
营销统筹：章艳芬

北京联合出版公司出版
（北京市西城区德外大街83号楼9层　100088）
天津旭丰源印刷有限公司印刷　新华书店经销
字数185千字　787毫米×1092毫米　1/16　17印张
2018年6月第1版　2018年6月第1次印刷
ISBN 978-7-5596-1941-9
定价：46.00元

献给凯伦 · 尼尔玛和费恩
我爱你们

楔　子

我最后一次见到我的父亲时，他正被绑在监狱的床上，双手伸展开来，似是被钉在了那里。所有的上诉申请都已经被驳回，他的死刑判决将立即执行。他两只胳膊的静脉里都插入了导管，只需要注射几次就能完成整个工作。旁边的一台心脏监护仪显示他此时的心跳是七十五次每分钟，很放松的状态，好像他对此时的环境一无所知。

参观室里有十几位见证者，包括受害者的父母、监狱的官员，以及穿着笔挺西服的加州州长。每个人都在窃窃私语，只有我沉默地注视着前方。

父亲往玻璃这边看过来，眼神牢牢地盯着我。那一刻，全世界仿佛只剩下我和他。我也目不转睛地看着他，很好奇他此刻心里在想些什么。我已经跟不少心理变态者打过交道，他们从不会为自己的所作所为而感到后悔。

在过去十二年里，我的父亲谋杀了十五个年轻女性。他绑架她们，并将她们带去俄勒冈的茂密森林里。在那里，他将她们释放，然后像狩猎一样拿着猎枪追捕她们。对他来说，她们不过是一些玩具。

我们对视着，他有一双亮绿色的眼睛、金色的虹膜。而我跟他一模一样，这是生物遗传的一部分。我看着他，就好像穿越了时空隧道，看到了未来的我。我们俩都是五英尺^[1]九英寸^[2]高，身材健美，喜欢喝咖啡。此外，我们俩的头发都是银白色，这也是遗传。我的头发是在二十多岁的时候变成银白色，父亲比我还要早一些。

这些年来他之所以一直猎杀女孩儿有三个原因：第一，他非常聪明，总是比警察要快一步；第二，他长着一张大众脸，混入人群中极易躲藏；第三，他频繁染发。事实上，不论你长了一张多么大众的脸，如果你有一头醒目的头发的话，最后还是会被人注意到。

一丝不易察觉的微笑滑过父亲的嘴角，就像电视剧里所有的坏人一样，显得残忍而恶毒。他无声地说了三个字，却让我瞬间如坠冰窟。这三个字轻易地说中了我的心事，那是我内心最隐秘的东西，我那么小心翼翼地藏着，用力地藏着，连自己都不敢轻易面对。他一定发现了我表情的变化，因为他的嘴角再次浮现了一抹微笑，然后他就闭上了眼睛。

监狱长询问他是否有遗言，父亲并没有开口说话。监狱长再次询问，给了他一分钟的思考时间。一分钟过后，父亲还是沉默以对，监狱长宣布行刑正式开始。

医生先注射了苯巴比妥麻醉药，药效很快，父亲几秒钟内就陷入了昏迷。然后，医生开始注射泮库溴铵，用来瘫痪他的呼吸系统，之后则是注射氯化钾来停止他的心脏跳动。六分二十三秒钟之后，验尸官宣布犯人死亡。

在我身后，受害者的母亲开始啜泣，她们的丈夫在安慰着她们，她们眼神呆滞，既欣慰又痛苦。父亲给他们留下了无法抹灭的伤害，将伴随他们的余生。其中一个受害者的父亲在我身后抱怨说，这种死亡方式太便宜犯人了。我环顾周围，大部分人都是认可这句话的表情。

---

[1]　1 英尺 ≈ 30.48 厘米。

[2]　1 英寸 ≈ 2.54 厘米。

我已经看过那些被猎杀的女孩儿的死亡现场照片和验尸报告，我也觉得这位父亲说得对。那十五个女孩儿死得都非常痛苦、非常血腥，她们的死亡方式跟父亲的死亡方式形成了无比鲜明的对比。

我转身离开，回到车里。周围寂静无声，钥匙插在汽车的钥匙孔里左右摇摆着，我努力想摆脱脑海中的迷雾。父亲说的那三个字一直困扰着我，我知道他是错的，但内心深处又隐约有着一丝恐惧，或者他是对的。如果真是那样的话，那我成了什么？每个人的人生都仿佛建立在断层和流沙之上，而我的人生却在父亲生命的最后几分钟里，被一场堪比里氏九级的地震摧毁殆尽。

我发动汽车，朝机场的方向驶去。我明早六点半钟需要搭乘赶往华盛顿特区的飞机，但我已经不想去了。我开过通往机场的高速，一直往前开着，一路开回了弗吉尼亚。我完全不赶时间，但我一刻也不想再在加利福尼亚停留，只想尽快离开。

我想摆脱那三个字带来的困扰，但实际上无论我把车开得多远、多快，都无法甩脱它。

即使是在十八个月后的今天，那三个字依旧阴魂不散，总是时不时地出现在我的脑海中。我好像又听到父亲用他那加利福尼亚独特的口音说出那三个字，他就是用这样的口吻诱惑受害者的。我现在还能听到他的声音，好像他就坐在我的身旁：

我们是一样的（We're the same）。

「如何彻底毁掉一个人……是消灭肉体，还是偷走灵魂？」

第 1 章

躺在医院病床上的女人看上去就像死了一样，但只是看上去，床边柜子上的心脏监护仪还在不断地发出"哔哔"声，盖在她身上的毛毯也依旧缓缓地上下起伏着，一切都在提醒着我，她还活着。病床上的她面无表情，脸部肌肉松弛，完全不像人熟睡后所展现出来的样子，更像是死后肌肉失去控制的状态。这种场景更应该发生在阴森的停尸房或者幽暗的森林里，但现在，我却站在医院的病房里，看着已然半死的受害者。

马克·海切尔警长站在床边，神色冷峻地看着这个昏迷中的女人，嘴里不断地念叨着"上帝啊"。他直勾勾地盯着她看，然后不由自主地摇摇头，吐出一声长长的叹息。这些无一不在表明海切尔此时的真实情绪。

我第一次见到海切尔是在匡提科，那时我在为海外的警察进行培训讲座，海切尔很快就引起了我的注意，因为他每节课都坐在第一排，但从来不会借问问题的时候搞些哗众取宠的小把戏。那时候我就很喜欢他，直到今天依然如此。海切尔是苏格兰场最优秀的探员之一，从警三十多年，却依然保持着一腔热血。尼采曾经说过"当你远远凝视深渊时，深渊也在凝视你"，任何人能够凝视尼采口中的"深渊"三十年依然不忘初心，都是十分值得敬佩的。

但我知道这些年海切尔过得并不容易，三十年的警察生涯带走了他生活中的所有乐趣。他的头发已经灰白一片，皮肤也像他的面容一样苍白。海切尔性格独特，有些愤世嫉俗，这种态度向来只能从工作多年的老警察身上看到。他的双眼如同猎狗一般敏锐，但那敏锐的目光中却流露着些许悲伤，向我们展露着他内心的煎熬。这双眼睛见证了太多人世间的丑恶，远超任何人能够承受的程度。

"帕特里夏·梅纳德是第四个吧？"我努力想打破压抑的气氛，没话找话地问海切尔。

"是的。"海切尔疲惫地长叹了一声，摇了摇头，然后转身狠狠地盯着我。

"我已经调查这个狗杂种六个月了！六个月！但结果？结果就是我他妈的一无所获，什么都不知道！这就跟玩蛇棋一样，除非有人抽调蛇头前面的梯子，不然我们永远没法儿抓到他。"海切尔无力地叹了一口气，习惯性摇了摇头，"我以为我已经见过所有穷凶极恶、丧尽天良的杂碎了，但是温特，这次不一样。"

海切尔对人性的美好有过高的期盼，但凶残的连环罪犯没有任何底线，他们能做出别人根本想不出也不敢做的事情。尽管我也见过各种大风大浪，但这次的案件的确与以往不同。凶手与那些普通的连环罪犯不一样，他没有杀一个人，但是，他对受害者做的事情比杀了她们还恐怖，躺在床上的帕特里夏·梅纳德就是明证。

她只能躺在这个狭小幽闭的单人病房里，身上插满各种仪器导管，手背上是正在输液的针头，整个人如同勉强被缝补好的娃娃。这一刻，我突然觉得她还不如直接死了更痛快。我知道这该如何做，并且可以做得完全不露痕迹，只需要拔下输液的导管，用注射器向里面注射一些空气就可以了。

气栓将会先到达她心脏的右心房，然后从那里到达肺部。肺里的血管将会收缩，增加心脏右边的血压，当压力达到一定程度后，就会将气栓挤压到心脏左边，然后气栓会从那里通过循环系统到达她身体的其余部位。如果气栓在冠状动脉形成堵塞就会引发心脏病，如果气栓到达大脑就会导致中风。

这个方案简单完美，除非有人仔细检查，不然没人会发现。而且也没人会做这种出力不讨好的事情，因为人们只希望看到自己心中想看到的现实。过去的三个半月里帕特里夏被人非法囚禁，遭受了惨无人道的虐待。如果她现在死了会引发什么后果呢？所有人都会选择相信是她自己放弃了抵抗，然后这个案子就过去了。如此容易，又如此可怜。

"验过 DNA 了吗？"我问。

"只能证明凶手都是同一个人，但资料库里没有线索。"

"有凶手的信息吗？"

"一无所知，警方知道的信息跟新闻报道一样少。"海切尔摇着头说，"什么线索都没有。"

"所以现在的情况是，我们已经发现了四个受害者，但却开不了口，也没有犯罪分子的蛛丝马迹。"

"就是这样。"海切尔焦虑地说，"我们一定要争分夺秒，要在他将魔爪伸向下一个受害人之前将他绳之以法，不能让他再伤害更多的人了。"

"办不到。在我们发现第一个受害者两个月后，凶手才第二次行凶。但第三个受害者受害后，仅隔了七十二个小时帕特里夏就惨遭毒手。通常来说，凶手在犯罪之后都会有一个冷静期，在这段时期内罪犯会沉浸在犯罪后的想象和快感中。但这一点在这个凶手身上已经不起作用了，对他而言，想象完全无法替代亲自犯罪的快感，他整个人都沉浸其中。凶手在两天前的晚上丢弃了帕特里夏，恐怕今晚他将会再次行凶。"

"唉，又是坏消息！"海切尔发愁地叹了口气，用手摩挲着疲惫的脸颊，"温特，你看出什么来了吗？说点儿好消息安慰一下我吧，毕竟这就是我请你来的目的。"

"好消息就是他犯罪越多，就会露出更多的破绽，这样我们也就更容易抓到他。"

"这都是空话，说不定我们说话的这会儿，罪犯就已经行动了！有一个女人马上就要遭受她人生中最恐怖的折磨了。我知道会发生什么，却没法儿提供任何帮助！我可是一个警察啊！"

海切尔的话把我难住了，我以前也多次陷入过他今天所处的困境，所以我知道他现在心中有多么煎熬。他感觉非常无助，迫切地想要做些什么发泄一下，但却没有任何线索。我们随即开始愤怒，痛恨自己无法看透这个迷局，痛恨这个世界上为何有如此之多的丑陋。

我们又一次陷入沉默中，一起静静地看着昏迷中的帕特里夏。监控仪的"哔哔"声、起伏的毛毯，还有墙上的时钟发出的轻微"嘀嗒"声，让病房里的气氛愈加压抑。

帕特里夏今年二十七岁，拥有一双棕色的眼睛和一头浅黑的头发。棕色的眼睛不太明显，因为她的眼皮现在肿胀得十分厉害，而浅黑的头发也是从照片上看到的，因为凶手已经把她的头发都剃光了，在医院明亮的灯光下，她的头皮呈现出光亮的粉红色。头皮上没有一点儿发根，这说明头发是她被凶手丢弃前才剃掉的，可能是她被放走前的几个小时里干的。这肯定不是凶手第一次干这种事，这个人渣十分享受羞辱、折磨他人，给人带来痛苦的快感。

我曾经采访过数十个罪犯，想要弄清楚到底是什么刺激着他们去犯罪，我想要弄明白他们的心理为什么会这么变态，要通过伤害他人的方式来取乐。可即使我已经看过这么多的惨剧，心里还是很难接受眼前的场景，帕特里夏被人做过前脑叶白质切除手术，现在已经变成了一个植物人。

人的心肺功能由延髓控制，做了脑神经切除手术后并不影响大脑这一部分的正常功能。只要帕特里夏还活着，她的延髓就会控制她的肺进行呼吸，她的心脏也能正常跳动。但她还不到三十岁，原本还有四五十年的美好生活，可现在等待她的是后半生只能躺在床上，不管吃饭还是上厕所都要有人照顾，甚至没办法说出一句完整的话来。光是想想就让人难以承受。

"头皮上怎么没有伤疤?"我再也无法想象帕特里夏以后的悲惨生活,努力想要找个话题把脑海中的悲伤情绪赶走。

"这个手术是通过眼窝进入大脑里面实施的。"海切尔仍然在盯着帕特里夏·梅纳德看,"你看够了吗,温特?"

"早看够了。"但我还是不由自主地在盯着她看,"好了,我们的下一站是圣奥尔本斯,我需要跟格雷厄姆·约翰逊谈谈。"

"谈什么?我手下的人已经找他做过笔录了。"

我把目光从帕特里夏那里移开,看着海切尔说:"我相信你手下的人一定把工作做得很好,但约翰逊是第一个发现帕特里夏的人,他跟帕特里夏有直接联系,而帕特里夏跟凶手有直接联系,也就是说他是已知离凶手最近的人。既然现在受害者没办法开口说话,那我只能去找约翰逊了。"

"好吧,我打个电话找人开车送你过去。"

"太浪费时间了,我们现在是在跟罪犯比赛,必须争分夺秒,你直接开车送我去。"

"我不能过去,我还要回办公室呢。"

"你是头儿,你说了算,想去哪儿就去哪儿。"我冲他挤眉弄眼道,"快点儿,海切尔,这会很有意思的。"

"有意思?温特,你完全不懂什么叫有意思!有意思是跟一个二十岁的金发女郎约会,有意思是在亿万富翁的游艇上彻夜狂欢,我们现在做的事情一点儿意思都没有!"

"你知道你现在出了什么问题吗,海切尔?你在办公室里坐得太久了,你上次亲自参与破案是什么时候的事情了?"我咧嘴笑道,"想想吧,你上次跟二十岁的年轻女郎鬼混又是哪年的事儿了?"

海切尔疲惫地长叹:"我要回去了。"

"我从美国千里迢迢地赶来是为你擦屁股的,你知道吗,我已经三十六个小时没睡过觉了！"

"这是情感敲诈。"

"你这么认为？"

海切尔又叹了一口气："好吧，好吧，我带你去。"

第2章

海切尔把车开得很快，但也很小心，仪表盘上的指针一直在九十附近徘徊，很少掉到八十。我们正在赶往 M1 街区，那是伦敦外围的一个都市走廊。高速公路两旁是成排的灰色建筑，十二月的伦敦本来就已让人感到压抑，看到这些阴暗枯燥的建筑更让人心情沉重。

不到一个星期就是圣诞节了，家家户户都张灯结彩，挂满了喜庆的圣诞装饰，但即使有这么多五颜六色、闪烁着耀眼光芒的小彩灯，也没法儿驱散这阴沉的天气。现在是下午三点多钟，离太阳下山差不多还有一个小时，但瓦灰色的天空早已阴云密布。天气预报说很快将有一场大雪，很多人都对此心怀期盼，想要过一个白色圣诞。我能理解人们喜欢赌博的嗜好，但实在无法理解喜欢下雪的人是什么心态。雪这东西又冷又湿，还让人心情压抑。果然，我骨子里始终是一个加利福尼亚人，对阳光的渴望就像瘾君子喜欢毒品。

"谢谢你能过来帮我处理这个案子，真的。"海切尔打破沉默道，"我知道你有多忙，每天都要在全世界飞来飞去的。"

"我很高兴来这里。"我说。

不，你根本不想来。我心里响起这样的声音。的确是这样，如果不是来了伦敦的话，现在我应该在新加坡、悉尼或者迈阿密某个地方，享受着温暖美好的日光。但现在我却身处伦敦十二月的冰天雪地里，跟冻伤和低体温症做斗争，一边还在忐忑暴风雪究竟什么时候会来。

这一切只能说是我自作自受。给自己打工的最大好处就是你必须得为自己的行动负责，我来伦敦的理由非常简单——这个案子太独特了，因为独特所以有趣，而"有趣"是这个世界上为数不多能战胜我内心对阳光的渴望的东西了。

自从从 FBI 辞职之后，我开始在全世界范围内打击连环罪犯，每天我都会收到新的求助请求，有时甚至一天两三个。选择哪个案子也很棘手，因为拒绝其他案件就意味着可能有不止一个受害者将会被罪犯杀死。连环杀手从来不会主动收手，除非你能将他们绳之以法，否则他们会一直作案。在 FBI 的那些日子里，这种左右为难的困境让我几乎夜夜失眠，现在我的睡眠倒是好了许多，但这是安眠药和时差的帮助。

不幸的是，这个世界上永远都不缺少各种变态罪犯，这一点从未变过，从该隐杀死亚伯开始，罪恶就一直陪伴着人类到今天。连环杀手就像野草，抓住一个，还会有无数新人蹦出来填补他们的位置。据说，如今仅在美国就有超过百名连环杀手在作案，这还只是杀手的数字，没有算上纵火犯、强奸犯或者其他此生唯一目标就是将痛苦和折磨强加给他人的变态。

我在 FBI 时的形象就是你们眼中看到的联邦密探，身穿一身帅气的西装，脚上的皮鞋擦得锃光瓦亮，留着一头染成黑色的短发，因为染成黑色可以让我变得不那么显眼，更加便于伪装。

但我还是更喜欢离开 FBI 后的装束，浆过的白衬衫和笔挺的西装已经成为过去式，现在的我随意地穿着牛仔裤和摇滚 T 恤，外面套着一件带帽子的外套。锃光瓦亮的皮鞋也已经换成了舒适的工装鞋，染发剂则被我扔进垃圾桶里去了。我现在可能不如以前那么机警，但却活得更加舒服和随心，联邦密探的制服穿起来就像紧身衣一样难受。

"你最开始看到这个案子时有什么想法？"海切尔用余光看着我，一只手操控着方向盘，汽车的时速表在 160 公里处徘徊着。

"现在只有两种方法能阻止这个罪犯，要么抓住他，要么他自己死了，不管是生病，还是什么非正常的死亡方式，人只要死了，就什么都一了百了了。不过，他已经沉迷于自己的所作所为中了，已经无法再靠意志控制自己了。"

"得了吧，温特，你以为我是新手啊，别拿这些话糊弄我。99.9%的连环罪犯都符合你刚才的描述。"

我咧嘴笑了笑，海切尔的话把我问住了："好吧，那就换个说法。当我们找到这个罪犯的时候，他不会轻易就范，极有可能会选择激怒警方，让警方击毙他。"

"你根据什么推断出来的？"

"监狱对他来说比死亡还痛苦。"

"为什么？"

"这个罪犯有很强的控制欲，他喜欢控制被害人生活的每个细节，包括她们吃什么、穿什么等。他无法忍受这种掌控欲被别人剥夺，而故意让警察在冲突中杀死自己的这种方式，对他来说很有吸引力。因为这样做是在他主动引导下实现的，他可以选择死亡的时间、地点。在他的想法里，这样做掌控权就仍然在他的手中。"

"希望你猜的都是错的，不然又会多出很多麻烦。"

"我不会错的。"

在海切尔开车的时候，我的脑海里快速回放了一遍关于帕特里夏·梅纳德绑架案的每个细节，如果有更多的信息就好了，现在有价值的线索实在太少了。

根据警方的调查，马丁·梅纳德是在八月二十三日首先报警说他妻子失踪的，这让他成了第一个犯罪嫌疑人，因为很多凶杀案都是熟人犯案，配偶、亲戚和朋友都可能是凶手。从这个角度来说，其实这也不是犯罪调查，只是警察的职业习惯。

马丁·梅纳德婚后外遇不断，跟妻子的关系很糟糕，他们曾一起去看心理医生，试图挽救婚姻，但这段婚姻在很久之前就应该结束了。如果此时受害者再有一份高额的人身意外险，那么马丁的作案动机就更加明确了。谋杀是一个合理的逻辑推论。

经过长达四十八个小时的盘问后，警方将其释放，并在此后监视了他几个月，也没发现什么异常。当警方将帕特里夏·梅纳德最后的信息汇集到一起时，认为她是在八月二十二日晚上失踪的。

马丁的不在场证据很充分，是由他的秘书提供的。他曾经向帕特里夏保证不会再见她，在帕特里夏失踪的那天晚上，他本来应该在卡迪夫出差，但实际是在伦敦跟秘书幽会，酒店记录和那晚见过他的人都能证明他没有嫌疑。

帕特里夏失踪的三个半月里，警察一无所获。既没有电话也没有留言索要赎金，更没有找到她的尸体，她好像凭空从地球上消失了一般。就在所有人都以为她已经遇害了时，两天前的晚上，她突然现身于圣奥尔本斯的一个公园内，这是一个坐落于伦敦市北大约需要三十分钟车程的天主教小城。她当时分不清方向，而且无法清醒地跟人交流，连最基本的问题都回答不出来。格雷厄姆·约翰逊当时正在遛狗，发现她独自一人在游荡。他打电话给当地警局，随后警局确认她就是失踪的帕特里夏·梅纳德。医护人员将她送到圣巴特斯医院接受治疗，然后海切尔开始介入这个案件。

在帕特里夏·梅纳德被囚禁的三个半月里，她被凶手反复折磨，身上留下了各种伤疤以及瘀青，有些是很久之前留下的，有些是最近的。这个犯罪分子对刀情有独钟，毒理检验显示他在折磨帕特里夏的时候，喜欢给她服用毒品，以让她保持清醒和神经的亢奋，这样凶手折磨起她来会更加兴奋。他每次切掉帕特里夏的一根手指时，都会对她的伤口进行仔细的消毒处理，最后只剩下左手上戴婚戒的手指没被切除。让人奇怪的是，他很小心地没有破坏帕特里夏的面容，更让人奇怪的是，她的脸上还有化过妆的痕迹。可以说，除了伤痕，帕特里夏的身体状况非常良好。她的体重和身形都没有变化，也没出现脱水的现象。

　　我们到了圣奥尔本斯的出口处，海切尔打了转向灯后猛地驶向出口匝道，五分钟后车行驶在前往目击证人家的小路上。这一路，我们经过了四个酒吧，相对这里的人口规模来说，这已经很多了。

　　一打开车门，寒气就扑面而来，好在我穿了衣橱里那件最厚的夹克，里衬是绵羊皮的，可以起到保温的作用，外面则是山羊皮，可以抵御严寒和阴湿天气的侵袭。我刚点上一支烟，海切尔就投来严厉的目光。

　　"我们现在在室外，没有规定不准在室外抽烟吧？"我说。

　　"这东西会要了你的命的。"

　　"其他东西也可能会要命，说不定我明天出门就会被车撞了呢。"

　　"说不定你会得肺癌，最后死得异常缓慢而痛苦。"

　　我朝海切尔咧嘴一笑："也或许不会。我爷爷活着的时候一天两包烟，他最后活到103岁，你还是盼望我跟他一样长寿吧。"

　　格雷厄姆·约翰逊的家在六个铃铛对面，就像这里的其他房屋一样，通向人行道的大门是开的。海切尔的人之前已经给他打过电话，所以约翰逊一直在等我们。客厅的窗帘在我们向正门走去时动了一下，没等我们去按门铃，门就直接开了，约翰逊站在门口，他的脚边是一只正朝着我们汪汪叫的杰克罗素犬，亢奋地蹦来蹦去。约翰逊的身高、体重皆偏中等，头顶能碰到大理石门框的下沿。

　　根据警方的调查报告，约翰逊已经七十五岁了，在他那张饱经沧桑的脸上蚀刻满了岁月的痕迹，遍布皱纹。他所剩无几的头发跟我一样是银白色的，水蓝色的眼睛下是大大的眼袋。就他这个年纪的人来说，他的身体已经算是很硬朗了，动作也很灵活。室外温度已经达到华氏三十度 [1] 了，但他的行动却一点儿也不僵硬。他身体这么结实应该不

[1]　摄氏度与华氏度的换算公式：摄氏度＝（华氏度－32）÷1.8，华氏三十度大约为零下一度。

是吃保健品吃出来的，而是源于运动健身，因为在他身上找不到那种吃保健品的迹象。

"请进。"

约翰逊侧过身子请我们进客厅，小狗又开始狂叫，来回转圈追逐着自己的尾巴。约翰逊对着它大声喊了一句"安静！巴纳比"，小狗立刻安静了下来，跳到旁边的椅子上趴着，流露出愧疚的表情。我在外面掐灭抽了一半的烟，跟着海切尔进入室内，巴纳比的眼珠随着我们的走动来回转动着。约翰逊将我们带进客厅，客厅壁炉里燃着的火堆给这间屋子染上温暖的色调。

"你们喝点儿什么吗，茶还是咖啡？"

"咖啡就好，不加奶，两勺糖，谢谢。"我回应道。

海切尔表示不想喝东西，随后老人就去了厨房。我坐在沙发上开始打量这个房间，这里就像一个博物馆展览室，进屋时我就注意到约翰逊手上戴着婚戒，客厅明显也是由女人布置的，但我却没看到他的妻子。

屋子里摆满了装饰品，一张古典式样的结婚照占据了壁炉上方的位置，还有很多他家人的照片——他的孩子和孙辈。从那些照片中人的发型和衣服款式能够看出拍摄日期，最近的一张照片应是四年前拍的，那时他的老婆应该已经过世了。

很快，约翰逊端回两杯热气腾腾的咖啡，一杯递给我，他自己则拿着另一杯坐到了壁炉前的椅子上。

"你能讲述一下发现帕特里夏·梅纳德的经过吗？"海切尔问。

"原来她叫帕特里夏·梅纳德，我从周一的晚上开始至少已经跟十二个警察做过笔录了，但没有人告诉我她的名字，当然我也没有问，所以我想这是我们双方的过错，导致我在前一刻还不知道她叫什么。这是很失礼的。"约翰逊喋喋不休起来。

"约翰逊先生。"海切尔打断他道。

老人立刻就停止了啰唆："抱歉。"

海切尔忽视了他的抱歉："你能向我们讲述一下经过吗？"

"我当时带着巴纳比出去散步，大概是晚上十点多钟吧，我每晚都会在那个时候带它出去转转。一般情况的话，一天会带它出去溜达两三次，不然它都能把整个家拆掉。"

"是去维鲁公园吗？"

"是的，维鲁公园。你们来的路上可能看到公园的大门了吧？那天我走到湖边时看到了那个女人，我没法儿不注意她，因为我觉得她好像马上要走进湖里去了。"他停下来喝了口咖啡，"警官，我不知道这样说会不会很冒昧，但是我已经把所有的事情都跟警方说了，我不介意再说一遍，可我觉得这不会有什么用，纯粹是在浪费你们的时间。"

"你没有浪费我们的时间。"我瞟了一眼那只叫"巴纳比"的狗，"如果你同意的话，我想要做个小实验。你觉得巴纳比现在想出去遛遛吗？"

一听到"遛遛"这个词，巴纳比的耳朵马上竖了起来。它"噌"地从椅子上蹦下来，然后开始原地转圈，欢快地叫着，就像马戏团里的小狗在进行旋转表演。

约翰逊笑着说："我觉得它很愿意。"

第 3 章

我们花了五分钟走到维鲁公园，这段时间刚好够我抽完一根烟。巴纳比一路上都很欢快，拼命地向前跑着，脖子上拴着的绳子勒得它直吐舌头。

黑暗降临了大地，路边的街灯在黑暗中散发出暗淡的橘黄色光芒，平添了几分神秘的气息。空气非常潮湿，大雪很快就会降临。我将身上的夹克裹得更紧，但感觉一点儿作用也没有。英国冬天阴寒、湿冷的天气几乎能穿透极地防护服。

"你们每次都走同一条路线吗？"我问格雷厄姆·约翰逊。

老人摇摇头道："我们有好几条不同的散步路线，要看天气怎么样、我们要走多长时间等，要知道，这个公园非常大。"

这个公园非常大，是的，右边是占地好几英亩的草地，一直延伸到视线尽头的空旷的足球场。教堂在左边，位于远处的山坡上。眼前是一个小湖泊，跟前面的大湖泊通过一个拱桥相连接。鸭子和天鹅在水中悠闲地游动着，对寒冷似乎毫无知觉。

这里又黑又荒凉，是犯罪嫌疑人抛弃帕特里夏·梅纳德的理想之地。

"你发现帕特里夏·梅纳德那天晚上走的是哪条路？"

约翰逊伸手指向教堂方向靠近主湖的那条路道："我们顺着湖边逆时针走的。"

"你是在哪儿看到帕特里夏·梅纳德的？"

老人指向湖的另一边。

"好的，我们去那边。"

我们走到那里又花了五分钟，我让约翰逊坐在附近空旷的长凳上，然后坐在了他身边。巴纳比拼命地挣扎着，想要摆脱锁链去追赶湖边的鸭子。我看了海切尔一眼，他立刻就明白了，默契地把巴纳比牵走，走到我们听不到它声音的地方去了。对于我接下来要进行的工作，干扰因素越少效果才越好。

认知采访跟标准采访不一样的地方就在于，你要努力让被采访者重新感受那个场景，再现当时情景在被采访者脑海深处的感觉和印象。要实现这一点，不能直接面对当时的事件，而是要采取迂回的方式，从不同的视角来看待整件事情。通过这种方式激发的回忆比用常规的采访技巧获得的陈述更加可靠而且有效。严格来说，我不用非得把约翰逊带到这里来，但是既然约翰逊住得离这里并不远，过来这里也没有什么坏处。

"约翰逊，你把眼睛闭上，我会问你几个问题，把你脑海中第一时间浮现出来的答案告诉我，我不在乎你的答案听起来会有多么荒谬，把你首先想到的东西完完整整地告诉我就可以了。"

约翰逊疑惑地看着我。

"好的，我之前做过这个。"

约翰逊又看了我一眼，然后才闭上了眼。

"我希望你能回忆一下周一的那天晚上，你正像往常一样带着巴纳比出来散步，当时是几点？"

"大概十点钟左右，因为我总是在这个时间点带它出来散步。"

"十点钟之前还是之后？"

老人因为专注思考而紧紧地皱着眉头，然后又放松下来："十点之后，当时我刚看完电视节目，新闻马上就要开始了。"

"当时天气怎么样？"

"正在下雨。"

"描述下雨时的情景，雨下得大还是小？"

"是那种雾蒙蒙的牛毛细雨，你知道吧？虽然看起来不大，但最后总是会把人全身弄湿。"

"公园里热闹吗？"

"在那种天气里，又是大晚上，怎么可能热闹呢？"约翰逊摇摇头，"当时这里没有人，只有我跟巴纳比，对了，还有帕特里夏·梅纳德。"

我直接忽视了他提到帕特里夏，因为我还不想过快进行到那里："你当时怎么样？"

"说实话心里有点儿火大，稍早之前我开车撞到垃圾堆里了，被罚了六百英镑。又在下着雨时出来遛狗，总之，那天简直糟糕得不能再糟糕了。"

"你当时闻到什么味道了吗？"

"湿润泥土的气息。"

"你看到了什么？"

"脚踩在地上留下的鞋印，因为当时我是低着头走路的，这样雨就不会淋到我的脸上。"

"你当时走得快还是慢？"

"当时走得比较快，我想赶快回家去。"

"巴纳比当时在干什么？"

约翰逊的脸上浮现出笑容："还是像往常一样拼命地向前跑，把我的胳膊都拉直了。它如果不是在使劲儿向前跑，就是跑到湖边去撵鸭子了。"

"你是怎么注意到帕特里夏的？"

"我一开始没注意到那是个人，只觉得是个东西，一直在湖的另一边的小道上来回动着，慢慢朝我这里走来。"

老人微不可见地朝一侧点了下头，我瞥了一眼他所示意的方向，这里在太阳落山后就会显得很阴森，很不讨人喜欢。

"她当时怎么走的？"

"摇摇晃晃的，就像喝醉了酒一般，我第一印象是觉得这个人肯定是在前面的公鸡酒吧里喝多了。我不想盯着她看，但在这么晚的时间里，一个女人独自行走，很容易引起别人的注意，就像你看到路边停着一辆救护车总会下意识多看两眼一样，你不可能直接漠视眼前的东西，对吧？总之，我看着她摇摇晃晃地穿过树林，这时我才意识到她是一个人，身边既没有男朋友也没有女伴，要知道那时已经很晚了，天又那么黑，所以我又开始注意她，怕她会出什么事。然后我就看到她开始直接往湖里走，我立刻跑过去抓住她的胳膊，把她从湖边拉开。如果她在这个季节掉进湖里，一定会得低体温症的。"

剩下的事情就跟调查报告里记录的一样了，约翰逊努力想跟她说话，但是她一句话也说不出来，所以他就把她带到公鸡酒吧，让酒吧老板打电话报警。格雷厄姆·约翰逊是我这么多年来见过的唯一一个在这个年纪还没有手机的，他好像是原始人一样。

"约翰逊，我希望你能重新回忆一下，你第一眼看到帕特里夏时的情景。你不要说任何事情，只要在大脑中还原那个场景，尽可能清晰地还原，不要放过任何细节，也不要管这些细节有没有意义。你看到什么了？你听到什么了？你闻到什么了？你感觉到什么了？"

我给了约翰逊一段时间让他安静思考，然后让他睁开眼，老人的脸上露出一种异样的表情。

"你想到什么了？"我问。

"你可能会认为我在胡说八道。"

"别管胡说八道还是失心疯，我都不在乎，我只想知道你到底想到什么了。"我笃定地微笑，等着他与我会心一笑。

"所以到底发生了什么？难道你被外星人抓走送进飞船里去了吗？"我打趣道。

约翰逊的微笑并没有持续很长时间，他的面色开始变得严肃起来，甚至有些许恐惧。他指向右手边的一片灌木丛。当他开始说话时，语气十分坚定，对自己说的每一个字都十分肯定：

"当时有人在那里偷窥我们。"

第 4 章

特斯拉：在吗

杰德夫人：在（笑脸）

特斯拉：忙吗特斯拉

杰德夫人：你不知道我有多忙

特斯拉：那今晚还约吗

杰德夫人：约

特斯拉：等不及想见你了

杰德夫人：我也是

特斯拉：赶快工作吧

杰德夫人：好的，今晚见，拜

特斯拉：拜

　　蕾切尔·莫里斯关闭聊天软件，脸上的表情由微笑变成皱眉。她到底在干什么啊？她已经三十岁了，怎么还会表现得像一个怀春的中学女生呢？这简直太疯狂了。她看了一眼自己的工位，只感觉前一刻好像所有人都在盯着她看，现在却都低下头装作在工作的样子。她能够听到隔壁房间传来的电话铃声，还有人们交谈的声音。

　　她抬头看着电脑里的报告，能够看清每个单词，却弄不懂它们的意思，脑海中只剩下今晚的约会。她告诉杰米她今晚要去参加一位同事的生日宴会，可能会出去喝酒，但他一点儿也不关心。她怀疑就算告诉他，自己马上要移民澳大利亚了，他可能也同样没有反应。他们俩以前不是这样的，刚认识的时候，他们整夜有说不完的话，会一起分享梦想和秘密。但那些日子一去不复返，多年的婚姻将一切激情都消磨殆尽。

　　她的办公桌下有一个袋子，里面装着昂贵的香水、最性感的内衣，以及她最喜欢的一条红色裙子。这条红色裙子能凸显她身材的优点，遮掩不足，让她看起来性感而不下贱。最重要的是，她觉得特斯拉不是那种喜欢风骚女人的男人，他身上有一种老派的绅士风度，一开始正是他的那种敏感吸引了她的注意，也最让她着迷。有个人愿意倾听她说话，真好。他重视她说的话和想法，欣赏她的独特之处。

　　蕾切尔盯着电脑屏幕上的字，然后安慰自己再过几个小时就可以解决了。然后，她不禁又想起了杰米以及他带给她的痛苦，以后这些都不会发生了。她跟特斯拉已经聊了几个月，对他的了解越深，爱意也就越深。她甚至都还没跟这个人见过面，不知道他的真实姓名，但只有他才真的懂她——从未有过一个人像他这么理解她。他已经俘获了她的芳心。杰米从来没有如此深切地了解过她，即使在热恋的日子里也没有。

她盯着墙上的钟看了看，才下午三点三十分钟，距离他们见面还有四个半小时，但这四个半小时让她倍感煎熬。

第 5 章

我跟海切尔站在湖边，目送巴纳比拉着格雷厄姆·约翰逊回家。天空中飘起了雪花，无数的雪花在昏暗的灯光映照下缓缓飘落。该来的迟早会来，天气预报员总是带来暴雪，新闻主持人总是带来喧嚣，而事情总会演变成最糟糕的情况。约翰逊走得已经离湖边很远了，老人明显是想赶在雪下大之前回到家里，毕竟被困在暴风雪中并不是什么好玩的事情。我掏出 Zippo 打火机点着烟，自动忽略了海切尔否定的目光。

"那个罪犯来过这儿。"我说。

"约翰逊说的？"海切尔问。

"他没有说这么多。"

"那他都说了什么？"

"他说了什么不重要，重要的是他感觉到了什么，他感觉到有人曾在那里偷窥他们。"我指着近处的一片灌木丛道，"就是在这里。"

"他感觉……感觉这东西在法庭上可没办法当证据的。"海切尔说。

"这就是现今警察身上的一大毛病，你们花了太多时间像律师一样推断，而忘了怎么像真正的警察一样思考。"

我走到灌木丛旁边，弯下身子开始朝里面钻。阴影随着树枝的摆动不断变换着位置，嘶吼的风声在空气中回荡着。在海切尔警告我不要破坏犯罪现场之前，我已经钻进去了。树枝拍打着我的脸颊，并不时戳着我的身体，泥土溅到我的鞋上和裤脚上。海切尔在我身后数步之远，一边抱怨着一边也跟着钻进来，他想知道我究竟在干什么。

我完全忽略了他，只是静静地站在灌木丛中，冰冷的雪片砸在我的脸上瞬间融化。我现在完全确定，罪犯在两天前的晚上曾藏在这里偷窥，因为狩猎的本能一直流淌在我的血管中。

在我还是个孩子的时候，父亲曾带着我去俄勒冈州的原始森林里野营狩猎，他就是在那片森林里杀死受害者的。他当时教我如何射击和跟踪猎物，告诉我只有强壮的人才能活下来，弱小的只能被毁灭，这就是这个世界的生存法则。我已经记不清他重复过多少次这句话了，一套愤世嫉俗的哲学理念。

我蹲下来四处巡视，希望找到最理想的偷窥地点。那个罪犯从这里可以看到整个湖泊的场景，大教堂耸立在我的左手边，我能够看到远方的约翰逊和巴纳比正在移动的模糊身影。我让自己逐渐沉浸在这个场景中，瞬间我就仿佛回到了那一晚，甚至可以清晰地构建出那个场景，好像我当时就在现场一般。

巴纳比拉着格雷厄姆·约翰逊一路从湖边走来，他在雨中低着头走路，时不时地抬起头来看一下自己走到了哪里。突然，他注意到右手边有东西正在路上移动，他停下来想看清楚，当他看到那是一个女人后松了一口气，并注意到她是一个人。一个女人能带来什么威胁呢？

但他并没有完全放松戒备，曾经在狩猎时代让我们的穴居祖先成功躲避危险的预警本能在提醒着约翰逊，事情有些反常。虽然我们已经很久都不使用这种本能了，但它仍能在危急关头为我们敲响警钟，帮我们躲避威胁，即使我们本身并没有意识到这一点。格雷厄姆时不时地看一眼帕特里夏，随后也无意瞥了一眼我现在身处的位置。他没有看到我，但却感觉到了我的存在。帕特里夏像喝醉酒一样跌跌撞撞地走向湖里，格雷厄姆在她真的要跌进冰冷、黑暗的湖水前，及时过去将她抓住。

我从灌木丛中爬出来，拍打干净裤子上的泥土，然后抽出一根烟。雪下得比刚才大多了，雪花飘得也更快了。寒风让我瑟瑟发抖，我戴上衣服上的帽子，将夹克裹得紧紧的，但这都没什么用。海切尔已经放弃怪罪我了，他正在打电话。

"现在的问题是，假设你是罪犯，你为什么要冒险来这里呢？为什么不直接将受害人抛弃在荒郊野外呢？"我问。

海切尔挂掉电话："这不就是我们付给你那么一大笔咨询费的原因吗？让你来就是为了解答这些疑难问题的。"

"为什么要在公共场合抛弃受害者呢？"我自言自语着，将海切尔的话忽略掉，"他这次像对其他的受害者一样，其他三人也是被扔在公园里的，他为什么要冒这种风险呢？为什么不直接扔在荒郊野外呢？"

我又抽出一根烟来，开始想象罪犯在雨夜里躲藏在这片灌木丛中的场景。观察和等待，但等什么呢？然后我明白了。我笑着说："他希望她们被发现。"

"假设你是对的，那么这也只回答了第二个问题，第一个问题的答案呢？为什么他要到这里来？"海切尔问。

"因为他要确认她们会被发现。"

"好的，听起来很有道理。我猜下一个问题就该是，为什么这一切对他来说这么重要？"

海切尔热切地看着我，好像马上就能从我这里获得对案件有重大

突破作用的线索一般。但不幸的是，我没有他想要的答案，至少目前
还不知道。

现在差不多下午四点钟了，四十八个小时之前我还身处缅因州，
身上穿着凯夫拉防弹衣，看一群特警围攻一个谷仓，因为一个连环儿
童杀手正躲在那里面。最后杀手被狙击手击毙，这可以说是一个好结果，
这个世界少了一个儿童杀手怎么说都算是一件好事。

但我已经完成了那个案子了，凶手死了，生活还要向前看。对我
来说现在最重要的事情就是眼前的案子，其他的都只是历史罢了，而
我现在也没有时间沉湎于历史。陶醉于过去的成功，是无法从现在的
罪犯手里解救出任何人的，同样，回味失败的苦涩也没有多大意义。
在警察们庆祝案件告破时，我已经离开缅因州，搭乘最早的一班飞机
从洛根国际机场飞往希斯罗国际机场，将先前的一切都抛于脑后。但
飞跃三千公里，跨过五个时区后，一切都没有多大改变，还是同样的
冰天雪地，还是有变态杀手要追击。

"我们去前面的公鸡酒吧喝一杯怎么样？"我问海切尔道。

第 6 章

对于这个提议，海切尔没有提出任何反对意见，这也在我的预料
之中。我记得在匡提科对他们进行培训的时候，他就是酒吧的常客，
而且常常是第一个。我们顺着帕特里夏·梅纳德被带到公鸡酒吧的路
线行走，我们在半路穿过一条小河，湍急的水花飞溅到我的身上。

通向米尔修道院的路是一条狭窄的小道，但可容马车经过。通过
研究地图我发现，这条小道是附近唯一的进出道路。我的左手边是米
尔修道院的方向，路的尽头是死胡同。我快速打量了一下周边的环境，
努力从罪犯的角度思考问题。这里十分安静，是抛弃帕特里夏的好地方，

但没地方停车是一大弊端。

小路的另一边就是公鸡酒吧，这个地方看起来很有年头了，历史颇为悠久的样子，其造型设计似是出自好莱坞的布景师之手，总之十分奇特。我们朝屋里走去，旁边树立着一块木牌，上面写着："这是英国历史最悠久的酒吧"。

酒吧里只有一对老夫妇，他们正坐在离壁炉最近的地方取暖。桌子后面悬挂着一串用绳子串起的圣诞卡片，以增添节日气氛，但这种装饰有些不伦不类。

吧台后面站着一个瘦骨嶙峋的秃头，脸上带着招人喜欢的笑容。他把双手放在吧台上，一副掌控全局的样子。他的衣服是专门定做的，手腕上戴着一块劳力士潜航者系列手表。从种种蛛丝马迹来看，他应该就是这家酒吧的主人。海切尔点了一品脱的"伦敦骄傲"，我要了一杯威士忌。酒上来后我一口气喝了一半儿，烈酒下肚，立刻就驱散了深入骨髓的寒冷。

我把酒杯放在桌子上："你就是琼·斯兰特里吗，这家酒吧的老板？"

"这得看是谁找他，如果你是来要钱的，或者是我前妻派来的人的话，那我告诉你，我从来没有听说过这个人。"他带有爱尔兰口音，脸上的笑容很有亲和力。

"是你在星期一的晚上报警的吧？"

斯兰特里看着我的眼睛，开始变得严肃起来："你是记者吗？如果你是的话，我只能请你喝完酒赶快离开，我已经受够了记者没完没了的骚扰。"

海切尔走过来掏出自己的警官证："我是马克·海切尔警长，这个是我的同事——杰弗逊·温特。"

"你们怎么不早说？"斯兰特里突然又变回了笑脸，就像那笑容从来没有在他脸上消失过一般，"你们早说的话，我就免费请你们了。"

他说的话我一点儿都不相信，斯兰特里的笑容是很灿烂，但也灿烂不到能让他愿意给我们免费的地步。他是那种把钱看得很重要的人，这就是他能买得起劳力士的原因："根据你对警察的描述，当时并没有发生什么特别的事情。"

"就是一个很普通的星期一的晚上。"斯兰特里说，"直到格雷厄姆带着那个女人走进来，事情才开始变得不一样了。警察、医护，还有记者都赶来了，这三者就像三角关系一样稳定。那个恶棍对那个女孩儿做的事，实在是太恐怖了。"斯兰特里说着摇了摇头，又悄声念着"基督、玛丽和约瑟芬"，随后又说，"听人们说罪犯给那个女孩儿做了脑神经切除手术，真是太丧心病狂了。"

"我对这周围停车场的情况比较感兴趣。"我说。

斯兰特里难以置信地摇了摇头："那个杂碎都把人的脑袋切开了，而你却关心什么停车情况。"

"请回答我的问题。"

斯兰特里皱着眉头看了看我，他盯着我的样子，好像是在心里衡量我究竟是不是认真的。我直接盯了回去，表明我现在完全是认真的。

"这里的停车状况十分糟糕。"斯兰特里说，"特别是夏天的时候，游客总是把车停在我的停车场里，没地方之后还会停在小路上，总之就是乱七八糟。"

"所以你就是因为这个才在停车场装了摄像头吗？"

"还有其他一些原因，但这个是主要的。"斯兰特里同意道，"不过你们都知道了，摄像头在周末的晚上就被打碎了，一开始我以为是附近的小孩儿打破的，但很明显，其实是那个杂碎干的。"

警方的结论也是罪犯打破了摄像头。据警方推断，罪犯曾在周末晚上过来踩点，并且将摄像头打破，这样就可以在抛弃帕特里夏的时候将车停在这里。我谢过斯兰特里愿意抽出时间来接受调查，然后就一口干了杯中的酒，又催海切尔赶快喝完好走人。我们要冒着严寒原路返回，然后开车回去。

"我同意警方认为是罪犯打破摄像头的推断。"我说，"但他周一晚上绝对没有把车停在这儿，这里出入的人多，而且也很扎眼。这个罪犯做事十分小心翼翼，他不会冒这么大的风险来做这种事情。"

"所以你认为情况是什么样的？"海切尔问。

我站在路旁看着米尔修道院旁的那条小路，黑夜已经完全降临，小路在路灯的照射下反射出橘黄色的光芒。雪下得更大了，彻骨的寒风将地上的雪花卷起吹到了空中。

"他星期一的晚上绝对没有把车开到这里来过，这儿太危险了，毕竟这里是唯一可以进出的道路，被堵住就完蛋了。"

"那他是怎么把帕特里夏带到这儿来的，超时空传送吗？"

我忽略了海切尔的问题还有他的嘲讽，转身朝着那条小路走去。我站在路的尽头开始想象罪犯把手放在帕特里夏的肩膀上，引导着她一步步向前走。这种直觉是对的，比认为他开车来到这里，把车停在停车场更正确。

走了一会儿我发现旁边还有一条小路，我往里面走去，海切尔跟在我身后，不断抱怨着大雪和严寒，他认为我们应该走另一条路回去，他不想我们因为大雪被困在圣奥尔本斯。我则不理他，继续往前走着。

这条路通往博德维奇，是另一条死路。在我的左边有一所学校，从学校里五颜六色的游乐设施来看，那是一所幼儿园或者小学。学校旁边是一片树林，树林大概有一个街区的宽度，树林的另一边就是A5183公路，这条公路是进出整座城市的交通主干道。从这里能听见来来往往的车声，我站在冰天雪地中，大雪落在我的身上和脸上，并在我的眼睫毛上结了冰。但我对这一切都无动于衷，全身心地沉浸在思考中，随后我对自己点点头，又转身对海切尔说：

"他就是把车停在这儿的。"

第 7 章

蕾切尔觉得自己就像少女时第一次约会那样兴奋，但她早已不是天真无邪的少女，兴奋感不禁被忧虑所取代。她知道希望之后的失望是什么滋味，也明白现实总是没有想象的那么美好，人们总是希望能够得到超出他们期望的东西。那种痛彻心扉的痛苦，她深有体会。红色的裙子穿在她身上十分得体，让她看起来风情万种。而且还喷了她最喜欢的香水，这一切都让她感觉良好。

她从地铁站里走出来时，冷风中的大雪已经开始减弱，细碎的雪花从空中缓缓飘下，轻巧地飞舞着。蕾切尔从小就很喜欢雪花，直到现在都没有改变。雪花将这个世界变成一个充满魅力的浪漫地方，虽然明天一早就会开始融化，但至少它现在是美好的。蕾切尔把衣服裹得更紧了，加快步伐，肩膀上的包随着走路的步伐不断地撞击着她的身体。

他们约好见面的酒吧很大，高脚凳、吧台、椅子和摆在中间的桌子全是木制的，外围是毛皮沙发和咖啡桌。蕾切尔扫了一眼酒吧里的客人，在这个能够轻易容纳数百人的酒吧里，三五成群地坐着几十个人，只有为数不多的几个人是在单独饮酒。蕾切尔的眼睛快速地从每个人身上扫过，特斯拉三十多岁，有一头棕色的头发，他说他会穿一件黑色长款羊毛大衣。酒吧里唯一跟他的描述接近的人是一个正坐在吧台前的高脚凳上喝酒的人，他穿着类似的羊毛大衣，但年纪太大了，至少比特斯拉说的年纪大二十岁。

蕾切尔点了一杯柠檬水，她打算先喝点儿饮品，等他们熟悉了后再喝酒。她想给特斯拉留下个好印象，因此要保持头脑清醒。如果他们今晚相处愉快的话，特斯拉很可能以后还会约她出来。她潜意识里一直相信这是一个新的开始，是她生命里全新的一章。

她喝了一口饮料，看了看手表，她来的时间比约定早了十分钟。她挑了一个能够看到大门的地方坐下，这里正好处于外围沙发区，既舒适又私密。

很快，晚上八点钟到了，又过去了，然后是八点二十分，人依旧没来。等到八点半钟的时候她开始有些焦虑，又点了一杯红酒。然后九点钟过去了，一杯红酒变成了两杯。蕾切尔瞟了一眼坐在吧台上的那个老人，会是他吗？特斯拉隐瞒了自己的年纪吗？但老人一点儿都没注意到她，甚至没注意到她的存在，他全部的注意力都集中在面前的酒杯上了。

蕾切尔又看了一眼手表，检查了下手机，猜测着特斯拉可能是被工作拖住了，也可能被困在了大雪里，他还可能出了车祸，现在正在抢救。

等到了九点十五分的时候，一切希望都破灭了，蕾切尔感觉自己十分愚蠢，不禁怒火中烧。这是她这么多年来第一次满心欢喜和期待的约会，结果最后却被放了鸽子。她拿起手机又看了一遍信息，没有短信也没有未接来电。原本她以为特斯拉跟其他的男人不一样，但他并不是。也可能他最后又怯场了，可直到现在，他连通电话都没有打给她。

蕾切尔想再要一杯红酒，甚至想要直接点一瓶，但这都不能解决问题。如果非说有什么效果的话，也只是让问题变得更加糟糕，明天她会从宿醉中醒来，头疼欲裂，但问题仍然不会有任何改变。她的生活依旧会是一团糟，还要面对杰米，这个她一生中最大的错误。

她一口气喝完杯中的酒，穿上外套，拿起包朝外走去。人行道上还是白茫茫的一片，但世界在她眼中已不像开始时那样充满魅力。现在，世界在她眼中是一片荒凉，大雪已经停了，但刮在脸上的风有一种刺痛感。

冷风直接击中蕾切尔，红酒的后劲儿开始上涌，她感觉头开始发晕，肢体也有些轻飘飘的。她突然觉得自己好傻，真是太傻了，她怎么敢相信美好的事情会发生在她的身上呢？现在她只希望自己能够尽快把今晚的事情都忘掉，让这一天赶快过去。

蕾切尔看了一下左边的方向，没有特斯拉，也没有其他人。然后她开始朝右方的地铁站走去，她现在只想赶快回到家中，蜷缩在温暖舒适的大床中去寻找温暖。突然，她听到后面有喊叫声，声音虽然有些压抑，但在这样静寂的世界里能让人听得很清楚。蕾切尔转身看到三十米外站着一个人，他双手叉在腰上，好像因为跑了太长的时间，现在正在拼命喘气。

蕾切尔马上注意到了他的外套，黑色的长款风衣。虽然隔得有些远，看不出他头发的颜色，但蕾切尔满怀希望地相信那一定是棕色的。肯定是！男人开始朝她走来，在两人还相距十多米的时候，蕾切尔看到他在朝她笑。五米的时候，蕾切尔看到那是一个非常温暖的微笑。虽然他就这样站在了她的面前，但她还是无法相信自己竟会这样幸运。他看起来就像演员一样帅，如果在大屏幕上看肯定会更帅。

"很抱歉，我迟到了。"他说，"工作加班太晚了，我又把手机丢了，没办法通知你我来晚了。我真高兴能在最后一刻赶来这里与你相遇。"

他的话听起来十分有涵养，语调深沉而性感。他手上戴着真皮手套，脖子上围着黑色的羊毛围巾，穿着精致的鞋子，再加上棕色的眼睛，这一切让他看起来有一种梦幻的色彩。

"没事。"蕾切尔说。

"不，有事，怎么会没事呢？你一定认为我放了你鸽子吧？"

蕾切尔莞尔道："有那么想过。"

"我要补偿你等了我那么长时间，你去过艾维饭店吃饭吗？"

"去那里不是得提前六个月预定才有位子吗？"

"我认识一个在那儿工作的人，今天天气不好，应该会有预定了但没去的，我们可以直接去用他们预约的位子。我的车正好停放在街角，让我请你吃顿饭吧，这是我的一个小小心意。"

"好的，但我得先问个问题。"

"什么问题？"

"你叫什么名字？你的真实名字。"

他又笑了起来，是跟刚才一模一样的温暖笑容，十分迷人："亚当。"

"亚当，你好，我叫蕾切尔，很高兴最后终于见到了你。"

蕾切尔伸出手，他们的手握在了一起。他的手十分有力但又让人感觉轻柔，碰触肌肤的瞬间，让蕾切尔十分亢奋。

亚当的保时捷就停在隔壁的街上，当走过去看到前挡风玻璃上贴着一张罚单时，亚当皱了皱眉，随后将罚单折好放进了大衣口袋里。

"总是有运气不好的时候。"她说着摇了摇头。

他为蕾切尔打开车门，蕾切尔进入车内坐好。她感觉这非常优雅而有魅力，就像奥黛丽·赫本所主演的黑白电影中某些桥段一样。杰米从来没有为她开过车门。亚当轻轻地关上车门，蕾切尔不禁幸福地笑了起来，车内有一股毛皮和剃须啫喱膏的混合味道。亚当长得这么帅，而且举止又这么优雅，蕾切尔觉得这是上帝的恩赐。

亚当进入驾驶座坐好，关上了车门。蕾切尔根本没注意他手上的动作，突然她的大腿上传来一阵刺痛，她迷惑地看看自己的腿，又看了看亚当。然后她看见了注射器，亚当脸上迷人的微笑已经变成了残忍的冷笑。她抓住车门把手想要开门，但一点儿力气也没有，手无力地滑落下来。她的四肢开始失去知觉，好像不属于了她一般，身体越来越沉重，想要开口尖叫却无法发出任何声音。

"你好，五号。"亚当在她旁边轻声说。

第8章

国际酒店的酒吧表面看起来装潢豪华，但其实没有一点儿特色，到处都是抛光的木头和镀铬的外饰，以及顺滑、闪耀着光泽的皮毛制品。酒吧的灯具安装得十分巧妙，营造出一种奇特的效果，人造植物的叶子在灯光的照耀下反射出耀眼的光芒。墙角处放着一架钢琴，从吧台后面的墙上所贴的一张海报来看，今晚是爵士之夜。

酒吧里零散地坐着几个人，其中有四个人两两成群地坐在旁边，还有两个人是独自一人待着。他们大部分都是商人，一般出差到这里住一两天就会离开。酒吧里总是欢声笑语的，人们喝酒聊天，最后都会喝得晕晕乎乎。酒吧里的金发女服务员异常活泼漂亮，脸上总是带着笑容。她看起来也就二十多岁的样子，东欧口音。我点了一杯威士忌后就近坐下来，用手指敲击着杯壁，然后拿起酒抿了一口，酒精流过喉咙，立刻生出一种燃烧感。

酒吧里有一个人成功地引起了我的注意，因为她总是偷偷地往我这里看。她在我来之前就已经在这里了，此刻正一个人安静地坐在桌子旁。坐在她那里能看到整个酒吧的场景。我一边喝着威士忌，一边用眼角的余光关注着她，等着她做出下一步举动。五分钟过后，她终于沉不住气地朝我这里走过来。

她比我大概矮一英寸，走起路来十分端庄，就像优雅的舞者在翩翩起舞。她是那种十分有魅力的女人，称得上是光彩照人。长长的金发随意地在脑后绾起来，眼睛非常蓝，是我此生仅见。她的身材十分苗条，不知道是先天基因好，还是后天运动锻炼的结果，但我更关注结果而非过程。只有结果最重要，而结果就是她看起来棒极了。

她把杯子放在桌子上，拉出我对面的椅子坐下。她的头稍稍地朝左歪了一下，开始审视我。她一点儿也没有掩饰自己行为的意思，把我从头看到脚，然后眼珠左右转动着，好像在看一本书一样。

"你在想什么？"她问。

"我在想你不是生意人。"

"然后？"

"然后我很好奇你为什么想要当警察？"

她听到后笑了笑："我爸爸是警察，我爷爷也是警察，还有我爷爷的爸爸也是。再加上我性格比较像假小子，所以做警察很合适。"

"我猜你爸爸一定对你做警察很失望。"我说。

"他对我的作为感到很自豪。"她又转头看着我，"你跟我想的不一样。"

"怎么不一样？"

"你资料上写着你今年三十三岁了。"

"我什么时候有档案了？"

她点头道："你确实有档案。"

"我也确实三十三岁了。"

"你真人看起来可不止三十三岁，可能是因为头发吧，你资料上的照片头发不是白色的。"

"可能是因为压力和焦虑导致的吧。"我说。

"你还应该理理发了，然后把胡子刮刮。"

"我猜我应该再穿上西装和皮鞋，一天当过联邦密探就永远是联邦密探，对吧？"

"差不多。"

"是海切尔派你来临时照顾我的吗？"

她回答得有些犹豫。她低下头，眼睛看向别处，这是典型的要撒谎的表情："不全是。"

"那你为什么来这儿？"

她那双蓝色的大眼睛再次看向我："好奇。我听说过你的许多事迹。"她狡黠地笑了笑道，"杰弗逊·温特，美国鼎鼎大名的案情分析专家。"

"你怎么知道我会来这儿？"

"海切尔曾告诉过我一些关于你培训他们的事情，我根据这些事情猜测，酒店的酒吧应该是观察你的好地方。"

"猜得好。"

"你都不问我的名字吗？"

"我已经知道了。"

她抬起眼皮看着我。

"你是苏菲·坦普顿探员。"我说。

她看起来十分吃惊，但很快又恢复了冷漠、自信的面容，她掩饰情绪的技能十分高超，让你产生一种刚才看到的只是假象的错觉。坦普顿很显然不是那种轻易会放弃自己计划的人，海切尔曾经数次跟我提起过她，所以我很容易就猜到是她了。

我对着她半空的酒杯努努下巴："我能有幸请你再喝一杯吗？"

坦普顿摇摇头道："不，谢了，我明天会很忙。"

"我不能强迫吗？"

"你可以试试，但我得先警告你，我在自我防卫课上的成绩可是最好的。"

听到她的话，我的脑海里浮现出一系列有意思的画面："我不是说字面意思。"

"我也只是开玩笑。"

我朝她微笑，她也微笑以对，她的笑容颇具有感染力，能够从嘴角一直传递到眼睛里。

"毕竟你来了这儿，这是酒吧。"我说。

"我本来应该回家的，明天确实很忙，其实也没有什么特别的事，每天都非常忙，特别是现在这种时刻。"

"我们很快就会抓住他的。"

"你对此确信无疑？"

"当然，在这个方面我从来没有动摇过。"

"你真的像海切尔说的那么厉害吗？"

我拿起酒杯抿了一口酒："这就是你来这里的原因，是吗？"

坦普顿拿起酒杯，也抿了一小口酒。从她酒杯里的酒的色泽来看，是杰克·丹尼威士忌。她说："我不是来监视你的，温特。"

我看着她什么都没有说。

"好吧，我是来监视你的，但就像我之前说的，我只是因为个人好奇才这样做的，我不会向任何人报告。"然后，她用那双蓝色的大眼睛看着我，"另外，你真会岔开话题，通过挑我的毛病来回避问题。"

我耸耸肩尴尬地笑笑，被识破了。

"所以，回答我的问题。"她说。

"我不能回答。"

"不能还是不想？"

"不能，这是个很难回答的问题，关键是我根本就不知道海切尔心里是怎么看我的。"

"他说你是这个领域里最厉害的案情分析专家。"

"他说的是对的，我确实是最好的。"

坦普顿听后哈哈大笑："你真是一点儿也不谦虚。"

"这个跟谦虚没什么关系，你已经看过我经手的案子了，那就是证据。"

"你怎么知道我已经看过你过往的案例了？"

我抬起头，没说话。这次轮到坦普顿耸肩微笑了，她将手从桌子上抬起，我们的手握在了一起。她的手既柔软又温暖，充满女人的自信和感觉。总之，她给我留下了不错的印象。

她脸上又露出灿烂笑容："很高兴见到你，温特，跟你一起工作一定会是很有趣的经历。"

第 9 章

坦普顿消失在走廊的尽头，我仍一个人站在原地发呆，心里纳闷儿刚才究竟是怎么一回事。我感觉自己像是经历了一场考试或者面试一样，但我完全不清楚考的是什么，也不知道为什么要考。有那么一会儿，我就坐在那里安静地喝酒，心里想着坦普顿这个人。从她向我走过来的那一刻，酒吧里所有的男性都在看着她，不管是已婚还是未婚，年纪有多大。那一刻，我心里就完全没有了我们之间会发生点儿什么的想法。

这不是说我不想发生点儿什么，只是我是个很现实的人。现实就是，像坦普顿这样的女人是不会喜欢上我这种男人的。换作在大学里，坦普顿一定会成为啦啦队队长，而我则是各科全优的好学生，最后在毕业典礼上致辞的那种。啦啦队队长喜欢的是五大三粗的运动员，特别是那种数个数还要掰指头、读本书还要念出来的大老粗。这是大学里不可逾越的法则，这条无法打破的法则将每个人都摆到了适合自己的位子上。

我将杯中酒喝完，起身走回房间。国际酒店的套房十分平淡无奇，跟拉斯维加斯的酒店房间比起来称得上寒酸。装饰跟楼下的酒吧一样没有特色，墙面是白色的，毛巾和床单、被罩也是白色的，沙发和椅子是奶油色的，墙上挂着黑白框的画作，好像其他的色调都不允许使用一般。

父亲被执行死刑后的十八个月里，宾馆套房就成了我的新家。不管去哪里处理棘手的案子，我都会要求订一个套间，没有任何商量的余地。我在 FBI 的时候已经受够了便宜的汽车旅馆，现在这个套间就是我的避难所，一个能够暂时让我逃脱所有烦恼的地方，尽管只有几个小时，但也足够了。我一点儿也不想去住那些便宜酒店，在那里，躺在床上只能感觉到弹簧，淋浴也不好用，墙皮薄到能听到隔壁屋的呼吸声。

我用来缓解一天疲劳的必需品都装在行李箱中，现在还没有拿出来。我预计会在伦敦待一段时间，最多一个星期吧，然后我会赶往下一个酒店，继续狩猎下一个罪犯。我在弗吉尼亚还有一栋房子，房子里有两个卧室和一个客厅，每隔一个星期就会有人去那儿检查一下安全情况，每隔一个月家政公司会去那儿给我清理院子、打扫房间。我也不知道自己为什么还没有卖了它，大概是因为所有人都需要一个叫作"家"的地方吧，即使只是具有象征意义的家。

我接手案件的第二个条件就是套房里要给我放一瓶单一麦芽威士忌，我十分喜欢单一麦芽威士忌，每天都喝一点儿。十二年的就可以接受，十五年的更好，年份越久越好。海切尔给我带来了一瓶十八年的格兰威特威士忌，这绝对是个惊喜。我拿出便携音箱连上电脑，音响里开始播放莫扎特的《朱庇特交响曲》。随后，我给自己倒了一杯酒，浅浅地喝了一口，全身心地感受着烟熏和泥炭混合的芳香。

我闭上眼，让美妙的音乐涤荡我的身体。莫扎特的曲子有种神奇的力量，能够将我从尘世中解脱出来，带到亿万光年之外的地方。这个地方只有美和生命，没有折磨，没有尖叫，那是一个充满希望而非绝望的新世界。我的电脑里有我能够找到的所有莫扎特音乐最精彩的演出，我的志向就是有一天能把莫扎特的所有作品收集齐全。我一直在收集，这是一项我将毕生为之奋斗的工作。

第一小节音乐逐渐结束，我睁开了眼睛。有那么一会儿，我就坐在那里静静地喝威士忌，我都忘了自上次睡觉之后已经有多久没睡过觉了，尽管已经困得快睁不开眼了，但我还是不打算睡觉。第二小节音乐开始播放时我查收了一下邮件，没有什么特别的邮件，只有一封通报缅因州案件最新进展的邮件、一封旧金山警察局的求助邮件，以及几封垃圾邮件。

我起身走到阳台上开始抽最后一根烟，第二小节音乐极为舒缓，如同安慰般的音符悄然跟随着我。整个伦敦都被白色的大雪覆盖，看起来十分干净。雪后的世界看起来静悄悄的，街上比平时空旷了许多。天空中，一架飞机快速飞过。伦敦眼静静地矗立在远方，闪耀着蓝白色的光辉。

我将抽完的烟蒂弹到黑夜中，暗红的小点儿在碰到地面后四溅开来，然后逐渐熄灭。我转身回到屋里，用威士忌冲服了一粒安眠药。睡着之前我心中最后想的就是第五号受害者，我们至今还没有找到"五号"的任何线索，但有一件事情我很肯定，那就是"五号"现在一定感到无比的孤独。

不仅孤独，而且她正在经历着有生以来最难熬的噩梦。

第 10 章

我之前已经答应了海切尔，九点的时候召开案情分析会，但现在我其实没有任何线索。睡眠通常会给我一些灵感和启发，但这次却没用，因为这次的案件更加复杂、扑朔迷离。我有一些想法，但仅仅是猜测罢了。我的案情分析会直接影响警方接下来的调查方向，如果我弄错了的话，一个无辜的女人就要受害了。失败的案情分析最能搞砸一个案子，所以我不得不谨慎。

这次的案子跟我以前接手的其他案件都不一样，以往的案子一般开头都会碰到一两具尸体，案子也会围绕这些尸体展开，这种诱惑比任何东西都能吸引我。但这次，案子的受害者没有死，被罪犯做了前脑叶白质切除手术，做这种手术既费时间又需要技术，还不如杀了受害者更容易一些。这一点说不通，与我对这个罪犯的认知不符。这个家伙十分小心，做事非常干净，他绝不会鲁莽行动，所以，他到底为什么要费尽力气地给受害者做前脑叶白质切除手术呢？这个罪犯明明痴迷于折磨受害者，他很享受她们的痛苦和尖叫，一旦做了手术，这种乐趣就会消失。受害者感受不到痛苦了，也就不会再尖叫，这还怎么满足他的变态心理呢？他这么做的动机到底是什么？

还有一件事让我颇为困惑，那就是受害者所受的待遇。简单说，就是非常矛盾。一方面她们被残忍折磨，但另一方面她们又得到了精心照顾。或许，罪犯之所以会精心照顾她们，是想要更长久地折磨她们来取乐。确实存在这种可能，但这种解释难免有点儿牵强。

我迅速冲了个凉，擦干身体后开始穿衣服——印有涅槃乐队的T恤和黑色的连帽衫，又对着镜子简单地理了理头发。不知道先祖们为什么要用"温特"作为我们家族的姓氏，结果最后一语成谶，我们的头发都变成了银白色[1]。我觉得这一切不是巧合，我不相信巧合，我相信在这个无限的宇宙中，任何事情都是冥冥注定的。

我打电话叫了一份全套的英国早餐，天知道忙起来后什么时候能吃上下顿饭。吃完早餐后，我端着第二杯咖啡来到阳台，看着脚底下正在逐渐苏醒的城市，点了根烟，深深地吸了一口。天空是明亮的深蓝色，让我想起了弗吉尼亚冬天的早晨。咖啡因和尼古丁让我有了活力，等我回到屋里时，只感觉自己精力充沛。

海切尔给我发了一封邮件，附件是几位受害人受害前后的照片。由于我对帕特里夏·梅纳德的情况了解最多，所以我就从她的照片开始看起。她受害之前的照片很明显是在非常快乐的时候抓拍的，这些照片都是受害者的家人提供的，他们很自然地想要记住他们所爱之人最美的一瞬间。但帕特里夏·梅纳德也是人，会有高兴或失意的时候，

---

[1]　"温特"英文"Winter"，译为"冬天"。

有时候她会很高兴，有时候也会很悲伤，有时候也可能会愤怒。换句话说，快乐和痛苦就像过山车一样不断重复，这就是普通人的生活。

这张照片是在一家饭馆里拍摄的，她笑得那么开心，好像一点儿也不在意自己当时所处的地方。那时的帕特里夏·梅纳德肯定想不到她马上就要迎来自己生命中最恐怖的噩梦，虽然罪犯没有杀了她，却杀掉了她的灵魂。

为了凸显她的脸，这张照片经过修饰，所以无法看出当时的具体场景。可能是她的生日宴会，也可能是其他人的生日宴会，总之是类似的庆祝活动。如果不是有充足的理由想要记住这一瞬间，人们一般是不会在饭馆里拍照的。

她有一头浅黑的秀发、棕色的眼睛，看起来很有魅力。这种魅力不像坦普顿那般艳光四射，但任何男人看到她后一定会忍不住看第二眼。她的身材非常好，衬衫上方的两颗扣子没有系上，可以看到乳沟和蕾丝内衣。过去的帕特里夏·梅纳德是一个快乐、自信、迷人的女人。

她受害之后的照片是由警方拍摄的，此时，她身上那种迷人的色彩已经消失殆尽。她的眼睛周围红红的，肿得很厉害，紧紧地闭着，这个场景就好像她刚参加完一场十五回合的拳击比赛一般。

我继续看其他三个受害者的前后对比照，都是美好快乐与冰冷僵硬的对比。莎拉·弗雷特、玛格丽特·史密斯、卡罗林·布兰特，我把几个人受害之后的照片都抽出来，排成两排，莎拉·弗雷特和玛格丽特·史密斯在上面，卡罗林·布兰特和帕特里夏·梅纳德在下面。突然，我脑中灵光一闪，让我兴奋不已。四个受害人都是光秃秃的脑袋、肿胀的眼睛，这样并排放在一起，看起来非常像一个人。

随后我又把她们之前的照片拿出来，跟刚才一样排成两排，我又发现了一个一样的地方。我会忽略这一点，是因为有两个受害人之前染了头发。我马上给海切尔打电话，电话刚响，海切尔就接了。

"我已经派车过去了，大概一会儿就到。"他说。

"很好，我正要用车，但今早我不能做案情分析了。"

"为什么？"

"我需要再调查一些东西。"

"你在说什么啊，温特？之前可是说好今早要开案情分析会的。"海切尔说。

"闭嘴！听我说！我还没分析出这个罪犯的头绪来，但我已经有了下个受害者的线索。你手头有笔吗？"

电话那头传来翻找东西的杂乱声，片刻，海切尔道："好了，赶快说。"

第 11 章

"你要找的下一个受害者大概二十五岁到三十五岁。"我说得很慢，以便海切尔能够记下来，"她已经结婚了，但婚后生活并不幸福，因为老公曾有过婚外情，或者一直婚外情不断。"

"温特，我不知道你是怎么做出这种假设的，不过弗雷特的婚姻很幸福。假设其他三个受害者的婚姻生活都不幸福吧，但弗雷特的婚姻很美满。"

"是吗？"

"我们已经核实过了，弗雷特的婚姻就像罗密欧与朱丽叶一样。"

"罗密欧跟朱丽叶可不美满。"我说。

"我的人都很专业，如果有什么隐情的话，他们一定不会遗漏。"

"那你敢不敢跟我赌一把？"

"你说真的？"

"二十英镑怎么样？不，不行，要赌就赌大一点儿，五十英镑吧？"

"赌博是不道德的。"海切尔说。

"首先，你没有说'不'；其次，只有失败者才会说这么酸的话。"

"好吧，能从你那儿赢钱，我会很高兴的。"

"好的。"我说，"受害人是浅黑色的头发、棕色的眼睛，看起来很迷人。一定要注意她的头发可能染过，所以不要轻易把其他颜色的头发排除掉。卡罗林·布兰特和玛格丽特·史密斯都染过头发。你要找的是天生浅黑色的头发，她应该是职场女性，大学程度的教育水平。罪犯特别喜欢对这个区间的女性下手。"

"为什么要冒险找这种女人呢？如果罪犯只是为了折磨女人，完全可以去绑架妓女或者吸毒的人啊。"海切尔问。

"他不单纯是为了折磨。这些女人对他来说象征着一些东西，可能是他的前妻吧。不管他折磨过多少人，她都是他唯一的真正目标，但到目前为止，他都没有勇气去执行。他有些害怕面对她，这让他十分愤怒，所以他将这股怒火发泄到了其他受害人的身上。"

"所以，他是在拿其他人练手，准备最后鼓足勇气去对付他前妻？"

"大致就是这样。"我说，"你要让你的手下仔细核查最近三天所有的失踪人口报警，尤其是最近二十四小时内的失踪人口。如果我没有猜错他的犯罪心理的话，他此时已经行动了。"

"你是说他已经绑架了下一个受害者？"

"是的，他已经得手了。"

"那我们应该排查哪些区域？"

"整个泰晤士河北岸。"

海切尔在电话那头吃惊地吸了一口气，他这个反应很正常，因为我所说的地区大概有几百平方公里的面积，住着上百万人口。

"事情可能比这还要糟糕，因为罪犯很有可能已经将目标转移到了伦敦以外的地区。上次他在圣奥尔本斯故意诱导我们，假装自己在那里停过车就是证据，所以我们现在要假设他不会放过每个误导我们的机会，否则很可能最后我们会一无所获。让我们先从 M25 区开始排查吧，如果在这里没有找到线索的话，我们可能要将排查区域扩大到伦敦以外的郡。"

"我马上就开始排查。"海切尔说。

"一旦有消息了马上发照片给我，发到我手机里。"

"没问题。那你什么时候能弄出完整的案情分析来？"

"很快。"

我挂上电话，穿好外套，把香烟和打火机放进兜里，朝楼下走去。酒店门口停着一辆没有警方标志的宝马汽车，当我看到司机的时候不禁笑了起来。我从酒店的旋转门出来，走到车边。

"早啊，坦普顿。"

"早，温特。"

坦普顿斜倚着汽车，牛仔裤紧紧地贴着她的腿，好像她的第二层皮肤一样。金色的头发随意地扎成了马尾辫，日光让她的眼睛更加熠熠生辉。她斜倚在车上的样子看起来就像广告模特一样。

"看来你运气不怎么好，抽到了来当司机的签。"

"我知道你肯定不信，我是自愿来的。我更想直接地看你是怎么破案的。"

"我受宠若惊。"

"你应该受宠若惊，一般我宁愿去拔智齿，也不愿意来当临时保姆。"

我们俩坐进车内，系好了安全带。车里的广播是摇滚频道，正在播放史密斯飞船的经典曲目。坦普顿把声音调小，汽车引擎从苏格兰场开来的时候就已经加热了，车内空调很好地阻挡了寒冷的侵袭。

"你说当保姆而不是当司机。"我说，"这么说你已经跟海切尔说过了？"

坦普顿点头道："他五分钟前给我打过电话，说你还没准备好案情分析，他听起来挺生气的。"

"他还说什么了？"

"他跟我说要盯着你，不管你要干什么都要汇报给他。"

"你会吗？"

"这得看你到底要干什么了，所以现在你要去哪儿？"

"茵菲尔德，我想要去看看第一个受害人——莎拉·弗雷特。"

我们开车驶离国际酒店，我拿出烟盒向坦普顿示意。

"没事，抽吧，我不介意。"她说。

我点上两根烟，把其中一根递给她。这个时间段交通非常堵塞，跟纽约一样糟糕，但还是比洛杉矶要好不少。车内非常安静，坦普顿专心致志地开车，而我则全神贯注地思考案情。这种感觉非常好，有人陪伴你但又非常安静，不用非得没话找话说些什么。

抽完烟，我把烟头扔到窗外，按下开关，车窗缓缓关上。三十秒钟后，坦普顿也跟我一样扔掉了烟头。

越往北开，周边的建筑就越矮，色调也更加灰暗。在冬季阳光的照射下，这些建筑比昨天看起来让人心情好了一些，但还是有些压抑。电台里不断播放着经典摇滚曲目，亨德里克、老鹰、齐柏林飞船，都是很久之前的大牌乐队。

"他是什么样的人？"

之前已经有很多人问过这个问题，所以我不用想也知道坦普顿嘴里的"他"指的是谁。一般人们都会等跟我熟悉些后才会发问，但坦普顿这么快就问，我倒也不意外。她问问题的方式还比较容易接受，总比那些吞吞吐吐、旁敲侧击的人要好得多。

"他看起来很靠谱，是社区的支柱。他在大学教数学，非常受同事和学生的欢迎。他为人开朗，善于鼓舞人心，是那种典型的性格独特又有才华的老师。他非常聪明，在圣昆廷[1]时人们给他做过很多智商测试，但他一点儿也不在乎，总是和心理学家开玩笑。所有的心理

---

[1] 圣昆廷监狱，位于美国加利福尼亚州。

学家都说以他的智商绝对能够成为门萨[1]会员。"

"你从来没有怀疑过吗？"

"你是指我有没有怀疑过自己的父亲是连环杀手吗？没有，从来没有怀疑过。"

"即使伪装得再好，有时候也会露出一些蛛丝马迹吧？"

我记得在八九岁时，那时离 FBI 闯进家中逮捕父亲、我的世界轰然倒塌还有两三年。当时人们聚在一起烧烤，父亲也参与其中，那时他穿着一件厨师服，一只手拿着啤酒，另一只手拿着夹子在翻东西。当时人们都玩得很开心，相互开着玩笑。父亲也在笑，别人开玩笑的时候他亦参与其中，但他的笑有一种勉强的成分在里面。那时给我印象最深刻的是，他的眼中没有一丝笑意。

"事后看来，这大概就是蛛丝马迹吧。"我说，"我有时候会想，如果换成现在，我能看透父亲的伪装？但当时我只是个孩子，美国联邦调查局闯进来抓他的时候，我才十一岁，他杀第一个人的时候我还没有出生。在家里的时候，他有时很冷漠，有时很正常，但比起我一些朋友的父亲，他要好很多。事实上，他比我大多数朋友的父亲都要好。在我朋友的眼中，他绝对是个好父亲，因为这就是他刻意伪装出来的面孔。"

"我怎么觉得你描述的像事先编好的一样？"

"因为就是这样。"

"听着，如果你不想说就算了，我能理解。"坦普顿说。

"不是我不想说，而是我不知道该说些什么。如果他只是个罪犯，我能详细地告诉你他是个怎么样的人。但他是我的父亲，我跟他的关系太近了，所以没有办法客观地描述。"

---

[1] 门萨是世界顶级智商俱乐部的名称，于 1946 年成立于英国牛津，创始人是律师罗兰德·贝里尔和科学家兼律师兰斯·韦林。

"你很自责，对吗？你觉得自己本来应该能做些什么帮助那些受害的女孩儿。"

"你现在看起来简直就像圣昆廷的心理学家。"

"我就是。我们才刚认识，这些沉重的话题可以留到以后我们熟悉一些的时候再谈。"

我从烟盒里又拿出一根烟递给坦普顿，她摇头拒绝。一缕阳光从前挡风玻璃照耀进来，恰到好处地照在了她的脸上，我正好可以欣赏到她的侧脸。她的骨架优美，鼻子小巧精致，颧骨高高的，有斯堪的纳维亚人风格。

她一定察觉到了我在盯着她看，因为她用余光扫了我一眼。从正面看，她的脸形堪称完美，肯定符合 1:1.618 的黄金比例，这一比例在过去的两千五百年时间里一直让艺术家和数学家魂牵梦萦。在自然界中能找到很多符合黄金比例的东西，此刻，也能在驾驶座上的那个人身上发现它。

我很好奇坦普顿为什么会选择警察这样一份工资仅够生活的职业，凭她的姿色，完全可以活得更好、更轻松。追随父辈的脚步这个解释听起来还说得过去，但我的直觉告诉我这不是真话。我打开车窗，把烟点上。电台里传出滚石乐队的歌声，坦普顿把音量调大。她完全沉浸在歌曲中，随着节拍轻轻地点头，嘴里一字不落地在跟着哼唱。我又深吸了一口烟，思绪重新回到案件里去了。

第 12 章

蕾切尔睁开眼睛，却发现眼前一片黑暗，看不见任何东西。周围没有光，更没有窗户或者门缝儿之类的能透出一丝光亮。她的心脏"怦怦"地一直跳着，好像马上就要炸开一般。呼吸急促而粗重，每一次喘息都让她更加恐慌。在这静谧黑暗的环境里，她的呼吸听起来十分刺耳。

她身下的垫子很薄，能感觉到冰冷坚硬的地面。漂白粉的味道直冲她的鼻子和喉咙，记忆开始恢复——她坐在保时捷的副驾驶座上，笑得十分开心，就像中了彩票一样。

蕾切尔努力地想站起来，结果一阵恶心感袭来，她开始呕吐。但她还是成功地倾斜了身体，所以大部分呕吐物都吐在了地上，没有吐到衣服和垫子上。呕吐物带着昨夜喝过的红酒的味道，还有胃酸的味道，混合在一起的臭味让她再次开始呕吐，直到最后连胆汁都吐了出来。蕾切尔用手背擦了擦嘴，她的头还是很疼，手掌黏黏的，感觉浑身都没有力气，好像感冒了一般。

她摇摇晃晃地坐回垫子上，努力克制着自己。她深呼吸了几次，结果呕吐之后的酸味再次上涌，胃里又开始翻腾起来，但她已经什么都吐不出来了。她咳嗽了好一阵儿，然后擦了擦嘴，再次深呼吸。几分钟之后，她的呼吸终于平稳下来。

蕾切尔在黑暗中挥动着双手，最后摸到一面墙，墙面很光滑，而且十分冰凉，摸起来就像浴室的墙面，墙上的瓷砖都是边长十五厘米左右的正方形。蕾切尔摸着墙，缓缓地站了起来，她的头还是非常晕，但腿已经能够支撑住了。

地上的瓷砖比墙上的瓷砖大，大概都是边长一米多的正方形。她赤着脚走在冰凉光滑的地面上，十分小心，她努力地想要弄清楚周边的环境。在第三面墙上她摸到一扇很结实的门，她的手在上面乱摸着，终于摸到了门把手。她拧了一下，门从外面锁上了。她的心开始下沉，这一次恐慌完全将她控制了。耳边响起一阵"嘶嘶"的响声，她感觉自己在向下摔倒。

什么都没有。

再次睁开眼时，她发现眼前还是一片漆黑。她躺在冰凉的地面上，感到四肢又僵硬又笨重。脸上很疼，她摔倒时脸直接着地，肯定是擦伤了。她感觉时间已经过去了很久，但不确定到底有多久。她又摇晃着站起来，顺着墙走回到垫子那边——房间里只有一扇门。

她顺着墙坐下来，双手抱着膝盖蜷缩成一团躲在墙角处。泪水不由自主地涌出来，事情怎么会到了这一步？她要死了，她知道这一点。但这不是最让她恐惧的，最让她恐惧的是她现在还活着，如果死了的话就不用忍受什么痛苦了。

她看到了昨天晚上亚当笑容变化的那一幕。前一秒钟还是温和、充满幽默的微笑：我会成为你最好的朋友。那个笑容这样承诺，我会让你从糟糕的生活中解脱出来，会带你过上理想的生活，你配得上那种生活。但转眼之间就变成了残忍的冷笑。蕾切尔的胃再次开始抽搐起来，她以为自己马上又要吐了。泪水不断流下来，她想知道杰米现在有没有报警。随即她又想到另一个问题，这个问题让她的泪水更多了。

他发现她失踪了吗？

他发现了吗？

第13章

养护院前的私人车道坑坑洼洼，十分难走，但坦普顿好像一点儿也不在意。宝马不停地颠簸着，开车的坦普顿却没有丝毫抱怨。随着一阵刺耳的刹车声，车停在一栋拥有高墙的乡村别墅门前，激起一片尘土。

这栋别墅以前属于邓科姆家族，拥有数百年的历史，甚至比美国的历史还要长。几百年来，随着新建筑不断添加，使得这里的建筑群风格差异明显，能够清楚分辨出不同时期、不同建筑师的痕迹。这里的建筑有一种很随意的气息，让人感觉时间好像凝固了一样。这栋别墅挺大的，配得上领主宅邸的规格，但却算不上奢华。

我们俩下了车，肩并肩走向大门口。坦普顿走上前按了门铃，然后又后退一步盯着门口的监控摄像头看。她看着摄像头的表情十分严肃，好像在说如果对方敢不让我们进去，不管是谁都会面临严重的后果。两秒钟过去了，三秒钟的时候门上的锁传来响声，有人在开门。门开了后，坦普顿昂首挺胸地往里走去，好像她是这里的主人一样。从她身后看过去，她的后背挺直，姿态曼妙，不禁让人浮想联翩。

接待处的对面摆着一棵高大的圣诞树，大概有十英尺高，几乎都要贴着房顶了。树上有数十个闪耀着不同光泽的装饰物和彩球，还缠绕着数百个小白灯，并用金箔做了一些装饰，树顶上是一个很大的银星。坦普顿坦然地走到接待处前，亮出自己的警官证。

"我们想要拜访莎拉·弗雷特。"她说。

接待员听到我们想要拜访的人后，露出一副很吃惊的表情。

"出了什么事吗？"我问。

接待员摇摇头："倒没什么事，就是来看莎拉的人可不多。"

"你说不多，除了我们还有其他人来过吗？"

"她的母亲风雨无阻，每天早晨都会来看她。她刚走了一会儿，你们若来得早些就能碰到她了。"

"还有其他人吗？"

接待员摇摇头。

"她的丈夫来过吗？"

接待员欲言又止，贼兮兮地朝左右瞟了一眼，一副有秘密要跟你分享的表情。

"他从没来过？"我问。

"一次也没有。"

"我们在哪儿能见到莎拉？"

"她现在在娱乐休息室里。"接待员指着一道老旧楼梯对面的一排双开门房间。

休息室很大，木制的天花板，拼制的地板，还有高高的穹顶，有着浓厚的教堂风格。有人精心用圣诞饰品装饰了整个房间，放在壁炉前的圣诞屋虽然没有接待处门口的大，但也被精心布置过。两棵圣诞树的装饰风格是一样的，看来是出自同一人之手。

房间里有一股煮烂了的蔬菜汤和清洁用品混合的味道，这让我想起了曾经去过的其他护理院，几乎都是这股味道。每个病人都由两名护理负责照看，一个黑人和一个白人女性，照顾莎拉·弗雷特的两人看起来无聊得要死，他们坐在门口的一张桌子旁，专心等待着下班。

莎拉·弗雷特坐在一扇窗户前，茫然地看着窗外的世界。她的头发已经重新长出来了，闪耀着光泽，看起来十分健康。她的头发被精心打理过，可能是她母亲探视时为她打理的，但绝对不是门口那两个护理做的。莎拉身上穿着松松垮垮的肥大衣服，好穿也好脱。一个体重一百二十磅且没有意识的人很难管理，护理肯定不会花很多心思去照看，只要不死就行了。口水从莎拉的嘴角流出，沿着下巴滴落着。

"你带纸巾了吗？"我问坦普顿。

坦普顿从包里抽出一张纸巾，我接过来轻轻地将莎拉嘴角的口水擦掉。这是一个很小的动作，可能别人都不会注意到，但即使没有人注意到，她也应该被有尊严地对待。

我昨天第一眼看到帕特里夏·梅纳德时，心里就冒出她活着还不如死了的想法，现在我的心里又出现了这句话。得出这个结论十分艰难，不管活得如何，也总比躺在冰冷阴暗的墓穴里要好。只要活着就有希望，不管什么样的困难最终都能熬过去，但死了就一了百了了。

但并不是所有的问题都能得到完美的解决，过往的经历教会了我这一点。我的父亲从来没有在肉体上折磨过我的母亲，却给她造成了严重的心理创伤，最终让母亲抑郁而终。那些能够活下来的人则会选择用酒精或毒品麻痹自己的记忆，在极端的情况下，有些人会选择自杀。

当然，大多数人还是能够接着活下去，凑合着活。

毕竟，好死不如赖活。

我看着莎拉·弗雷特坐在窗前，两眼茫然地望着窗外，很好奇这是不是个例外。莎拉永远都不会恢复意识了，对她来说，是不是死了会更好呢？

我搬了一张椅子坐到莎拉旁边，拉开夹克的拉链，把帽子又摘了下来，陪着她看窗外的风景。案情凌乱地从我脑海中闪过，但我尽量不去想它们。我希望能够有那么一会儿，可以让大脑完全放空，就像窗外的草地一样空旷。我最大的失败就是跟案情贴得太近，深陷其中。我迫切希望能够马上破了这个案子，结果反而误入歧途，没办法看到全局。

冬日的太阳格外耀眼，一切都那样真实而精致，眼前的风景就像圣诞卡片上的场景，但一想到莎拉再也无法欣赏这样的风景，我就又沮丧起来。

我的视角转换了，窗外的草地变成了背景，窗户变成了一面镜子，反射出我跟莎拉的身影。由于角度和光线，再加上玻璃窗里层缺少反射涂层，看起来好像整个世界都消失了，只剩我跟莎拉两个人。

过了一会儿，我的视线又回到了现实中来，看到坦普顿站在我身后一脸的不耐烦。我从玻璃上能够看到她的身影，她一会儿看看手表，一会儿看看手机，要不就是打量周围的病人。她已经叹了好几次气，牙齿不时地咬咬嘴唇。她这样的女人从来不会这么无聊地等待，她有很多地方可去，有很多人等着约她。

我又看了她一分钟，确切地说，也就四十五秒钟，她开始蹲在地上待着。因为靠得非常近，我能闻到她身上香水的味道。这种味道非常好闻，不禁让我的脑海中充满了各种有趣但又不合时宜的念头。

"如果你不介意的话，我想问一下我们究竟是在干什么，温特？"她悄声问，"我会这样问，是因为看起来你来这里就是为了坐在窗前发呆，而我们本来应该去抓真正的凶手。"

"我这么做是为了换个思路，寻找一下灵感。"我微笑着说道，等待坦普顿以牙还牙。

"好吧，说来听听。"她说。

"你做这个工作是为了抓住凶手，对吧？这就是你的最终目标，你很擅长这个。"

坦普顿模棱两可地点点头，这就是她心底的真实想法，但她绝对不会大声说出来。

"你的成绩太高了，非常有干劲儿，而且很擅长自己的工作，这应该没什么不好。不管怎么说，这确实没什么不好。"

"你是这么想的？"

我点点头，然后看向莎拉·弗雷特，又有一些口水从她的嘴角流了下来，我拿着纸巾给她轻轻擦去。

"她就是关键。她和其他受害者都是被一个世界观扭曲、脑子里充满疯狂想法的疯子折磨成这样的。当你们将所有的关注点都放在凶手身上时，就很容易忽略受害者。大多数时候都是这样，我一开始也犯了同样的毛病。这就是我来到这里的原因，是要提醒自己，我做这份工作是为了受害者，抓住凶手只不过是额外的福利。现在不知道在哪个地方，凶手已经又绑架了一个人，如果我们不能正确处理我们的工作解救她，那她的结局可能就会像莎拉这样。"

我伸出手来触摸莎拉·弗雷特的手。我想摸摸看她是不是真实的，更主要的是，我想要知道一件事情。我心里希望她是虚幻的，我的手可以直接从她的手上穿过去，或者她的躯体是冰凉的，但现实并非如此，我碰到她了，跟我们一样温暖的肉体。在她仅存的手指上，本来应该戴着婚戒的地方空空如也。是谁把戒指从她手指上摘下来了呢？她母亲？护理院的工作人员？是护士还是看护做的？不管是谁，莎拉永远也不会发现这件事了。但有一件事情是可以肯定的，那就是戒指绝不是格雷格·弗雷特摘下来的。

我站起身，朝门口走去。在我身后，坦普顿的脚步声听起来有些犹豫和胆怯，一点儿也不像我们进来时那样自信和张扬。

第 14 章

格雷格·弗雷特的女助理将我们领去他的办公室，办公室位于顶层——第三层。整座大楼都被 Fizz 广告代理公司租了下来，这家广告公司不是一流的，但也不是最差的。这种身处行业中间位置的广告公司主要是靠大广告公司，比如盛世集团和其他大公司指缝间留下的一些面包碎屑为生。

弗雷特的办公室很大，收拾得井井有条，他的办公桌也是同样的风格。办公室里的家具十分精美，是红木的，展示墙上贴的东西泄露了弗雷特并不自信的内心，他迫切地希望能够得到他人的认同和重视。他努力想要掩饰自己的不安全感。

女助理让我们坐在靠近窗边的位子上，座椅是真皮质地，被故意摆放在了这里，这样，访客抬头时必然会看到阳光，并且被照射得睁不开眼睛。弗雷特的椅子非常大，跟国王的宝座一样，座椅被精心摆放在背窗的位置，这样任何人想要跟他说话，都不得不抬头。而且他的座椅大概比我们所坐的座椅高三英寸，高压攻势十分明显，但有一种可悲和绝望的感觉。

坦普顿站在我的身旁，用警察特有的目光注视着弗雷特。格雷格·弗雷特看起来十分茫然，而且很紧张的样子。这对我们来说再好不过，此行看来稳操胜券。

弗雷特玩了个小把戏，却大错特错。他本来想在这场访谈中占据优势，但完全失败了。玩这种把戏的黄金法则就是敌不动我不动，在你弄清对手的真实意图和举动之前，切记不要轻举妄动。中国伟大的军事家孙子在两千五百年前就已经告诉我们："知己知彼，百战不殆。"

女助理给她的老板抛了一个媚眼，然后转身离开，轻轻地将门关上了。她看起来二十岁出头的样子，金发碧眼，十分有活力，但应该完全不能胜任她的工作。她缺少工作能力，最终只能用肉体的魅力来弥补。在我看来，这是弗雷特雇用她的唯一理由。

我朝格雷格·弗雷特笑了笑，他马上回以微笑——他已经尽了最大努力想要留点儿面子，却不知道自己已经完全没有面子了。

弗雷特手上也没有戴结婚戒指，他处理过往的事情的方式就是拒绝面对。很明显，他已经完全将莎拉的痕迹从他的生活中抹去了。如果我们现在去他家中拜访的话，一定会发现他家里已经没有莎拉的任何物品了。没有照片，没有纪念品，没有任何能让人想起她的东西。他甚至可能已经把之前的房子卖掉了，就是为了彻底忘记她。

坦普顿花了很大力气才说服他，让他给了我们五分钟的面谈时间。不是他有多么忙，而是因为我们代表着那些他想努力忘却和逃离的东西。

"你跟她睡多久了？"我问。

弗雷特看起来很困惑，这正是我想达到的效果。他知道我问的话是什么意思，但不确定自己是不是听错了，所以他说："不好意思，你说什么？"

我耸耸肩道："我很好奇，你跟你的女助理已经多长时间了？她知道自己很快就会被炒鱿鱼了吗？"说完后，我又径自点点头，"她当然知道，她可能有点儿无能，但绝对不傻。你是在绑架案发生之前还是之后跟她发生关系的？她看起来跟莎拉有点儿像。"

弗雷特目瞪口呆，张大着嘴听着我说话。

我摇摇头道："不对，莎拉是去年被绑架的，我猜你从那时开始至少已经睡了六七个女人。大概一两个月换一个吧，她们都跟莎拉长得有点儿像吗？"

弗雷特依旧目瞪口呆，没有从我的攻势中缓过神儿来。

"当你的老婆被绑架时，你却在跟别的女人一起睡觉。绑架案发生前你应该也没少干这种事吧？这就是你！你看到一个喜欢的女人，就非得把她弄到手不可，根本不在乎自己到底伤害了多少人。"我停顿了一下，接着说道，"你真的爱过莎拉吗？真心的那种，就算牺牲你自己的生命也在所不惜。"我又摇摇头道，"显然没有，你永远也做不到这一点，因为你不过是一个自我迷恋的杂碎，不敢做出承诺。"

格雷格·弗雷特的脸霎时涨得通红，他突然跳起来冲向了我。对一个常年坐办公室的人来说，他的动作算得上十分迅速。他在我的胸口重重地打了一拳，我朝后摔去。

前一刻我还笔直地站着，下一刻我已经平躺在地上，弗雷特压在我的身上。我努力想要挣脱他，但他实在太重了。他高高地举起拳头，一副怒火中烧的样子，嘴唇紧紧地抿着，双眼睁得很大。我一边挣扎一边想象着接下来可能会发生的种种情形，不论是哪种，最后的结果都是我会挨打，问题不过是被打得有多严重。

我闭上了眼睛，可是，拳头一直没有落下来。

压在我身上的重量忽然没了，我睁开了眼，发现弗雷特正在旁边怒视着我。他的右脸颊紧紧地贴着地面，坦普顿骑在他的身上，将他的右手反扭在身后。

"这是警察骚扰。"他的声音含混地发出来。

我盘腿坐在地上，居高临下地看着他。现在我反而有高度优势了，大概有两英尺那么高。而且他被一个女人按在身下，我想这一点对他的打击比第一条要大得多——在格雷格·弗雷特的世界里，女人是二等公民。

"严格来讲这算不上警察骚扰，因为我不是警察。"我说。

坦普顿更用力地扭住弗雷特的右臂，弗雷特因为疼痛而面目扭曲，大声喊着"放开我"。

我歪了歪头，这样我们俩正好可以直视对方："听着，弗雷特，没人想对你进行道德审判。说实话，我一点儿也不在乎你跟谁睡，我只是想弄清，在莎拉绑架的那段时间里，你们俩的关系到底怎么样。"

"放开我。"他重复道。

"如果你合作的话，我们可以把你放开。接下来的问题你要好好想一想，因为如果你的回答不诚恳的话，她只要再加些力气，你的胳膊就会脱臼，接回去可会很疼的。"

我说完停下来，给他时间缓冲一下。弗雷特只是怒视着我，好像在想什么方法能马上报复我。

"好，现在就开始有奖问答，格雷格，你的婚姻很不和谐，对吗？"

"我不知道你在胡说八道什么。"

"这个答案可不对，奖品没有了。"

"我的婚姻没有任何问题。"

"这是你对警方的说法。因为当时他们都忙着寻找你妻子的下落，所以没有深究，对吧？"我停下来，让自己的声音变得轻快，以显得更加友好和亲密，"每次你跟女助理睡觉的时候，心里想的都是莎拉吧？你会想起她一个人在护理院里，负罪感会一点点地将你吞噬。"

弗雷特移开目光，不自觉地看向自己那只曾戴着婚戒的手。坦普顿更用力地扭着他的胳膊，他发出一声痛呼。

"我估计只要再加一点儿力道，你的胳膊马上就会脱臼。你最好掂量掂量。"我又停下来，过了会儿接着说道，"我们刚才去看了莎拉，她住的那家私人护理院可不便宜，所以我想只有你能负担得起。每个月看着自己支付那么大一笔护理费，是不是能稍微减轻你的负罪感呢？"

弗雷特不再看我，只是沉默着。当他再度抬起头的时候，我看得出，他已经做出了决定，而且这个决定是正确的。

"我们俩有一段时间确实不太好。"他低声说。

第 15 章

灯突然亮了，蕾切尔眼前一片惨白，什么都看不清。强烈的灯光照射在光滑的墙壁和瓷砖上又反射回来，让她感到眩晕。

灯光实在太强烈了，也太直接了，蕾切尔把手放到前额遮挡着，但灯光还是那么亮。她闭上眼睛，再缓缓睁开，一点点适应着灯光。这个房间没有窗户，只有一扇门，这扇门也是白色的，几乎跟墙壁混为一体，门的下面有一个专供小狗进出的挡板。天花板也是白色的。房间里放置着床垫和毯子。

这是一个冰冷、严酷的地方，看起来就像实验室，很容易清理。这个想法让蕾切尔一阵恐惧，不禁打了个寒战。亚当早已经把她身上穿的那条红裙脱了下来，给她换上了一件肥大的慢跑长裤和相应的汗衫。他还把她的内衣裤脱了，换成了棉布质地的。

蕾切尔看着眼前的事物却没有真的看在眼里，虽然想着它们，但脑海里一片空白。她模糊地意识到床垫、呕吐物，还有墙角放着的黑色塑料桶。之前她曾希望可以摆脱黑暗，但现在她宁愿自己什么都没有看到，因为眼前是一张牙医的手术椅。

椅子是用拉丝金属制作的，看起来十分结实沉重，跟她以前每隔六个月去做牙齿检查时看到的一样，除了一点——皮带。这个手术椅上有皮带用来固定胳膊、大腿和头。有那么一会儿，她只是坐在床垫上盯着手术椅看，她不想看这张椅子，内心却忍不住。单单只是这张椅子就让她感到恐怖和恶心。

蕾切尔站起来走到椅子旁，她看到手术椅上有一摊黑色的污渍，她知道这是血，却不想承认——她还没有做好接受眼前一切的准备，她不知道自己什么时候才能鼓足勇气面对眼前的事情。

"五号走到门口来。"

亚当的声音从四面八方传来，显得扭曲而机械，大到能把人震聋。蕾切尔恐惧地朝着四处看着，发现四个墙角都挂着一个被漆成白色的扩音器，扩音器旁边是同样被漆成白色的摄像头，以确保房间内没有任何死角。

"五号走到门口来。"亚当重复道。

蕾切尔慢慢走到门口，她低头盯着地板看，这样就不用看到摄像头。她的大腿感觉就像别人的一样，不听使唤，整个身体都在颤抖。她知道摄像头能够捕捉到她的一举一动。挡板打开，一个桶被送了进来，桶里有四分之三的肥皂水，上面漂着一块抹布。随后挡板又"啪"的一声关上了。

"五号，把自己的脏东西清理干净。"

蕾切尔犹豫了一下，她盯着扩音器看了一眼，接着是摄像头、呕吐物和床垫，然后她又看向那张压抑的手术椅。她拿起桶，将它挪到床垫旁边，跪在地上开始清洁地板。漂白剂的味道直往她眼睛和鼻子里冲，化学制品灼烧着手和皮肤，让她感到很难受。当她清理完污渍后，她把桶又放回门口，当挡板打开时，她距离门口只有几步远。

"五号，把桶递出来。"

蕾切尔立即遵从，然后挡板"啪"地就关上了，灯也熄灭了。黑暗中唯一的声音就是她的呼吸声，蕾切尔在黑暗的房间中伸出手臂摸索着，慢慢走回床垫前，就像梦游患者一样。她躺在床垫上，盖着毯子蜷缩成一团。她想要寻找舒适，最终找到的却是孤独的悲伤，一点点吞噬着她仅剩的希望。她闭上眼，泪水止不住地流下来。

第 16 章

走出弗雷特的办公室，室外的温度至少比里面低五十度，那种感觉就跟在冰柜里行走一样。街上的雪大部分都化了，只剩下一些灰蒙蒙的积雪，以及人行道上融化冷凝形成的薄冰层。我把夹克的拉链一直拉到下巴处，戴上帽子，很希望自己现在身处的地方是加利福尼亚、夏威夷或者里约——只要不在这儿，任何有阳光的温暖地方都可以。

"你想起诉他吗？"坦普顿问。

我看了她一眼："为什么我要干这种事情？"

"首先，格雷格·弗雷特袭击了你；其次，这个家伙是个人渣。这两条理由都很充分，足够你起诉他了。"

"还有第三，他告诉了我想知道的信息，这是这一天最重要的收获。如果起诉他的话，我就要把时间和精力浪费在这些无聊的事上，或许就会错过可以抓住凶手的机会。"

"好吧，不过如果你改变了主意，我会非常乐意当目击证人的。"

我从烟盒里抽出两支烟，自己点上了一支，把另一支递给坦普顿。然后我拿出手机，开始查找最近的通话记录。

"你要打给谁？"坦普顿斜叼着香烟，拿出了打火机，把香烟的末端放在火焰上点燃。

"你总是这么吵吗？"

她哈哈大笑起来："当然了，我是个警察，这是我的职业习惯。所以，你要给谁打电话？"

我无视了她的问题，然后按下呼叫键开始打电话。电话刚响了两声，海切尔就接了电话。

"你欠我五十块钱。"我说。

"我得看到确凿的证据才能付钱。"海切尔说道。

"格雷格·弗雷特承认的时候,坦普顿也在现场,她会告诉你细节。莎拉出事的时候,弗雷特确实有外遇,这就证明了凶手有确定类型的作案对象,所有受害者的丈夫都有婚外情。关于下一个受害者有什么线索了吗?"

"到目前为止还没有,毕竟才刚开始。"

"一旦有疑似案件,马上把照片发给我。"我说。

"没问题。你对圣奥尔本斯的猜测是对的,凶手确实在公路旁停过车,有人看见他了。"

"有什么有用的细节吗?"

"他大概中等身高,年龄在30—50岁,头发大约是棕色的,不过也可能是白色的,或者都不是。"海切尔在电话里描述道。

"那凶手开的车呢?"

海切尔应该在电话的另一端摇着头吧,因为我问完后,他什么话也没有说。他叹了一口气,说道:"车停得很远,所以没什么有用的信息。根据目击者的证词,凶手开的是一辆标准四门轿车,可能是福特、沃豪或者斯柯达,车大概开了五六年,也可能是十多年。至于颜色,大概是银灰色的。"

"真是太感谢这个目击者了。"

"为什么这么说?"

"想一想,单单是证明凶手在那儿停过车就已经证实了我的猜想,这个凶手确实在有意误导我们的调查方向。我们可能不知道他长什么样,也不知道他开什么车,但我们已经知道他的心理动机了,这一点很重要。记住,海切尔,一旦有疑似案件,马上把照片发给我。"我打完电话,深吸了一口烟,旁边的坦普顿正用闪着光的蓝色大眼睛看着我。

"怎么了?"我问。

"你跟海切尔打赌弗雷特是否有外遇，我好像记得有条例禁止类似的打赌。"

"好像吧，不过我们首先要弄清楚什么比较重要。"

"什么比较重要？"

"那就是我现在赢了五十英镑，今晚的酒钱算我的。"

坦普顿眯起眼，探究地看着我，这一次她看我的眼神跟看格雷格·弗雷特的眼神唯一的区别就是，她要使劲儿绷着才能保持一副面无表情的样子："我没有答应过今晚跟你一起喝酒吧？"

"当然没有，不过请让我换一种说法，你认识会拒绝喝免费酒的警察吗？"

坦普顿没有说话，一副好像真的在思考这个问题的神态："什么时候？"

"晚上八点怎么样？"

"八点可以，不过你想让我安静的话，一杯免费酒可不够。"

"你可以尽情地喝。"我说。

我们走向汽车，我把烟头熄灭，扔进附近的垃圾桶里，然后打开车门坐进副驾驶座，掏出手机来。

"你现在要给谁打电话？"坦普顿问。

"我没打电话，我在用谷歌搜索谁是伦敦最好的脑外科医生。"

第 17 章

阿兰·布雷克教授是伦敦最好的脑外科医生，他在伦敦大学神经疾病研究中心工作。那是一座位于皇后广场的红砖建筑，气势非常雄伟。不过，它周围的其他建筑物也十分出众。按照布雷克教授的秘书所说，他很忙，而且非常忙。我们很幸运，他吃午饭前有十五分钟的空闲时间。

他的秘书对这十五分钟反复强调,她的样子让我不禁怀疑,如果我们会面超时的话,恐怕就再也看不到明天的太阳了。

好在坦普顿用警灯开路,我们才能提前五分钟到达。根据维基百科上的资料,全世界引用率最高的十二个神经疾病专家中,有四个都在这家研究中心工作。布雷克教授在这份榜单中排名第二,仅次于约翰·霍普金斯大学的杨教授。

布雷克教授的办公室位于顶层,看起来十分杂乱,跟格雷格·弗雷特的办公室正好形成鲜明对比。他的办公室里没有展示墙,因为教授的行业地位毋庸置疑,他不需要拼命向别人炫耀自己的成就,但我想主要还是因为房间里已经没有多余的空间了。

房间里到处都是书,墙边立着一直到屋顶的巨大书柜,上面大概有上千本书。办公桌上是各种文件,桌边是一摞高高的文件夹,摇摇欲坠的样子令人十分担心。布雷克教授大腹便便,长着一张十分友善的脸,银灰色的头发和胡子打理得十分干净整洁,双手保养得也很好。他把椅子上的书和文件都挪开,招呼我们过去坐。

"你们是为了脑神经切除术的案子来的吧?"布雷克教授在伦敦生活多年,他的苏格兰口音已经不怎么明显了。

我点头道:"是的。"

布雷克教授摇摇头道:"真的是太糟糕了,我一直在新闻上关注着这个案子。"

"教授,你能向我介绍一下这个手术吗?"

"你想知道哪方面的?"

我看了一下手表:"给我一个十三分钟的速成班科普吧。"

"别把格伦达的话放在心上,她总是喜欢夸大其词。"布雷克教授变得严肃起来,就像讲课的老师一样说道,"前脑叶白质切除手术主要是切断前额叶皮质区域和神经组织的联系,大脑的这部分区域主要与人的性格和决策有关。前额叶皮质能够让我们区分思想,辨别什么是好、什么是坏，什么一样、什么不一样，能够让我们决定自己的行为，让我们拥有可以预估未来的能力。此外，这部分区域还能够决定我们的社会性，意思是让我们可以控制自己。如果冲动不受控制的话，我们会做出很多为人所不齿的行为来。做了这个手术，就意味着彻底摧毁了一个人的个性，也可以说是偷走了他的灵魂。"

我想起莎拉·弗雷特眼神空洞地盯着窗外的场景，她像在看东西，却又什么都没看到。这就是被做了这个手术后会发生的事情，她的灵魂被偷走了。

"按今天的手术标准来看，这个手术只能算是杀猪，根本不能说是外科手术。"布雷克教授接着说道，"这方法跟用水蛭放血差不多。首先你要了解这个手术产生的根源是绝望，在二十世纪，精神病院里人满为患，当时没有任何办法能够治疗他们。因而产生了这种神奇的方法，表面上看，病人确实安静了，好像很有效果，因此它受到人们的普遍欢迎。据估计，仅在美国就做过四万例的这种手术，在英国大概也有一万七千例。大部分都是在二十世纪四十年代早期到五十年代中期进行的。"

"这么多人做过这种手术？"我感叹道。

"但这种所谓的魔力治愈是有缺陷的，病人表面上看好像是被治好了，可伤害也产生了。1950 年，苏联正式禁止这种手术，苏联也是第一个这么做的国家。他们最后认定这种方法是把一个神经不健全的人变成了白痴，他们说得对。美国对此的反应慢了一点儿，一直到二十世纪八十年代，美国还有做这种手术的人。"

"这个手术的流程是什么？"

"那些受害者的头骨上有打洞吗？"

我摇摇头："没有。"

"这样的话，她们做的应该是经眼眶额叶切除术，按照通俗的说法就是冰锥额叶切除术。这个手术是由沃尔特·福雷曼在二十世纪四十年代中期使用冰锥和柚子做实验得来的，在对真正的病人进行手术之前，沃尔特首先是用柚子练手，然后是尸体，最后才是活人。做这种手术时，先把上眼皮掀开，然后使用一种专用的细锥子探到眼眶里面去，再使用小锤子轻轻敲打，让锥子穿过眼眶后的骨头层深入到大脑中，然后不断搅拌来破坏大脑神经组织。弄完一只眼睛后，再对另一只眼睛进行同样的操作，就可以完成整个手术了。"

"做这种手术需要进行专业的医学培训吧？"

"不需要，福雷曼就没有受过任何专业的外科手术培训，但他至少做过三千五百例这种手术。每次手术他都会收取二十五美元的手术费。"布雷克教授摇摇头道，"花二十五美元去摧毁一个生命，这种事像天方夜谭一样，却真实地发生了，仿佛一下子就回到了中世纪。而且，福雷曼非常喜欢分享自己的技术和经验，他开着车在全国巡游，拜访神经疾病研究中心，向别人传授该方面的知识，并且对他们进行培训。如果要为这件事找一个罪魁祸首的话，福雷曼难辞其咎。"

"我没有任何科班经历，那我能够做这个手术吗？"我问。

"可以，这很容易。就像我之前说的，我们讨论的东西跟外科手术没有任何关系，更像是杀猪。"

"我不是这个意思。"我咧嘴笑道，"我的意思是，你能教我怎么做这个手术吗？"

第 18 章

解剖室中心放着一张不锈钢金属台，上面用布盖着一具尸体。你没有办法不注意到它，因为它是如此扎眼、醒目，即使隐藏在绿色的罩子下面，依然能够吸引你的全部注意力。坦普顿也跟我一样，一直在盯着它看。我们俩身上都穿着医用的蓝色短袖，手上戴着橡皮手套。

我们穿上这身衣服后最大的不同在于，她穿得十分得体，看起来就像是电视连续剧里的女主角，而我则像跑龙套的。身上的医用蓝色外套让我感觉很不舒服，橡胶手套套在手上，又干又紧。

内嵌在吊顶上的长条荧光灯散发出耀眼的光芒，把整个屋子照得一片明亮。而手术台上可移动的机械臂上有着更多的手术灯，可以在手术时提供充足的灯光。白色是这个解剖室的主色调，墙是白色的，地板和天花板也都是白色的，十分符合这里的氛围——枯燥而实用。旁边的一面墙上挂着一块黑板，上面用黑色的马克笔写满了笔记。为了保证房间里无菌而且低温，空调开得很低。

"我很感谢您能抽出这么多时间来协助我们调查。"我说。

"不用向我道谢，是你们帮了我的忙，不然我现在就要去开那无聊的预算会议了。"布雷克教授说。

布雷克教授将绿色的罩子掀开，尸体的头部就露了出来，坦普顿看到后吓得猛吸了一口气，脸上霎时没有了一丝血色。我上前一步，以便更好地观察尸体。说实话，我曾见过不少尸体，包括腐烂和肢解的，但我从没见过这样的尸体，它有一种既让人恶心又使人着迷的气质。

这具尸体看起来已经被许多学生使用过了，尸体的脖子和右脸的皮肤已经被揭去，用来向学生展示内部的肌肉和肌腱组织，偶尔透过缝隙能直接看到里面的头骨。尸体的头发和眉毛都已经被刮掉，化学防腐剂让尸体的皮肤、组织和骨头呈现出一种不健康的橘黄色。左半边的脸还算完整，透过鼻子和下巴可以看出死者生前为男性。这具尸体看起来就像一个蜡模，但味道比蜡模难闻多了。

"你还好吗？"我问坦普顿。

"我没事，只是有点儿不适应，这跟我想的不太一样，我以为尸体是完整的。"

"抱歉，我应该提前告诉你的。"布雷克教授说。

布雷克教授把手术灯拉过来，让灯光侧照着，把整个尸体的脸部照得十分清晰。

"福雷曼使用电休克机器让病人陷入昏迷，年纪大一些的病人只要电击一次就差不多了，而年轻、体格健壮的病人可能就得五六次才行。病人只会昏迷数分钟，但这已经够福雷曼完成手术了。"

布雷克教授拿起一根八英寸的细长铁制器材，这个器材一端是一个平面，另一端是细长的针尖："我手头没有专门做那个手术的器械，不过这个工具跟那个差不多。"

布雷克教授掀起尸体的左眼皮，然后将器材尖端伸进尸体的眼窝里，之后他拿起一个小橡皮锤轻轻地敲打着器材的平面端，尖端与眼窝后面的头骨碰撞，发出"咔嚓"的响声。布雷克一边敲打，一边滔滔不绝地向我们解释其中要领，他是一个很好的老师，非常热情且很有启发性。当他完成左眼窝的手术后，转过身来把器材递给我。

"好了，你来试一下吧。"他说。

我从布雷克教授手中接过还带有温度的器械，盯着尸体看了一会儿，然后我闭上双眼，想象着自己身处折磨和尖叫的现场。

由于噪声，我必须在地下进行这项工作，可能是一个地下室或者地窖。四面都是砖墙，厚重的泥土能把一切声音都隔绝开，是一处完美的实验场所。唯一的问题就是声音可能透过屋顶传出去，不过我可能会用防火岩棉板来隔绝声音，也可能我住的地方比较偏僻，根本无须担心会被别人听到什么声音。

莎拉·弗雷特被限制在手术椅上。

这项仪式具有象征意味，将会一遍又一遍地在我脑海中回放，我已经想象过很多次这种场景了。

首先，我需要最后一次把她的头发剃光。

我解开腕带让她站起来，莎拉既没有挣扎也没有抱怨。她知道自己该怎么做，之前吃的苦头已经让她学会了听话。我的一举一动都十分专注，享受着此时的每一分钟，最后她的头变得十分光滑完美。当我将她又绑在椅子上时，她还是乖乖地躺着，十分温顺，看起来就像尸体一样——她的精神已经崩溃了。

现在开始进入正题。

我向她展示了锥子和橡皮锤。我们待在一起的这段时间里，我已经多次向她展示过这些器材，她很清楚我要对她做什么。当她看到锥子时，眼睛睁得大大的，开始挣扎，但这不是她的真实态度。最后这一个月，她已经完全放弃了抵抗，这也是事情会走到这一步的原因。当她们开始放弃抵抗，她们也就变得索然无味了。

我掀开她的右眼皮，把锥子伸进她的眼窝，一直到碰到骨头。她的身体在这个过程中微微地扭曲着，但皮带将她的头紧紧束缚住，她只能发出像小孩子低声哭泣般的声音。比起她在其他时候的惨叫，这种悲鸣并不算什么，但仍然是我听到过的最美妙的声音之一。她的左眼因为恐惧而睁大。

我拿起橡皮锤开始轻轻敲打，每次都小心地用力推进。我已经练习过许多次了，清楚地知道该用多少力合适。鼻梁正好能为我提供合适的指导角度，我一直朝着大脑额叶方向前进，直到锥子深入两英寸，这种感觉就像穿透了柚子一样。我把锥子倾斜四十五度，尖端开始破坏大脑组织，然后我开始更用力地往里推。这一次我左右摇晃着锥子，每次倾斜二十八度左右。最后我把尖端向下一压，彻底切断了大脑半球之间的连接。

在我手术的过程中，受害者几次陷入昏迷，但我并没有停止手术，因为已经没有这个必要了。折磨她已经不能让我兴奋了，高潮已经到顶了，快乐和游戏也就结束了。这个事情就此终结。

弄完右边之后，我掀开她的左眼皮，开始破坏她左边的大脑。

我们在实验室门口握手告别，布雷克教授告诉我，有任何问题都可以联系他。当大门关闭后，我跟坦普顿朝走廊的另一端走去。刚走出去两步，我就感觉空气清新了许多，但尸体的气息还是如影随形，它萦绕在衣服里、鼻孔里，挥之不去。

"我们要马上联系海切尔。"我说，"让他立即派人调查博物馆或者私人收藏家，看看他们是否有人丢失了做这种手术的锥子，希望凶手是个古典主义爱好者。"

"如果他不是呢？"坦普顿问。

"那他用的就是手工制作的，如果是这样，可就麻烦了，我们要花大力气才能查清楚他到底是从哪儿弄到的这东西。"

"也许他是自己做的呢？"

"不太可能。这个凶手不是蓝领工人，他不清楚该怎么做这种东西。"

"我们也可以查一下电休克机器的线索，如果他真是个古典主义爱好者，那他也一定需要一台这样的机器。"坦普顿建议道。

"很聪明，不过这大概只是在浪费时间而已。福雷曼之所以要用这种机器，是要让患者陷入昏迷，而凶手却想让受害者保持清醒。他希望受害者们清楚地意识到最后一刻会发生什么事情。"

"天哪！"坦普顿因为震惊，许久都没有说话，半晌才道，"好吧，那我们现在去哪儿？"

"去个能好好吃一顿的地方，该吃午饭了，你知道哪家餐馆不错吗？"

"做完这种事之后你还吃得下吗？"

"我什么时候都吃得下。"

第 19 章

坦普顿把车停在一家咖啡馆后面的道路上，这个地方看起来有些年头了，过去应该也曾热闹过。墙上橘黄色的油漆很是斑驳，路两旁的墙上画满了涂鸦，一层又一层的海报贴在上面，内容都是很早之前的广告。我看了看这家咖啡馆，然后转头看着坦普顿。

"你是在逗我玩儿吗？"我说。

坦普顿摇摇头道："我很认真的。"

"我们身处伦敦这个大都市，在这个城市里有几千家饭馆，包括这个世界上最棒的餐厅，然后你告诉我这家就是你知道的最好吃的地方？"

"外表有时候会欺骗你的眼睛，相信我，这里的东西真的非常好吃。"

我们走进去，从柜台后走出来一个意大利人，他紧紧地拥抱住坦普顿，那种情景就好像见到了失散多年的女儿一样。

"我的大警探最近过得怎么样啊？"他问。

"很好，费德里克。"

"还是在到处打击违法犯罪分子，好让我们这些良好市民能够安心躺在床上睡觉吗？"

"我只是在努力做好本职工作。"

费德里克朝我点点头："这是你的新男朋友吗？"

"他不是我的男朋友。"坦普顿亲昵地横了他一眼，"这是杰弗逊·温特，他在帮我们处理一个棘手的案子。"

费德里克伸出手来跟我握手。他看起来快七十岁了，但依然很有力气。

"你们想吃点儿什么？"

我点了一份意大利千层面，坦普顿点了一份全日早餐。解剖室的事情已经被我们抛之脑后了，坦普顿的食欲也恢复了正常，这就是警察的本色。经历与你从可怕的事情里恢复的时间有着直接关系，经历得越多，适应能力也就越强，恢复也就越快。坦普顿现在已经摆脱了解剖室的影响，而我从解剖室出来的时候就恢复了正常。

我们走到靠近窗边的空位，这里的视野非常棒，你可以静静地看着外面的世界从你旁边经过。我脱下夹克，披在身后的椅背上，然后坐下来，感觉非常舒服。窗外，川流不息的人潮汹涌而过，有人在打电话，有人步履匆匆，好像身负重要使命似的，他们每个人都活在自己的戏剧世界中。从远处走来的一个穿着超短裙的女孩儿吸引了我的注意，她长得很漂亮，超短裙对于这个季节来说太另类了。当然，最关键的是，她的腿修长而迷人，让你忍不住地去看它。

我的眼睛盯着窗外，心中却开始快速处理起早晨获得的信息，将它们添加到已有的信息中，并对之前的资料进行重新评估和分析。费德里克端来咖啡，我舀了两勺糖放入咖啡里。坦普顿坐在对面看着我。

"怎么了？"我问。

"你的心思不在这里，你刚才在想什么？"

"我在想，你为什么说你的父亲是个警察？"

"你刚才不是在想这件事。"

"刚才可能不是，不过我现在想的就是这件事，所以你到底是因为什么才对此隐瞒的呢？"

"你是在说我是骗子吗？"

我哈哈大笑起来："没有，没有。不管怎么说，你都在回避这个问题，你父亲不是警察，你爷爷也不是警察，对吗？"

"是的，他们都不是警察，我父亲是名会计师。"坦普顿承认道。

"所以，这背后有什么故事？"

"说出来会很傻。"她的声音低了许多，透露出强烈的不自信。

"我喜欢傻气的故事。"

"好吧，我告诉你，不过你要保证不准笑话我，还要保证你永远不会告诉其他人，哪怕一个字也不准泄露。"

"我发誓。"

"我从来没有告诉过任何人。"

"你可以选择告诉我，或者不说，但别一直这样吊着我。"

坦普顿深吸了一口气，然后开始坦白。她说的语速非常快，好像不赶快说出来就永远都不能再说出来一般。

"我小的时候既不想当演员，也不想当芭蕾舞舞者，或者是小姑娘们非常喜欢的其他职业。那时候我只梦想着长大后能成为一名警察。更准确地说，我想成为一名探员。南希·朱尔是我的偶像，我读了她所有的小说。而且我还喜欢看各种关于警察的片子，即使是很差劲儿的也喜欢看，二十世纪七八十年代那会儿流行的警探片我都看过，其中《警花拍档》是我最喜欢的。"

承认最后这一点时，坦普顿有些不自在，脸上满是尴尬。我喜欢之前的坦普顿，也同样喜欢现在的她，也许现在的更多一点儿，因为她看起来更真实了。我窥探到了她面具之后的样子。我理解她之前的表现，司法界是男性主导的地方，而她有野心和梦想，想要在那里大展拳脚。为了走得更远，她必须参与到现实的游戏中，她的职业生涯不可能永远停滞在警员这一级别上，她有成为警长、警督的潜质。如果她继续努力，很有可能会打破职业的天花板，实现最终的梦想。

"喜欢看《警花拍档》没什么错啊。"我说。

"就是有错，我猜你根本不屑看那种东西吧？"

"哈哈，你难住我了。我更喜欢《申冤人》这种风格的片子。"

"性格阴郁的独行者，每次都单枪匹马拯救这个世界，确实是你会喜欢的风格。不过严格来说，这算不上警匪片。"

"你说得对，完全。"

坦普顿笑了起来，我也禁不住笑了起来。

"至于为什么会对当警察如此着迷，我也不知道。我没有兄弟需要竞争，我的父母也从没有把我往那个方向引导。我猜可能是因为，我觉得这个工作能给自己带来一些改变吧。所以年龄一够，我就加入了警界。"

"你现在还相信这份职业会给你带来改变吗？"

她没有立即回答，而是喝着茶想了一会儿："有时候我觉得会，有时候又觉得不会。总的来说，相信的日子比不相信的日子要多。我想，如果有一天这个信念动摇了的话，恐怕就到了我该辞职的时候了。"说完她又露出灿烂的笑容，两排整齐洁白的牙齿闪耀着光泽，"我想自己已经失去了成为芭蕾舞者的机会，不过或许我可以尝试一下成为一名演员。"

费德里克端着我们的午餐走过来，我的食物里没有任何装饰，没有沙拉，也没有面包，只有放在盘子里的一坨面。食物卖相不佳，不过坦普顿说对了，味道确实非常好。坦普顿的盘子里放满了各种高胆固醇的食物，包括培根、香肠、鸡蛋和豆子。我有点儿好奇，她吃这么多，怎么还能保持如此苗条的身材？

坦普顿一边吃东西一边问我："那你呢？你的原因又是什么？"

"我会成为一名警察，是因为我的父亲是一名连环杀手。"

"这不是我想问的。"

坦普顿说得对，而且我们俩都心知肚明。她又开始盯着我看，不过这一次可没什么善意，而是那种能让无辜的人进行忏悔的逼视。这就是坦普顿的另一面，属于警察的那一面。海切尔已经告诉过我了，但直到现在我才领悟她为什么这么合适干这份工作。

"这只能解释你为什么加入 FBI。"她说，"但没有解释你为什么辞职，也没有解释你为什么要做现在的工作。"

我想着该如何回答她，我可以给出好几个回答，包括主因和其他小的因素。虽然这些说辞都是真的，但没有一个是真正的原因。我在 FBI 已经工作了十一年，最后三年我成了首席案情分析师。在一起众人瞩目的绑架案里，我成功帮助警察解救了女受害者，最后绑架者身亡，我因此获得了勇气勋章。

从表面上看，我在 FBI 的职业生涯很成功，但事实并非如此。我一直是个局外人，而且总是按照自己的方式办事。但问题在于，FBI 不是一个适合局外人待的地方，也没有空间给不守规则的人。这家机构非常庞大，拥有三万四千名雇员，每年的预算高达八十亿美元。在这里，人们强调的是团队，我的职位越高，就越感觉到自己的格格不入，而且总是找不到合适自己的位置。因此，我在高层中竖立了一些仇敌——对我心怀不满的人可不少呢。工作开始掺杂政治，而我从来都不是一名合格的政客。每当我提出的方法遭受质疑时，我都强调这是为了解决案件必须采用的办法，但很快这个理由就被否决了。

这些都是我离职的小原因，而主要的原因就是那三个字——八个月前我父亲在被处死之前对我说的那句话：

我们都一样（We're the same）。

每个重大决策都有一个引爆点，对我来说这就是引爆点，我一回到弗吉尼亚就立即辞职了，收拾完东西便头也不回地离开了。那三个字深深地烙印在我的脑海里，我从来没有冷血地杀过任何人，也没有在深夜穿行于森林中，用猎枪射杀一个无辜的女人，但这并没有什么用。

仅仅知道还不够，我需要证明自己跟他们不同，但在FBI的束缚下，我无法做到这一点。这就是我会选择做现在的工作的原因，也是我会如此逼迫自己的原因。

我们不一样。

但是……

我的衣服口袋里突然传出手机铃声，坦普顿仍然坐在对面看着我，期望得到答案，但她必须得等了。我拿出手机，看到海切尔发过来两张照片，虽然照片上马赛克现象严重，画面十分模糊，但已足够我辨别照片上那两个女人的主要体貌特征。第一张照片上的女人有着黑色的头发和棕色的眼睛，于四十八个小时之前失踪，但她不是。我打开第二张照片，看到照片的一刹那，我知道就是她。一切条件都符合，浅黑色的头发、棕色的眼睛，还有照相时那种神采飞扬的气质。我把手机放在桌子上，推到坦普顿面前。

"这就是下一个受害者。"我说。

第20章

"五号坐到椅子上去。"

亚当扭曲的声音突然响起，阴森而恐怖，震得蕾切尔的脑袋嗡嗡作响，没有办法思考。声音在屋子里回荡着，从墙壁上反弹回来，形成一种奇怪的回音。蕾切尔把手捂在耳朵上，在床垫上蜷缩成一团。房间的灯突然打开，蕾切尔被照得闭上了双眼，这样，既能阻止灯光的照射，也能阻止现实的进入。她永远也不要坐到那个椅子上，绝不。

"五号坐到椅子上去，不然你就得接受惩罚了。"

蕾切尔一直往墙角躲着，整个身体颤抖不已，又热又咸的泪水润湿了她整张脸。

"不，不，不，不。"她呢喃着。

门突然打开，蕾切尔转头看过去，就看到亚当大踏步走进来，他右手拿着一根老式的藤条，轻轻敲打着左手心。蕾切尔整个人都挤在墙角处，努力地想把自己变小。没有任何警告，亚当突然抬起手狠狠地抽了蕾切尔一鞭子，蕾切尔猝不及防，发出一声惨烈的尖叫，拼命朝后缩着。

"五号坐到椅子上去。"

蕾切尔没有动。

藤条再次举起，落到了她的身上，她又发出一声尖叫。

"五号坐到椅子上去。"

亚当用藤条敲打着墙面，节奏单调却让人恐惧，蕾切尔的耳中除了藤条的敲打声就再也听不到别的声音了。亚当走到了一边，房间里的椅子看起来更大了，占据了她所有的视线。蕾切尔看了一眼藤条，站起来，开始缓慢地朝着椅子走过去。亚当在身后跟着她，仍不断地用藤条敲打着墙面。亚当看她的眼神，让她觉得自己就是一只被关在玻璃瓶里的小飞虫。距离那把椅子只有五米远，蕾切尔却感觉有五英里[1]远。她站在椅子前犹豫着，手术椅扶手上的黑色的污渍令她恐惧。

"五号坐上去。"

蕾切尔瞥了一眼身后的亚当和他手里的藤条，她知道如果自己不听话，他不会吝啬使用藤条的。身上被打的地方还在灼烧般的疼痛，她不情愿地坐到了椅子上去，冰凉的乙烯基材料椅背让她的皮肤一阵战栗，有多少女人曾被绑在这里？在她们身上都发生过什么？蕾切尔强迫自己坐住不动，不过这并不容易。现在她只想不顾一切地站起来，跑回床垫上，但对亚当的恐惧让她一动也不敢动。

亚当倾下身来绑住了蕾切尔的胳膊，她不断蜷缩着，想让上半身尽可能地远离这个恶魔。他身上须后水的味道曾经那么令人心动，但现在只让她恶心。

亚当花了很长时间用来固定皮带，直到最后一切都满意为止。他脸上露出了迷人的微笑，但蕾切尔现在无比厌恶这种笑容。

"这也不是那么难，是吧？"他说。

第 21 章

我斜靠在椅背上，双脚搭在桌边上，一边喝咖啡一边看监控视频里的杰米·莫里斯。他一个人坐在接待室里，像上了发条的玩具一样机械地走来走去。我能够感受到他的压抑、极度的焦虑，以及愤怒。此时，他就像落入陷阱的野兽一样，伤痕累累，绝望地想要逃出去。

---

[1]　1 英里 ≈ 1.61 千米。

莫里斯今年四十多岁，但他显然不愿面对现实，所以极力把自己打扮得很年轻。这种人为了实现幻想可以做任何事情，不管是整形手术，还是与魔鬼交易，只要能完成心愿就行。

蕾切尔·莫里斯今年三十岁，比他年轻十岁，这也是莫里斯会娶蕾切尔的原因之一。就像贾格尔和毕加索的故事一样，有许多陷入臆想的男人相信，通过性他们可以获得永恒的青春。莫里斯留着短发，头发乌黑而浓密，一看就是染过的。他的指甲经过精心的修剪，穿着十分随意，但牛仔裤和运动衫都是知名设计师设计的款式，这一套衣服大概有一套名牌西装一半的价格。但紧张让他看起来有些憔悴。我对他的第一印象就是，这是一个之前掌控一切的人，现在却非常无力，失去了掌控一切的能力。

最终莫里斯走累了，坐了下来。我将他的这个举动视为一个信号，朝海切尔点点头，是时候行动了。

我在走过去的过程中倒了一杯咖啡，又拿了几包牛奶和糖塞进口袋里。

一进接待室，我就闻到了那种味道，那是一种独特的味道，过去我去监狱采访变态杀手和连环杀手时对它相当熟悉，这种味道由汗臭、肥皂和绝望混合而成。现在屋子里就充斥着这种味道，它已经渗进墙里、地板里、桌子和椅子里。

莫里斯一看到我们进来，一下子就站了起来。

"我需要找律师来吗？"他首先开口，一股脑儿地把话都说了出来，"我对蕾切尔没有做过任何事情，我向上帝发誓，我爱过她。"

爱过而不是爱，我注意到他用的是过去时。我说："放松，我们知道你跟蕾切尔的失踪没有任何关系。"

"那你们为什么把我叫来？"

"我们要问你几个问题，我们要全面了解你妻子身上发生过的事情。"海切尔说。

"她已经死了，是吗？"

"我们还是先坐下来说吧。"

莫里斯一屁股坐在椅子上，看起来垂头丧气。我坐在他对面的椅子上，中间隔着一把十分破旧的椅子。

我花了好一会儿在监控室研究莫里斯，但这跟面对面的观察还是不太一样。现实更加准确，也更加清楚。莫里斯很紧张，这正是我们想要的。昨天晚上他的妻子没有回家，今天早晨他发现后就报了警，然后一个小时前一辆警车停在了他家门口，将他带到了这里。他今天早晨醒来时的世界跟昨天早晨相比，已经发生了翻天覆地的变化。我把咖啡推过去，拿出糖和牛奶。

"来杯咖啡吧。"我说。

"谢谢。"

莫里斯撕了两包牛奶倒进去，但没有加糖。他的右手有些颤抖，这也是我们期望的反应。他的中指有被尼古丁熏过的痕迹。

"我是马克·海切尔，这是杰弗逊·温特。"海切尔说，"我们要对这次谈话录像，你不会介意吧？"

莫里斯点头同意，但其实他同不同意都没差别，我们是必须要录像的。我明白海切尔为什么会这么问他，因为这样会给莫里斯一种假象，好像他还在掌控现在的局面。

"你最后一次见到你妻子是什么时候？"海切尔问。

"昨天早晨，我们一起吃的早餐。"

"那时候是几点？"

"大概七点。"

"你们平常也一起用早餐吗？"

"大部分时候都是，但蕾切尔上班通勤时间比较长，所以一般她会走得早一点儿。"

"这就是那天早晨发生的事情？"

莫里斯点头。

"你注意到你妻子当天有什么比较反常的举动吗？跟平常不太一样。"海切尔问。

莫里斯摇摇头道："她看起来就跟平常一样。"

"她平常都是什么样子？莫里斯先生，你的回答一定要准确、诚实。"

"好吧，直白点儿说，蕾切尔不是能早起的人。"

"你们吵过架吗？"我问。

"没有。"

"她说过要去见什么人吗？"

"没有，她只是告诉我，她晚上要跟同事一起去喝酒，所以可能会晚点儿回来，我认为大概是她的一个同事的生日宴会。"

"你认为？"我说。

"我当时心不在焉。我也不是早起的人，因为昨天起得早，所以那时就有点儿困。"

"然后你就去上班，晚上下班回家后，便上床睡觉，等你一觉睡醒后才发现自己的妻子一直没有回来。"

莫里斯有些犹豫，这个举动很细微，不注意的话基本看不到。

"就是这样。"他说。

"她叫什么名字？"我问。

"什么？"

"昨天早晨蕾切尔告诉你她晚上要出去应酬，你很清楚地听到了这句话，不是吗？这么好的机会如果浪费了，那就太可惜了，所以你们是出去吃饭了，还是直接去了常去的宾馆？"

"我不知道你在暗示什么。"

"你当然知道，你很花心，婚姻只是一种伪装，但你并不傻。"

"我爱我的妻子。"

"当然。"

"听着，我们不在乎你的私事，我们只是想尽快把蕾切尔找回来。"海切尔说。

"让她回来。"莫里斯悄声重复着这句话，他的手颤抖得更加厉害了，"你们认为有人绑架了她吗？"

"我们相信她是被绑架了。在你说话之前，我希望你能先仔细听听我接下来的话。绑架你妻子的人是个有反社会型人格的变态，他喜欢折磨自己的猎物，会花数个小时看着她们痛苦挣扎。他上一次绑架受害者是在三个半月前，在这段时间里他用刀子、缝衣针等工具反复折磨她。等他对受害者失去兴趣后，他就会给她们做前脑叶白质切除手术，用一根细锥子凿进她的眼睛里，最后一直捅到大脑中，摧毁她的大脑组织。"

莫里斯的脸色变得很苍白，他低声说："天哪！"

"你之前说爱过你的妻子，我不知道你现在是否还爱着她。但即使你不再爱她了，你也要尽力提供帮助，让她能够平安归来，因为这是你应该做的。所以，你要积极与我们配合，不能有任何隐瞒。"

莫里斯瘫坐在座位上，脸上的表情变来变去——他想要做该做的事情，但同时又有些抗拒。

"海伦·斯普林菲尔德。"他突然吐出一个名字。

"你们俩已经好多长时间了？"

"几个月吧。"

"海伦之前还有其他人，是吧？而且数量还不少。"

莫里斯点点头。

"蕾切尔知道这些事吗？"

"不，不知道。"

我眉毛上挑，看了他一眼。作为妻子的女人们迟早都会知道这些事，尤其是她们的另一半是个惯犯的时候。她们可能会选择否认现实来避免面对这些事情，但内心深处一清二楚。

"可能有过怀疑吧。"莫里斯不情愿地承认。

"你昨晚几点回家的？"

"大概晚上十一点多，蕾切尔说她要在晚上十二点左右才会回来，所以我比她早回的家。我一回家就上床睡觉了，等我第二天早晨起床的时候，发现她没在床上。我晚上一般都睡得很沉，特别是喝了酒后，所以当天晚上并未发现她没有回来。之后，我马上打电话给她的朋友，但都没有消息，然后我就报警了。"

"蕾切尔有过婚外情吗？"我问。

"蕾切尔？没有！不可能！"

"你确定吗？"

"我的妻子从来不会欺骗我。"

第 22 章

"我准备好开案情分析会了。"我告诉海切尔道，此时幽暗、安静的走廊里只有我们两个人。这条走廊非常长，灯光暗淡，十分阴暗，每一处都充斥着消毒剂的味道，让人仿佛置身于医院的走廊。

"这样，我马上召集相关人员开会。"

"不用这么着急，你还欠我五十英镑没还呢。"

海切尔从口袋里掏出钱包，不情愿地点出两张二十英镑和一张十英镑的钞票塞到了我手里。

"敢不敢追加一倍投注再赌一把？"我问。

"赌什么？说说看。"

"让你的人打电话查一下蕾切尔·莫里斯的同事，我打赌那天她没有同事过生日。"

海切尔想了一下，摇摇头："一百英镑太多了，我已经输了五十英镑，再输一百英镑的话，我老婆发现后非杀了我不可。"

"好吧，不过记得打电话查一下，我需要确认这个细节。"

"你有多大把握？你确定蕾切尔·莫里斯就是下一个受害者？"

"足够你召开案情分析会了。"

"严肃点儿，温特。"

"蕾切尔·莫里斯就是第五个受害者。如果你不相信的话，也可以安排人手继续排查其他人，不过这样做只会浪费时间，还有人力、物力，这些资源本来可以用来做一些更有意义的事情，比如说寻找蕾切尔·莫里斯。"

"但你是怎么确定的呢？"

"因为蕾切尔·莫里斯昨晚并没有去参加生日宴会。"我告诉海切尔，"给我十分钟，我要先去抽根烟透透气。"

"我去打电话找人核查一下。"

海切尔朝着走廊一头大步地走了过去，我转身朝另一边走去。我乘电梯到了一楼，然后走到室外，找了一个没人打扰的安静角落点着烟抽着。

这个案子最棘手的地方就在于缺少犯罪现场，警方不知道受害者是在哪里被绑架的，而且受害者并没有死亡，因此也找不到抛尸现场。我喜欢去凶手的犯罪现场亲身感受那种场景和氛围，呼吸同样的空气，寻找同样独特的味道。这能让我离凶手更近一点儿，反过来也能梳理我对案情的理解。

我裹紧了羊皮夹克抵御寒风，心里想着蕾切尔·莫里斯。她现在一定很孤独，比她生命中的任何时刻都要孤独，而且异常恐惧。没有任何东西能够帮助她接受当下的境遇，也没有任何东西能够帮助她抵挡接下来要发生的噩梦。我每天都要面对这些事情，所以对此已有心理准备，这是一种自我保护，如果没有这层阻挡的话，我可能根本无法面对自己的工作。但蕾切尔不一样，她只是一个普通人，过着普通的生活。当然，她的生活里肯定也有大起大落，以及各种挫折，但她从来都没有遇到过危险，至少没有遇到过这种危机。

此时我又想起了莎拉·弗雷特，前一秒钟我还在考虑蕾切尔，而下一秒钟已经在想莎拉了。自从今天早晨以后，莎拉的形象就一直萦绕在我的脑海中，没有任何征兆或原因。潜意识似乎努力想要告诉我一些很重要的事情，那是什么呢？我戴上帽子，把自己裹藏在自己的小世界里，深吸了一口烟，然后闭上眼睛，让自己随着感觉自由发散。我能看到自己和莎拉倒映在窗玻璃上的影子，但这有什么意义呢？

我突然间醒悟了，不禁摇着头咧嘴笑着，自己怎么会这么迟钝呢？竟然漏掉了这么明显的线索，莎拉形象的暗示跟她本人没有任何关系，却跟凶手有着很大的关系。

我还没看到坦普顿就闻到了她身上的香水味，气息虽淡却很迷人。我转过身，看到她就站在我的身后，迷人地微笑着，整个人看起来特别美。

"海切尔派我来告诉你，已经准备好要开会了。"她说。

"我告诉他给我十分钟，现在好像才过去五分钟吧？"

"他还想让我告诉你，你的猜测只对了一半。"

"什么意思？"

"昨晚确实有蕾切尔·莫里斯的同事开了生日宴会。"

"但蕾切尔没有去。"我替她把话说完，"这就能说得通了，最高明的谎言就是半真半假。"

"蕾切尔当时留在了办公室里，她告诉同事自己还有很多工作没做完，要加班。"

我们俩一起走回大楼，乘电梯来到四层的案件调查室，海切尔已经召集好相关人员准备开会。这间屋子里都是上一个案子留下的痕迹，成堆的文件、半空的咖啡瓶子，还有垃圾桶、外卖盒子等。此时，屋子里的人都在交头接耳，没有什么比案件有新进展更能让警察兴奋的了。

当我走进屋子里时，十几个警察一起打量着我，眼中带着怀疑和警惕。他们大部分人之所以允许我在这里是希望我能提供帮助，一些人能够容忍我是因为来自上级的命令，还有一些人是因为我闯进了他们的地盘而厌恶我，因为这样让他们觉得自己很无能，好像他们不能胜任自己的工作一般。

每次我开案情分析会时都会遇到这种情况，但我对他们在想什么一点儿也不在乎。这大概得益于我有一个连环杀手的父亲吧，让我锻炼出了这种能力。如果我让自己在别人的目光中生活，我大概早就支撑不住了，就会变得和我母亲一样。

我的母亲是在三年半前去世的，她从来没有从我父亲的阴影里走出来过。得知自己朝夕相处这么多年的丈夫竟是一个变态杀手后，她崩溃了，她开始酗酒，这是一个时间极度拉长的慢性自杀过程。我认为她是我父亲的第十六个受害者。

走进一间屋子开案情分析会，就像第一次走进新学校一样，我必须为此做好充分准备。我母亲面对发生的一切，选择了逃避：当FBI带走她丈夫时，她逃避；当死神带走她时，她还在逃避。在我十一岁到十七岁的这段日子里，我们总共在十个州的十五个城市里生活过。十五个新家、十五个新学校，每所新学校都不一样，但不变的是每次都要重新开始，从底层开始建立新的关系。你要么选择主动出击，要么选择狠狠反击，或者选择变聪明一点儿，我选择变聪明。

房间的一面墙上挂着一幅全伦敦的地图，其中四个红色图钉标志着受害者被发现的地方，三个在M25区——泰晤士河北部区域，只有帕特里夏·梅纳德是个例外。地图上有五个绿色的图钉，分散在伦敦的不同位置，这是受害者在被绑架前最后出现的地方。

地图右边是照片墙，挂着受害者的照片。照片排成两排，上面那一排有五张，是受害者的生活照，下面一排有四张，是她们被折磨后的照片。蕾切尔·莫里斯是最新的受害者，还没有被折磨后的照片。她的生活照是在埃菲尔铁塔前拍摄的，她的脸上带着灿烂的笑容，很明显这是去玩的，不是商务活动。浅黑色的头发束在脑后，棕色的眼睛闪烁着光芒。这是她与杰米在一起的快乐日子，很明显用来否认现实还是起了一定作用的。

海切尔"嘘"了一声，众人安静下来，然后他快速介绍了一下，之后招手让我去前面。我走过去，面对着所有人。这些警探坐成两个半圆形，前一排五个人，后一排六个人。除了坦普顿，现场只有一名女性。男性里有一个家伙非常胖，头发灰白，看起来好像十年前就该退休的样子。还有一个年轻的警察看起来还是个孩子，不应该参与到大人的游戏里来。

我清了清嗓子，然后开口："我们现在面对的凶手其实有两个人。"

第 23 章

听到我的话后，房间里霎时炸开了锅，警探们议论纷纷。他们从来没想过这种可能——有两个犯罪分子联手行动。说实话，直到几分钟前，我也从来没这样想过。我已经做好准备等他们平息自己的惊讶，发泄出心中的疑惑和震惊，但海切尔显然没有这种耐心。他大喝一声让所有人闭嘴，屋里立刻陷入了沉默中。

"两个犯罪分子联手犯案，这种情况很少见，但并非没有先例。比如伊恩·布雷迪和米拉·新德利，或者福瑞德和罗斯·韦斯特组合。这种情况很少见，主要是因为，哦，谢天谢地，我们这个社会里变态还是比较少见的，所以两个变态分子发生联系的概率也就比较小。总体来说这是个好消息，但从眼下讲是个坏消息。犯罪分子数量的增加意味着他们更难对付了，两个人做事总要比一个人更周全。但换个角度来说，这也可能会成为一种缺陷，我们接下来行动的一个主要方针，就是让犯罪分子之间产生矛盾。如果我们能想办法成功离间他们的关系，他们就会犯错，然后暴露破绽。"

"你怎么就一口咬定有两个人？"那个头发灰白的老警察问，他发出最后一个音的口气好像在咒骂一样。很明显他就属于那一小拨人，觉得自己的领土受到了我的侵犯。

"问得好，我也希望自己是在瞎猜，但我这么说是有真凭实据的。"我目光犀利地盯着他，"我会这么确定，是因为受害者身上有两种截然不同的作案风格。"

在场半数警探听了我的话都赞同地点头，但剩下的人和那个老者却面无表情，我继续问道："你们都知道什么叫作案手法吧？"

所有人都点头。

"作案手法就是犯罪分子犯罪的方式，这种风格因人而异，本案中的犯罪分子很独特。我们能看到两种截然不同的风格，其中一个凶手负责做脑神经切除手术，另一个凶手则负责玩玩偶。"

"玩玩偶？"坦普顿问。

"你小时候玩过玩偶吧？"

"我有过玩偶，但不喜欢玩它。"

这确实不是她喜欢做的事。

"其中一个凶手喜欢打扮受害者。"我说，"他喜欢给她化妆，这点我们可以从受害者身上已知的化妆痕迹做出判断。凶手要给她们剃头的主要原因，就是这样可以更容易地给她们戴假发。"

"其他原因呢？"海切尔问。

"其他原因就是让受害者自我感丧失，纳粹在奥斯维辛和特雷布林卡给犹太人剃头也是这个缘由。人们发现集中营里的犹太人时，他们都穿着相同的、没有任何标识的灰色囚服，对吧？那就是他们整天都穿着的衣服，这是让自我感丧失的一种手段。"

我停顿了片刻，让其他人有时间消化一下我说的话。

"有两个凶手的话，那一定有一个是主导，另一个是附庸。在本案中，做手术的那个凶手是主导。他是个白人，受过良好教育，年龄大概在三十岁到四十岁。而且他的行动非常有组织性，所有的事情都经过精心策划和思考，计划相当缜密。他在幻想控制别人的生活，现在他开始将其付诸实践，阻止他的唯一方法就是抓住他或者杀死他。此外，他很富有，应该是继承了先辈的遗产。"

我指向地图，继续道："所有的图钉都在泰晤士河区域，这表明他就身处其中的某个地方。他做的事情需要很强的隐蔽性，因为受害者会发出惨叫，所以这意味着他要有一处相当偏僻的房产，周围没有其他邻居。这一区域的房子都很贵，特别是那些足够大，还能让他寻欢作乐的房子。"

"寻欢作乐！你怎么能把他做的事情叫作寻欢作乐呢？"

"相信我，凶手很享受这个过程。"我答道，"你们都看过受害者的病理分析了吧？前三个受害者体内都残留着摇头丸、安非他命和安定的成分，帕特里夏·梅纳德的报告还没出来，不过应该也一样。他之所以使用摇头丸和安非他命，是要让受害者对痛苦更加敏感。摇头丸能让受害者感受到每一刀的痛苦，安定是为了抑制她们的痛苦，当他不折磨她们的时候，就给她们吃安定，让她们顺从和安静。他选择的毒品种类也很有意思，都是很容易就能弄到的，所以也没有办法通过这种方式追踪线索。鉴于前三个受害人都是在泰晤士河北岸被发现的，所以凶手一定住在北岸。"

"这很可能他在故意误导我们。"坦普顿说，"就像他之前在圣奥尔本斯故意打破监控的小把戏一样，很可能他想让我们以为他住在泰晤士河北岸，但实际上他住在南岸。"

"不可能，像这种高度组织化的犯罪分子总是希望能提高自己的犯罪手法，误导警察的方向是一种新的方式，他感觉有必要这样做实际上透露了两种可能：可能是你们的一些调查正好打在了他的痛处，也可能是他的妄想症更加严重了。但不管是哪个，都是个好现象。这说明我们离凶手越来越近，也说明他正在犯错。他犯的错越多，我们就能越快地抓到他。"

"在泰晤士河北岸这么大的区域排查可是大海捞针。"坦普顿盯着我身后的地图说。

"是的，我会尽量缩小调查区域。"

"我们搜寻的目标是外科医生吗？"海切尔问。

我摇摇头："是个好想法，但是错的。这个家伙从来没有想过学以致用，造福于人，他只需要自己学的东西能不把人弄死，还能延长折磨就够了，这是一种追求实用的态度。这也就意味着这个凶手以前可能学过医，但最多只学过几个学期就因为一些不检点的行为被学校开除了。你们要联系一下大学，核查一下被开除的医学生，特别是那些因为特殊事件被开除的学生，这个凶手很可能受过很深的刺激。时间要追溯到二十年前，这是一个很大的跨度，但我相信事情当时一定闹得很大，人们应该对它还有印象。"

我说完停下来，看看屋里的众人，确定他们都在听我说话。

"至于第二个凶手，你们要找的是一个白人女性，她可能比她的搭档年轻很多岁，身高也要矮很多，应该没有上过大学。不管从哪个方面来说，她都比他差许多，包括体形、个性，以及智商。这个男性凶手绝不可能接受比他强的人，哪方面都不行。她可能有点儿胆怯，他们的关系可能是恋人，像韦斯特夫妻那样，但也不要排除其他可能，比如兄妹关系之类的。"

"你说她是女性，你确定吗？"头发灰白的老警察问道。

"是的，我确信。她是让受害者活下来的原因。如果凶手是两个男性的话，那他们会直接把受害者折磨死。但这个女性凶手很依恋她的玩具，她照顾她们，给她们吃的，让她们保持健康，她不希望玩具被处死。那个男性凶手在某种程度上理解她的这种心情，所以给受害者做手术其实是一种妥协。受害者仍然活着，却比死了更难受，而且这样她们也就没办法指认凶手了，可谓一举两得。这也是主犯实用主义的体现。"

"听你的话，你好像很仰慕这个家伙。"

"你不知道自己说的话错得有多离谱。"我牢牢地盯着那个老警察，"别再扭曲我的想法，以为我仰慕这些人渣，因为我从来没有过！"

老警察恶狠狠地盯着我，那种目光就像要马上将我杀死在这儿，即使在场有十几位警探注视着我们，他也没有什么收敛。我以同样的目光回敬，直到最后他先败下阵来。这种感觉就像回到了昔日的学校里。

"好了，我接着说。"我说，"男性凶手可能阳痿，这也是他愤怒和焦虑的原因，也是他如此极端折磨受害人的原因。所有受害者的身上都有缝衣针和竹签捅伤的痕迹，从某种程度上来说，'捅'这个动作是性动作的一种替代，受害者身上的刀伤也是同样的理由。"

"你说了一个原因，还有其他原因吗？"坐在第二排的女警探问道。

"另一个原因是他喜欢听到别人惨叫。"

女警探的脸色变得惨白起来。

"还有一件事，不管你们怎么想，其实这起连环绑架案已经变成了杀人案。"我说。

"你怎么会这么认为？"海切尔问，"到目前为止一共有四个受害者，但她们都回来了。"

我能从他说话的语气里听出来，他本来想说"活着"，但话到嘴边最后又改了。"因为他需要练习，我们看到的四个受害者都是成功做完这个手术没死的。但凶手一开始肯定需要练习，而且我打赌，他一开始的练习肯定失败过很多次。查一下这起连环绑架案之前的凶杀案或者是神秘死亡案件，将它们做个对比，你们会发现线索的。好了，现在还有其他问题吗？"

迎接我的是所有人的沉默，十几秒钟的沉默，直到这种沉默被一阵手机铃声打破。一个接一个的手机铃声不断响起，没多久，屋子里所有人的手机都响了起来。一开始所有人都愣住了，相互惊愕地看着对方，还是海切尔率先做出行动，他拿起离自己最近的一部手机接听，然后问了几个问题，告诉电话那头等会儿，就挂了电话。

"简直难以置信。"他说，"蕾切尔·莫里斯的父亲刚刚发布了一百万英镑的悬赏，只要能提供让他女儿回来的有效信息，就能拿到赏金。这则消息在所有渠道发布，包括网站、记者会等。"

屋子里响起一阵抱怨声。

"很好。"我咕哝道。

第 24 章

蕾切尔听到身后不断传来手推车的轮子在地上转动的声音，她不禁焦虑不安地朝四处张望着。皮带紧紧绑着她的胳膊和大腿，让血液难以流动，指尖和脚尖传来刺痛的感觉。她能看到两侧的墙壁，但无法看到身后的墙壁。

"五号朝前看。"亚当说。

蕾切尔吓得立刻朝前看，老实地盯着前面的床垫。她尽量放缓呼吸，告诉自己要放松，尽管心里知道这根本是不可能的。藤条留在背上的伤口随着心跳的加速越来越痛，不断提醒着她反抗的后果。屋子里弥漫着消毒剂的味道，让她有些头晕目眩。

亚当将手推橡胶车推到了蕾切尔面前，好让她能看清车上的东西。这是一辆医院里常见的医用手推车，不锈钢的车身在灯光下散发着光芒，车里放着很多工具，大部分蕾切尔都能叫出名字来，有小锤子、锯子、肾形盘、护目镜和一端已经烧红发黑的钎子。除了这些，还有一些她叫不出名字来的器械。车上还放着一套衣服和一条毛巾。蕾切尔害怕地咽了一口唾沫，但发现嘴巴里干巴巴的。她的背还在隐隐作痛，但看到手推车上的东西后，她才意识到这都不算什么，真正痛苦的还在后面。

她盯着车上的东西，不断猜测着即将发生的噩梦，心里的恐惧挥之不去。她还这么年轻，一点儿也不想死。这不公平，生活里还有那么多美好的事情在等着她。她想生个孩子，快乐地过完这一生，她还想去墨西哥和新奥尔良，还想去埃及看金字塔。如果现在就死了的话，那她会充满悔恨，还有那么多事情没做，人生还有那么多可能。

"五号坐好。"

亚当拿起一把不锈钢的理发剪，另一只手抓起蕾切尔的一把头发。出于本能反应，蕾切尔使劲儿想要挣脱他的控制，但亚当狠狠地攥着她的头发，好像要把她的头皮揪下来一般。

"五号好好坐着，不然你就得接受惩罚了。"

理发剪的尖端离她的眼球只有几毫米，她的眼睛无法看清，只能模糊地看到一个银灰色的影子。蕾切尔吓得闭上眼，无助地等待亚当用理发剪刺破她的眼球，夺走她的光明。一秒钟过去了，两秒钟过去了，蕾切尔感觉像过去了一个世纪，但剪子始终没有戳下来，耳中传来一阵剪刀开合的声音。她睁开眼，看到自己的头发大把大把地掉在地上。亚当手里正拿着她的另一把头发在剪，这一次蕾切尔没有看到头发掉落，因为她的眼睛已经蓄满了泪水。

亚当将她的头发理得只剩下短短的发茬儿，然后将剪子扔到手推车上，寂静的房间中传来刺耳的金属撞击声。他拿起一大杯水，将水直接倒在蕾切尔的头上，蕾切尔拼命地想要摆脱，但皮带牢牢地禁锢着她。水冲进蕾切尔的五官里，让她感觉自己好像要溺水了，她不停地咳嗽着，嘴里说着毫无意义的胡话。亚当倒完水后就将杯子放了回去，此时蕾切尔的衣服已经完全湿透了，冻得她不断地颤抖着。然后亚当拿起一罐剃须啫喱水，抹了一些在手上，开始在蕾切尔的头皮上按摩。

"五号不准动！"

亚当接着拿起剃须刀开始清理发茬儿，当一切都结束后，亚当开始欣赏自己的作品。他歪着头，从各个角度欣赏着自己的杰作。蕾切尔紧张得一动不敢动，吓得都不敢呼吸。然后亚当松开皮带，让蕾切尔站起来脱掉自己的衣服。蕾切尔温顺地立即开始脱衣服，脱掉衣服后她没有羞涩地掩盖住自己的身体，只是安静地站在那里，浑身冻得发抖。她低头盯着地面，亚当递过毛巾来让她擦干自己，然后穿上手推车上的干净衣服。最后亚当推着手推车离开，大门再次关闭，灯光也消失不见，整个屋子顿时陷入黑暗中。

无边无际的黑暗。

蕾切尔摸索着走回床垫，她蜷缩在墙角里，拉过毛毯盖住自己，双手抱膝，眼中的泪水不断涌出。光秃秃的头皮感觉凉飕飕的，而且还有一种赤裸感。

失去头发已经够可怕了，但现在她已经顾不上这个了。之前蕾切尔心中一直有一种不祥的预感，直到亚当剃光她的头发后，这种预感变成了现实。她之前一直在逃避，因为真相太过可怕。但逃避改变不了现实，拒绝面对也无济于事。她还记得昨天早晨自己跟同事聊天的内容，然后哭得更厉害了。她们当时在讨论一个在圣奥尔本斯被发现的女人，她四个月之前被绑架了。这已经够恐怖的了，更恐怖的是她听说那个女人的头发被剃光了，而且还被人做了前脑叶白质切除手术。据新闻报道，那个女人是第四个受害者。

五号。

脑海中充斥着亚当傲慢、有教养的声音，但这两个字的恐怖含义却让她不寒而栗。

第 25 章

唐纳德·科尔是在伦敦东区的贫民窟里出生和长大的，他的人生是那种老套的白手起家的故事。他在十四岁的时候辍学，兜里没有一分钱，什么都不会就开始闯荡社会，最后打拼出一份房地产租赁的产业，而且奇迹般地躲过了牢狱之灾。他的生意很成功，而且他想要向所有人展示这种成功。蕾切尔·莫里斯是他唯一的女儿。

科尔房地产公司位于斯特拉福德，那个地区在伦敦举办过奥运会后获得了新的发展机遇。他的公司所在的地方是一栋三层的砖瓦楼房，是由一间工厂改建的，朝南的外墙覆盖着黑色的玻璃。"科尔产业"几个大字竖立在顶楼，其中"产业"这个单词与"科尔"比起来显得很小，就像是注脚一样。公司外停满了新闻转播车，BBC、天空，还有ITV等电视台都来人了，摄像师、音响师，还有记者都挤在门外，希望能够获得第一手资料。

坦普顿一把车停下，我们就冲出车门朝大门走去。今天的天气非常好，大概在华氏三十度左右，天空一片蔚蓝。门口的记者看到我们走来，就抛出各种问题。摄影师互相推搡着以占据有利地形，并纷纷将摄影机对准我们。我们都没有什么反应，穿过人群走进了科尔公司。一进去，就感觉到了空调不断喷出的热气。

当我在门口蹭掉鞋子上的泥土、拉开衣服的拉链时，坦普顿已经朝着前台走去，她告诉前台我们要见科尔。前台结结巴巴地表示我们肯定弄错了，因为科尔先生已经取消了今天的所有会见。之后，坦普顿亮出自己的警官证，前台马上打了个电话，我们便乘电梯去了三楼。科尔的女助理已经在电梯口迎接我们了，她大概四十多岁，金发碧眼，看起来很干练，年轻的时候一定非常漂亮，因为她现在看起来仍旧诱惑力十足。她陪我们穿过白色的走廊，上面悬挂着大幅的黑白照片，这些照片太做作了，给人一种附庸风雅的感觉。我们停在一扇很宽大的双开门前，她敲了两下后打开一扇门，领着我们走了进去。

科尔的办公室跟苏格兰场的案情分析室一样大，但跟案情分析室不同的是，这里非常干净，空气中有香味和雪茄味，而不是警察的味道。

屋子的一角摆放着一个玻璃茶几，旁边是两张真皮沙发，呈"L"形，用来进行私人会谈。巨大的橡木办公桌还有旁边的真皮椅是用来进行正式会谈的地方。木地板上铺着昂贵的地毯，墙上同样挂起来的黑白相片。

唐纳德·科尔站在一面落地窗前，茫然地看着天空。他的样子让我想起了莎拉·弗雷特，她也是这样，眼神茫然，盯着东西看却看不到东西。科尔背对着我们，手里的雪茄冒着烟。他面色坚毅，身形高大，十分健壮，一切都表明他是个难以对付的人。他手上戴着分量十足的纯金手链，手指上戴着徽章戒指，手腕上则是昂贵的名表，这些东西都在不经意间炫耀着他的富有和成功。他的西装是定做的，鞋子也是用奢华皮料手工制作而成。

"你们抓住那个绑架我女儿的畜生了吗？"科尔用低沉的嗓音咆哮道，与此同时，他仍然看着窗外。

"畜生们。"我纠正道，"有两个绑架者。"

科尔猛地转过身盯着我，这一举动是为了恐吓对方，很明显，这一招他过去屡试不爽。他身形高大，气势十足，我对此一点儿也不惊讶。但我曾经被比科尔危险许多倍的人狠狠怒视过，那些人是可能在早晨时把你肢解，中午就会吃了你的心、肝，而且会吃得非常高兴的无耻之徒。

"我没开玩笑，这些畜生绑架了我的女儿，等我抓住他们的时候，我一定要把他们的头扭下来。"

"不，你不能。"坦普顿说，"如果我们抓住了这些人，他们就要接受法庭审判，估计他们这辈子都得待在监狱里了。"

"你以为他们进了监狱，我就拿他们没办法了吗？"

"我是不是可以提醒你一下，我带着录音设备呢？"我说。

"这个美国佬是谁？他他妈的跑到我办公室里来干吗？"

"科尔先生，请你把发布的悬赏取消。"坦普顿说。

"为什么？你的理由最好能说服我。"

"我会说服你的。"我走到桌子前，从兜里掏出我从案情分析室里偷出来的四张受害者的照片，将它们像扑克牌一样"啪"地甩在桌子上。我的这个举动引起了科尔的好奇心，他走到桌子前，看了看这些照片，又看了看我。

"这是什么？"

"好好看看，这就是如果你不取消悬赏的后果，这就是将会发生在你女儿身上的事情。"

科尔又看了一眼照片，我狠狠地盯着他，他的脸上没有太多松动的痕迹，却浮现出一丝不确定。

"这些女人都有父母和爱人，她们的父母也曾像你一样去做了一些事情，只要能让他们的女儿安全回来。但不幸的是，这四个人最终变成了这个样子。"

"我只想自己的女儿能安全回来。"

"我知道，但相信我，悬赏一百万英镑是没办法让她回来的。"我低头看着桌子上的照片，"现在由于你的所作所为，苏格兰场警察局的电话已经被打爆了。不管有没有真凭实据，但凡有点儿消息的人就会打来电话，因为他们觉得这跟买彩票差不多，说不定一不小心就能获得这一百万。"

科尔盯着桌子上的照片，没有说话。他的手抓着桌子边缘，眯着眼睛，抿着嘴，一副怒火中烧的样子。

"然后就会有不知道从哪里冒出来的疯子，告诉你蕾切尔的失踪跟政府间谍机构有直接关系。但科尔先生，问题是不管真假，我们都要核实这些报警电话。你知道这意味着我们要浪费多少时间吗？本来我们可以用这些人力、物力做些更有意义的事情，比如寻找你的女儿。这就是最讽刺的地方，在这些报警电话里可能只有一个是真正有用的线索，即使你不提供悬赏，这个电话也会打进来。但现在这条有用的线索埋没在一堆无效报警中，等我们最终意识到其重要性的时候，很可能就已经错过了营救蕾切尔的最佳时机。"我耸耸肩继续说道，"当然，我们也可能会很幸运地发现这条线索，但我现在要告诉你，即使我这么爱赌的人也不会把希望放在这上面。"我用手指敲击着桌面，确保科尔的注意力还在照片上，"除非你按我们说的去做，否则，蕾切尔就是下一个受害者。"

科尔很长一段时间里一直盯着照片看，没有说任何话，但表情开始松动。他拿起帕特里夏·梅纳德的照片，仔细打量。

"好，我会撤销悬赏。"科尔看了我一眼，其中既包含挑衅也包含警告，"但你们最好能快点儿找到我的女儿。"

科尔的女助理送我们到电梯门口，并且一直陪着我们等电梯。我们走进电梯，坦普顿按下到一楼的按钮。

"你很争强好胜啊，是吗？"坦普顿说，"就像发情的公牛一样，喜欢进行角力斗争。"

"郑重声明，我们可没发情。"

"激起科尔的敌意可不太明智，小心阴沟里翻船。"

我还没来得及回话，兜里的手机就响了起来。海切尔的名字出现在屏幕上，我接了起来。

"简直让人难以置信，虽然经历了科尔的胡闹，不过我们可能确实收到了一条重要线索。"

第 26 章

斯普林格酒吧看起来脏兮兮的，不过大多数酒吧在白天时差不多都是这样，即使是在肯辛顿的高级酒吧里也一样。这里没有街灯以及彩灯装饰，让酒吧看起来更有诱惑力，店里的木制品都是紫色的，这是嬉皮士的颜色，波西米亚的风格。

这里和大多数酒吧一样，有四扇很大的窗户，让人能看到店里的情况。此时是下午三点钟，酒吧里只有十多个客人，店里的圣诞节装饰看起来很昂贵，非常有品位，没有那种很花哨的感觉。

"要不要赌一把？"

我们俩站在酒吧的门口，空调吹出的热风扑面而来。酒吧里传出抒情的音乐，平添了一分别样的氛围。

"说来听听。"坦普顿说。

"我打赌科尔有一辆宾利。"

"温特，你把我当什么了，你以为我是白痴吗？你已经在他的办公室外看到他有一辆宾利了。"

"我没有，不过我明白你为什么会这么想。那换个方式吧，如果你调查一下就会发现，他应该还有一辆玛莎拉蒂，宾利的型号应该是欧陆，而玛莎拉蒂应该是GT。"

"好，赌十英镑，但你得两辆车都猜中，包括型号和品牌。"

"好。"

坦普顿伸出手，我们俩达成了赌约。握着她的手有一种触电的感觉，让我的神经末梢都开始兴奋起来，没有任何一种人工刺激能达到这个效果。之后，我们一起走进了酒吧。

安德鲁·希钦正在吧台里等着我们，他介绍自己时说别人都称呼他为安迪，随后他给我倒了一杯威士忌，给坦普顿端上了一杯咖啡。他的手里拿着一瓶百威啤酒。安迪是澳大利亚人，黑色的头发乱糟糟的，脖子上戴着一条用蓝色石头串起来的项链。棕黄色的皮肤向人们表明，对于这个镇子的人来说，他仍然是个外来者。他的瞳孔有些放大，身上的衣服仍残留着烟草的味道，他说话的时候小心翼翼，努力想要掩饰他刚抽过大麻。坦普顿拿出蕾切尔在埃菲尔铁塔下拍的那张照片，放在吧台上让安迪看。

"没错，就是她。我百分之百肯定，昨天晚上就是她，她就坐在那里。"他指向墙角处一排沙发。

"她是这里的常客吗？"

"我之前从没有见过她。我才来这里几个星期，而且我把监控视频拿给这里的其他人看了，他们都说不认识她。"

"我们要拿走监控视频。"坦普顿说。

"我猜你们会需要，我已经跟经理说过了，他说没问题。"

"每天你应该都会看到不少人进出，你怎么会把蕾切尔记得这么清楚？"

"因为昨天下雪了，所以生意没有平时那么好。而且女人一般都不会独自来这里，她们一般结伴或者跟着男性一起来。即使是一个人来了，也不是独自来消遣的，她们只是来早了，在这里等朋友。男人会独自喝酒，女人却不会。"

"她在这里待了多久？"

"具体时间我不确定，不过挺长的，够喝好几杯红酒了。"

"她喝的是红葡萄酒还是白葡萄酒？"我问。

"红葡萄酒。"安迪又想了几秒钟说道，"等等，我刚好想了起来，不过我不知道这重不重要，她一开始要的是软饮料，后来才开始喝酒。"

"很好，把你记得的事情统统说出来，说不定有一些细节有很重要的价值。"

安迪听了后很受鼓舞，就像小学生得到表扬一般，他拿起啤酒喝了一口。

"你说昨晚不太忙，那你应该有空闲时间，一般你是怎么打发空闲时间的？"

"收拾洗碗机、清理吧台之类的。"

"还有打量酒吧里的女人吧？"

我朝他挤眉弄眼，安迪会心一笑："被你发现了！"

"你觉得蕾切尔很迷人，对吗？所以你才一直关注着她，连她喝什么酒都记得。"

安迪又咧嘴笑道："又被你发现了！"

"我希望你现在把眼睛闭上。"

安迪听到我的话后，疑惑地看着我。

"请按照他说的去做，别担心，如果他敢趁你不注意，偷了你的钱包，我会给你拿回来的。"

安迪耸耸肩，这到底是什么鬼，然后他闭上了双眼。

"好，现在想象你回到了昨晚，你正在找事做好来打发时间，今晚很冷，你很无聊，所以你比平常更注意门口的动静。每次门开的时候都会带进一阵冷风，你都会抬头看一眼。门打开后，蕾切尔走了进来。你会注意到她，是因为她是独自一个人来的。当时你在干什么？"

"我当时正在给客人服务。"

"当时还有其他的酒保吗？"

"是的，丽莎当时正要交班。"

"她几点下班？"

"八点，她还要回家照顾孩子。"

"蕾切尔走到吧台来，是谁服务她的？是你还是丽莎？"

"丽莎。"

"因为这里不太忙，还因为她是一个人来的，所以你注意到她点的是软饮料。"

安迪点点头。

"然后呢？"

"她走到那边的桌子前坐下了。"安迪微微点头示意之前提到过的桌子。

"她在做什么？"

"等人。"

"等谁？"

安迪耸耸肩道："大概是约会对象吧，她把手机放在桌子上，一会儿就拿起来看看。每次有人进来的时候，她都会抬头看。"

"当她过来点红酒的时候，是你服务的吗？"

安迪点点头："是的。"

"她都说什么了？"

"没说什么，她的脸上带着一副拒人于千里之外的表情。有些人喜欢交谈，有些人不喜欢，做这份工作久了，你很容易就能读出这种暗示来。"

"她当时没有戴婚戒吧？"

安迪摇摇头道："没有，没戴婚戒。"

"她等的人最后来了吗？"

安迪又摇摇头。

"她什么时候离开的？"

"大概九点过后，具体时间我不记得了，可能是九点十五分，也可能更晚一些。"

"你可以睁开眼了。"

"我说的东西有帮助吗？"安迪问我。

我点头："有帮助，非常有帮助，谢谢。"

"不客气。"

坦普顿递过去一张名片，上面印着皇家警察局的标志，底下是她的联系方式。她告诉安迪，如果想起什么事情可以打电话告诉她。我们跟他握手示意，然后走到蕾切尔·莫里斯昨晚坐过的桌子前，我坐在沙发的一端，蕾切尔·莫里斯坐在另一端。

坐在这里视野非常好，能够看到门口，还能够看到吧台和其他客人。这是一个非常理想的观察地点，能够注意别人而又不引起别人的注意。

"好了，我们现在得到的信息就是，蕾切尔·莫里斯昨晚来过这里，大概九点钟后离开，还喝过红酒，你能告诉我这些信息有什么价值吗？"

"这些信息对我们有帮助，因为通过它们，我已经弄清楚凶手是如何绑架受害者的了。"

"你是从她更喜欢红酒而不是白葡萄酒这一点得出信息的吗？"

"不，我是从她没戴结婚戒指这一点上推测出来的。"

坦普顿张开嘴想要问什么，但我抬起手示意她不要说话。在沉默中，我闭上眼陷入了想象。

第 27 章

我走进酒吧，在门口的垫子上踩了踩脚，抖掉了身上的雪。然后站在门口，快速看了一眼酒吧的客人。我扫视了每人一眼，没在任何一个人身上停留，但已足够让我看清他在不在。凶手描述过自己的外貌，但这里的人都跟他对不上号。之所以会这样，是因为他给了我错误的信息。

而他之所以会这么做，是因为他就在这里，在某个地方悄悄注视着我。

我又看了一眼客人，但这没用。这个酒吧是公共空间，这太危险了。这个凶手很小心，他不想被人看到他跟受害者在一起，他想尽量减少曝光的时间，而且在这里也没有什么帮助。

在吧台前，我点了一杯饮料，一杯可乐或者是柠檬水，也可能是一杯冒着气泡的苏打水。付完钱后，我走到这张桌子旁。这里离过道很远，没有人会来打扰我，也不会有人注意到我。而且这里能看到酒吧门口，这一点非常重要，因为我不想他进来的时候我没有看到。

我们定好晚上八点钟的时候见，但我来早了，因为我现在十分亢奋，已经迫不及待地想要见到他。我从地铁站快步走到这儿，我做所有的事情都很快。

我告诉自己要放松，但发现根本没用，每次酒吧的门打开的时候，我的头都会抬起来望过去，心里"怦怦"地乱跳着。这时候我还没有想过他可能不会来，才刚九点钟，所以他还没有来并不算迟到。我拿起手机看是不是漏掉了什么信息或电话，虽然明知道不可能漏接短信或电话。他一定是遇上什么事了，可能还在工作，也可能是被大雪耽误了。我把手机放在桌子上，努力不去看它。

时间一分一秒地过去，我喝完酒，看着门口继续等待。每次酒吧的门被打开的时候，我都会很期待，却是一次又一次的失望。渐渐地，我开始觉得自己很愚蠢，继而很生气。最后我终于意识到，自己被他放了鸽子。我走到吧台前要了一杯红酒。

回到桌子旁，我一边喝着红酒一边看着手机，希望能收到他的信息。我等多长时间了？按照安迪的说法，大概是一个半小时。如果我的约会对象这么长时间还没来，而且也没有电话或短信，这就说明他不会来了。我一口喝完杯里的酒，最后检查了一遍手机，然后拿起衣服朝门口走去。

我睁开眼，一口喝完杯里的酒。酒精流过我的喉咙，在胃里燃烧着，我由内而外开始感到热起来。坦普顿坐在对面看着我。

"婚戒。"她提醒道。

我没理她："看一看你周围的客人，告诉我你看到了什么？"

"一群生意人，然后呢？"

"然后再看一看，告诉我你没看到什么？"

"酒鬼、无家可归的人、穷困潦倒的人、蓝领工人。"

"严格来讲，现在这个酒吧里至少有一个酒鬼，但你说对了。"

我们站起来朝门口走去，打开门，迎面而来的寒风像刀子一样划过脸颊，我尽量裹紧衣服，竖起衣领来抵御寒风。酒吧的过道里有一个监控摄像头，能拍摄到每个走进酒吧的人的脸，但外面没有监控——酒吧的主人并不在意那些离开酒吧的人之后会发生的事情，那是别人的麻烦了。我站在人行道上，左右打量着周边环境。此时已经是傍晚，夕阳的余晖渐渐暗淡下来，路灯已经亮了起来。这个街道不是主干路，但也不是阴暗的街巷。它介于两者之间，路上都是匆匆而过的车辆和行人，纷纷想要尽快摆脱寒风的侵袭。

"看看这些店铺、餐馆、汽车，还有人，你看到了什么？"

"钱。"

"这里就是凶手的狩猎场，他在这里感觉很舒服，就像回到了自己的家一样，因为他混迹在人群中不会被注意到。"

"哪一个证据能支持你关于他来自富人家庭这个推断？"

"狩猎者喜欢潜声靠近猎物，他们隐藏在高高的草丛里等待着，所以在这附近哪里最像草丛呢？"

我看了一圈，发现街对面的一家小咖啡馆最像"草丛"。它没有在我的正对面，但值得过去看一眼。我们穿过马路，躲过一辆转弯的梅赛德斯汽车，来到这家咖啡馆前。

这家咖啡馆门外摆着两张桌子，窗户上用红色的字母拼出咖啡馆的名字。这家咖啡馆不算大，也就中等规模，却足够隐秘，这正是凶手最关心的一点。

咖啡馆里有两张靠窗的桌子，在那里可以看到斯普林格酒吧的情况——能清楚地看到酒吧的大窗户和里面的场景。我能够看到酒吧里面每个人的脸和对话的嘴唇，能够看到圣诞装饰和彩色的灯光，能够看到酒保穿好衣服正准备出门，还能够看到蕾切尔·莫里斯坐过的桌子。

"这里就是'草丛'，我猜有两种可能，一种可能是凶手坐在这里观察着蕾切尔，另一种可能则是他的同伙。"我想了一下，又摇了摇头道，"不，不会是他的同伙。还记得酒保安迪说过的话吗？一个女人独自出现在酒吧里会很显眼。"

"那他的同伙在这里扮演什么角色？"坦普顿问。

"她可能是开轿车来接应。"

"轿车？为什么不是货车？货车用来藏人可能更实用。"

"如果是白天的话，我会同意这一点，没有什么比一辆运货的厢式货车更方便的了，是吧？但在晚上，尤其是在这种地方，一辆厢式货车会很显眼。"

"开车在附近徘徊，等着蕾切尔喝完酒自己走出酒吧，这样做不会太危险了吗？"

"相比之下危险要小一些。如果凶手不这么做的话，肯定会被人注意到。"

"那为什么要等待呢？等待只会增加暴露的时间，更意味着可能会被人看到，增加被抓的风险。既然开膛手杰克知道蕾切尔会来这里，为什么不直接在她进酒吧前就把她绑走呢？"

"开膛手杰克！上帝啊，你给他起了个外号，我不喜欢这个外号，这会让凶手拥有某种合理性，让这些人渣带上传奇的色彩。"

"回答我的问题，温特，他为什么要等待？"

"因为凶手想让他的猎物放松警惕，他希望她们能够放下防御。现在问你一个问题，人们去酒吧一般干什么？不要想太多，只要说出你脑海里浮现出的第一个想法，最直接的那个。"

"喝酒。"

坦普顿看着我的表情好像在说，这是她被问过的最愚蠢的问题，也是她回答过的最愚蠢的问题。

"对，喝酒。酒精是消除社交距离最有效的工具，如果你想要一个人放松戒备，只要一起喝几杯酒就可以了。而且，酒精是完全合法的，任何地方都能买得到。"我点点头，脸上浮现出笑容，"这个家伙很聪明，非常聪明，你知道为什么到现在你们还没有抓住他吗？"

"说来听听。"

"因为他让受害者把所有可能会暴露的工作都做了。"

第 28 章

蕾切尔在黑暗的地下室里踱着步，在心里绘制出囚禁自己的监狱的大概地形图。她把垫子所在的方位当作南方，门所在的方向当作北方。如果她的一步差不多是一米的话，那么从垫子到手术椅那里差不多是十米，从椅子到门的距离又是十米，从东到西，房间的宽度大约是二十米。每面墙的长度都是统一的，都是二十米。

手术椅正好被摆放在房间的中间位置。

蕾切尔的测量数据跟她上一次的测量吻合，也跟她上上一次的测量吻合。她已经记不清自己究竟测量过多少遍了。她只是想找点儿事情做，能让她摆脱这种穷极无聊的状态，让自己不再胡思乱想，哪怕只是暂时的也可以。

蕾切尔走到门边，用手按在下面的挡板上。塑料挡板在她的手掌下显得冰冷而顺滑，她细细地摸索着，在底部发现了制造商的商标和名字。她小心翼翼地推了一下挡板，挡板从外面锁上了，跟她之前无数次尝试的结果一样。

但即使挡板没有锁，她也不知道自己该怎么做。她想象着自己从挡板这里爬出来，然后逃跑，但她很害怕亚当把她抓回来后会对她做什么。挡板被锁其实并不是什么障碍，这是塑料做的，而且锁只是一块红色的小塑料。如果她想逃跑的话，轻易就可以把挡板弄开。

亚当也知道这一点。

蕾切尔在黑暗中走回垫子上，拿起毛毯，像防护罩一样将自己盖在里面。她在想象自己被困的地方，这个房子很大也很冷，而且很明显非常偏僻，她感觉上面有很大的房间和空间。听力弥补了她视力的不足，在黑暗中耳朵能捕捉到任何细微的声音，在附近有一台锅炉总是发出轰鸣声，还有管道发出的呼呼声，时远时近。这些声音让她相信上面还有很大的空间。偶尔她还会听到地板发出的"咯吱"声，而且这些声音也时远时近。

噪声早已不再是问题，亚当已经用扩音器证明了这一点。而且他好像一点儿也不在乎她发出的尖锐叫声，鞭打她的时候没有丝毫顾虑。手术椅的扶手上还残留着许多血渍，不管这些血渍是谁留下的，当时肯定都会发出惨叫声。如果周围有居民的话，或者是谁经过附近听到惨叫声，都会马上打电话报警，警察会立刻赶过来，将亚当绳之以法。还有挡板可以轻易弄开这件事，亚当很自信即使她能够逃出来也无法逃多远。他相信自己能轻易地将她抓回来，那么很可能，附近没有人家能够帮助她。

一栋远离人烟的偏僻房子，让她无处可逃。

蕾切尔用手抚摸着自己光滑的头皮，努力告诉自己只不过是没了头发而已，还会再长出来的。但是没用，这不仅是头发，这还是她的头发，亚当把它偷走了。

她希望自己的父亲能够在这儿，不是因为保护女儿是父亲的责任，而是因为这样他就能够打断亚当的腿。蕾切尔从小就听惯了关于父亲的各种闲言碎语，她的兄弟们告诉她有关父亲的各种谣言和猜测。当她将所有信息拼凑在一起后，对父亲的形象也有了大体认识。蕾切尔对此只能妥协，虽然她不赞同他之前做生意时的行为和方式，但他仍然是她的父亲，他爱自己，会为自己做任何事情，这其中也包括打断亚当的腿。

黑暗让人迷失了方向，在这里她没办法计算时间。这里没有用木板封住的窗户，自然也就没有光束可以用来分辨是白天还是黑夜，挡板外的走廊跟地下室里一样黑暗。

蕾切尔不知道自己被囚禁在这里多长时间了，她估计至少得有一天了，但因为没有参照物，所以也并不确定。她昏迷前最后记住的事情就是坐进了亚当的保时捷，而后就在这个地下室里醒来。可能已经过去了很长时间，也可能只有几个小时，或者更短。还要多久她才能被归类为失踪人员？警察什么时候才会开展营救行动呢？大概是 48 小时，但她也不确定。

杰米现在报警了没有？蕾切尔努力让自己相信他已经报警了。她找不出他不报警的理由，如果他回家后就早早睡了的话，可能不会注意到她没回家。他睡觉非常沉，哪怕是地震和炸弹都不能叫醒他。但他第二天醒来的时候会发现她根本没回来，他可能就会联系她的朋友，当他最后还是找不到人的时候就会报警。这是显而易见的事情，也是他唯一能做的事情。

她又想起了之前跟同事聊天时的对话，她当时没有注意听，现在她多么希望自己当时能多听一点儿。她还隐约地记着一些细节，没有太多的东西，只有折磨、神经切除术，还有用缝衣针对受害者进行伤害。当时听到这些东西只让她感到恶心，这些事都是小报上的八卦新闻，所有人听到后的反应都差不多，恶心加厌恶，并且难以置信。没人能理解，为什么有人要对别人做出这种事情。

有几个姑娘还大声讨论那会是一种什么情形，她们没有想过自己被一个变态掌控后会变成什么样，当这个变态折磨够你后，就会用锥子在你脑袋里胡乱搅拌，把你弄成植物人。她们当然不会想到这些，这种事情好像是天方夜谭，她们相信永远不会发生在自己的身上，概率简直比中彩票还小。

直到噩梦真的降临到她们的身上。

门口传来挡板打开的声音，蕾切尔猛地抬起头望过去。肾上腺素突然开始飙升，她的心脏剧烈地跳动着，嘴唇开始发干，手掌又黏又湿。她现在想做的事只有逃离，可现实中却无处可逃。

房间里陡然亮了起来，蕾切尔反射性地闭上了眼。她强迫自己做了几个深呼吸，告诉自己要平静。她缓慢地睁开眼，让自己适应着光亮。她突然很愤怒，愤怒自己怎么这么轻易就陷入了亚当的陷阱，愤怒自己怎么会这么愚蠢！

蕾切尔还没有走到门口就闻到了食物的味道，她之前一直没有想过吃的问题，但食物的味道提醒了她。她已经饿很久了，嘴里不由自主地开始分泌唾液。她上次吃东西时只吃了一份熏猪肉、生菜加番茄三明治和玛氏巧克力棒。这可能是她一天里唯一吃过的东西，也可能是更长的时间。蕾切尔焦虑地看着角落里的扩音器，她在等待亚当扭曲的声音从扩音器里传出来，告诉她下一步该怎么做。仅此一次，她很想听到他的声音。

等待的焦虑让蕾切尔不自觉地咬着指甲，过了童年后她再也没有这样做过。扩音器里没有任何声音，这是另一个游戏吗？某种测验？如果她没有接到命令就擅自走到餐盘那里，餐盘会不会被马上拿走？蕾切尔打算先等上两分钟，她开始在脑海里计时。如果两分钟后扩音器里还是没有声音，她就冒险走过去。如果到时候餐盘被拿走，就证明亚当不想让她吃东西，他只是又在跟她玩心理游戏。

两分钟过去了。

蕾切尔又等了一小会儿，以防万一。

还是没有声音，她最后看了一眼扩音器，然后颤颤巍巍地走向门口。

当她走到的时候，餐盘还在那里。

餐盘里有一个高高的杯子，里面盛满了水，一盘意大利饺子，还有刀具和餐巾。餐盘是名贵的骨灰瓷，非常精致轻薄，玻璃杯是水晶的。蕾切尔拿起刀具，背面有标记，是纯银的。白色的亚麻布餐巾整齐地折叠着，摆放在了上面。

蕾切尔看看房间中央的手术椅、皮带，还有上面的血渍，再回过头来看看餐盘，她感觉有些迷失。好像两个世界交错在一起，而她深陷其中。她好像变成了爱丽丝，掉进了兔子洞里，来到了另外一个世界。

她小心翼翼地叉了一个饺子，忐忑地猜着这是什么陷阱，亚当什么时候会冲进来夺走餐盘。然后她又叉起一个……她背靠着墙坐在地上，把餐盘放在膝盖上，尽量让自己舒服一点儿。她狼吞虎咽地吃着饺子，即使饱了也不停止，因为她不知道下一次再吃东西会是什么时候。

直到再也吃不下了，她才把餐盘放回去，用餐巾擦干净嘴角。直到此时她还觉得这是亚当的陷阱，恐怖的事情马上就要开始了。有那么一会儿，她就这样靠着墙等待着。

时间一分一秒地过去。

什么都没有发生。

蕾切尔整理干净餐盘放回原处，然后站起来穿过房间，走回垫子那里。突然，扩音器里传出声响，但这个声音不是从扩音器里轰鸣传出的，这不是亚当。这个声音很柔和，而且有些害羞，是个女的：

"你喜欢这份晚餐吗？"

第 29 章

咖啡馆里人声鼎沸，人们交谈的声音，杯子、勺子和托盘碰撞的声音，以及咖啡机煮咖啡的声音混杂在了一起，共同造就了这个喧嚣的场景。空气中弥漫着咖啡的味道，墙上的相框都用银箔装饰了起来，墙角的圣诞树上挂满了礼物。我看了一眼街对面的斯普林格酒吧，酒吧的四个窗户里透出橘黄色的灯光，看着酒吧里的人，让我联想到了蚁穴中的蚂蚁。

吧台里面的服务员最后终于注意到了我们，但好像一点儿也不在意我们没有点东西。我们有过短暂的眼神交流后，她就转身服务其他顾客去了。这让我有些奇怪，一旦顾客点完东西，他们就成了背景、噪声，服务员会马上去服务下一位顾客，将前面的顾客遗忘脑后。我十分确定凶手昨晚就是在这里等待，这符合他的风格，甚至他可能就坐在这张桌子上。他可能点了一杯浓缩咖啡或者拿铁后，就尽量躲在角落里，不引起任何人的注意。如果时间回溯到昨晚，那么坐在我对面的就不是坦普顿了，而是那个凶手。我招手示意服务员，她绕过柜台走了过来。

"你好。"

这个服务员大概二十多岁，鼻子上戴着一枚很漂亮的鼻钉，有一头染成黑色的长发，宽松的牛仔裤掩盖住了她的身材。她的脚上穿着军靴，看起来耐穿且舒适。我猜她大概是勤工俭学的学生，父母负担不起她的学费，所以她要利用课余时间打工。

"让我猜一下，昨晚应该不是你值班吧？"我说。

女孩儿摇摇头。

"你知道昨晚有什么人曾坐在我这个位置上吗？"

女孩儿又摇摇头："我只是兼职，每周下午来工作几天。"她瞥了一眼坦普顿，又看着我问道，"所以，你们俩是干吗的？警察吗？"

坦普顿亮出自己的警官证："我需要这家咖啡馆老板的联系方式。"

"我需要一杯咖啡，打包带走。"我说，"不加奶，两勺糖，谢谢。"

女孩儿抬起头，对着我们俩分别笑了笑："没问题。"

她回到柜台，开始忙活起来。

"婚戒，温特。"

坦普顿看了我一眼，这一眼让我明白了她的决心，我知道接下来的时间里恐怕不会那么愉快了。

"好的，婚戒。"我说，"之前发生的那四起案件都有四个阶段，分别是潜行追踪、捕获、虐待和抛弃。捕获是最危险的阶段，为什么？"

"因为在其他三个阶段里，凶手更容易控制环境，控制变量。"

"完全正确，这也就是为什么这么多连环杀人凶手都喜欢把目标放在低危险的人群上，比如妓女、吸毒人员和流浪汉。这些目标人群的生活方式比较混乱，社会连接度较低，能够减少被注意的风险。一个妓女是会坐进一个陌生人的车里的，坐进去之前她可能会犹豫一下，但不管怎样最后她还是会坐进去，因为如果她拒绝的话，皮条客可能就要揍她一顿了。但一个受过良好教育的商业女性是不会随便坐进陌生人的车里的，这就是事实。你从这些事实中能看出什么来？"

"受害者认识开膛手杰克。"

"但受害者从没见过凶手，所以她们是怎么认出他来的？"

"我知道你的意思，温特。但我们已经侦查过网络这条线索，一无所获。"

"接着找，你们还要查一下，受害者是不是有备用手机，瞒着她们的丈夫跟凶手联系。凶手要跟受害者建立联系需要很长的时间，可能得需要几个月而非几天。等他把她们钓上钩的时候，她们会先替凶手做好一切，她们会向自己的丈夫和朋友撒谎，会摘下自己的婚戒放进钱包里，而且她们也会坐进凶手的车里，即使他们是第一次见面。"

"为什么要麻烦地摘下戒指呢？开膛手已经知道她们结婚了啊。"

"她们之所以会这么做，一部分原因是想要凶手加深对自己的好感，另一部分原因是想要减轻自己的负罪感。她们不想让凶手知道她们已经结婚了，也不想让自己意识到自己已经结婚了。她们希望凶手

觉得她们年轻、自由，而且是单身。讽刺的是，这样做会减轻她们的
负罪感，不会让她们觉得自己背叛了婚姻。你注意到了吗，莎拉·弗
雷特没有戴婚戒？"

坦普顿摇摇头。

"一开始我很纳闷儿是谁拿走了她的戒指，我不确定是她的母亲，
还是护理院的工作人员。后来我才明白，是莎拉自己摘下了戒指，把
它藏在了钱包或手提袋里。凶手控制莎拉后，在检查她的东西时发现
了戒指，并且把它当作战利品。"

服务员端着我的咖啡走过来，她递给坦普顿一张名片，正面是咖
啡馆的标志，反面是咖啡馆经理的联系方式。

"好了，我们现在该去做什么？"坦普顿问。

"你喜欢玩角色扮演吗？"

坦普顿听了后，给了我一个会心的微笑，表示很感兴趣。

第 30 章

我站在斯普林格酒吧门前，仔细打量着四周，感受着周围环境。
凶手昨晚就是坐在对面的咖啡馆里注视着这里，他看到了什么？他听
到了什么？他做了什么？指尖的香烟散发出缕缕白烟，与酒吧透射出
来的光芒纠缠在一起。我手里握着咖啡纸杯，当我走进凶手昨晚狩猎
的区域时，所有的感官都变得格外敏锐。

"好，现在你就是蕾切尔·莫里斯。"我对坦普顿说，"你被爽约了，
非常愤怒。而且天气也不好，又冷，还下着雪。现在你从酒吧出来了，
第一件事会干什么？"

"我会回家，这一晚非常糟糕，现在我只想赶快回家，躺到床上去。"

我摇摇头道："你跳跃得太快了。是的，你肯定想回家。但即使

是这样，你出来的第一件事肯定是站在门口打量着街上的场景，心里最后一次期待约会对象能出现。而你之所以会这么想，是因为自己已经表现得十分愚蠢，如果这时候他能够神奇地出现在你面前，会让你觉得自己不那么蠢，这就是人们最基本的心理活动。"

坦普顿走到门口，很夸张地打量着周围的环境，而后说："看看左边，看看右边，都没看到那个坏家伙。"

"这是因为我正在对面的咖啡馆里注视着你。好，现在你朝地铁站走去，假设你按照来时的路线回家。"

"也可能我不想坐地铁了，想要打车回去。"

我摇摇头道："不会的，你平常通勤上下班，每天都坐地铁。这是你熟悉的东西，熟悉感能给你带来安全感。而且打车很贵，你不会把钱花在这么糟糕的晚上。而且你也不想花时间在路上拦车，所以你不会打车。"

我们朝右向地铁站走去，地铁站离这里不太远，也就八百码[1]左右，我能看到前面地铁站的标志牌。

"现在，你打算回家，你脑子里只想尽快回家，所以你走得非常快。与此同时，我离开了咖啡馆，穿过马路朝你走去。你没有看到我，因为你现在正在低着头走路，只想马上回家。我在后面叫你，你听到后停下来，转身朝我的方向看来。"

坦普顿停下来，转身看着身后。

"你看到了什么？"我问。

"我看到你正朝着我走过来。"

"时间已经很晚了，而且你之前从没见过我，你却没被我吓倒，为什么？"

"因为我认出了你，可能你给我发过相片，或者是描述过你的

---

[1] 　1 码 ≈ 0.91 米。

相貌。"

我摇摇头道："不可能是相片，那太危险了，一旦相片落到警察手里，凶手就暴露了，这个游戏也就结束了。所以很可能是文字描述，因为这样既具体又模糊，十分安全。只要我告诉你我的穿着、头发的颜色以及年龄，你就可以认出我，但其实这样跟什么都没说也差不多。但我还是想看一下他的描述，所以让电脑专家接着找。"

"他们没发现什么东西。"

"他们只是到目前为止还没发现什么。"我抽了一口烟，又喝了一口咖啡，让尼古丁和咖啡因发挥它们的作用，"接下来会发生什么？"

"你朝我走过来，行为举止十分放松，表明你没有威胁。"

"我开口后第一句话会对你说什么呢？"

"道歉。"

我听后对坦普顿笑了笑，她也微笑回应，我们俩都露出那种心领神会的微笑。

"这样会进一步降低我的威胁性。"我说，"所以我向你道歉，编造自己迟到的借口，然后再次表示我非常愧疚。等我表演完后，你心里对我就不会再有抵触心理了，会觉得我跟特蕾莎[1]一样纯洁无害了。"

"再加上之前喝过几杯红酒，这时候我已经有些飘飘然，所以我会高兴得陷入美好的想象中。"坦普顿说。

"这是你拯救这个失败的晚上唯一的机会，所以当我建议去喝一杯或者吃一顿饭的时候，你马上就答应了。我告诉你我的车就停在附近，可以先走过去。"

"所以你会把车停在哪里？"

"问得好。"

---

[1] 特蕾莎修女，1979 年获得诺贝尔和平奖。

　　我站了一会儿，让香烟在指尖燃烧，四处打量着街道的情况。一百码之外是右转弯，我们朝着那里走过去。这条路很窄，两边都是禁止停车的黄线。

　　"他就将车停在这儿。"我说。

　　"我会查一下昨晚这里有没有开罚单，如果他把车停在这儿的话，肯定会有罚单。"

　　"好主意！"

　　坦普顿听后眯起了她蓝色的大眼睛，甚至是有些斜眼地看着我，但不管她做出什么举动，看起来都很性感。这是个巧妙的小花招。

　　"这是什么意思？"她说。

　　"就是说这个主意很好。"

　　"是的，你嘴里是这么说的，但你的语气好像是在说这个主意很蠢。"

　　"找人去查查吧。"我说，"所以蕾切尔·莫里斯上了车，然后车就朝着黑夜开去。这个假设有什么漏洞吗？"

　　"两点。第一，开膛手跟蕾切尔搭讪的地方不对，如果他迟到了并且把车停在这里，那他怎么会出现在蕾切尔的身后呢？他应该从她前面走过来。我知道她喝了几杯酒，但她明显会注意到这一点。"

　　"这很容易，他等到她过了这条街后再叫她，这样他们就可以见面，之后再掉头走回来，蕾切尔也不会起疑心。第二呢？"

　　"上车后，他要尽可能快地制伏蕾切尔。蕾切尔会在他行动的时候反抗，如果他是在开车的时候动手的话，这样会使他处于弱势地位。所以他只可能是给她下药，然后让她坐在副驾驶的位置上。这样即使他被交警拦下，他也可以说她在睡觉，或者是喝多了。这样才说得通。"

　　"跟我想的差不多，所以我们已经基本确定他是如何绑架受害者的了。下一个问题是，他是如何接触到这些受害者的？"

坦普顿叹气道："通过网络。"

"这是唯一说得通的解释，好了，下一站去网络中心，我想要跟苏格兰场最棒的计算机专家聊聊。"

第 31 章

"你说什么？"

蕾切尔迫切地想要再听到那个声音，因为她要说服自己，门那边的声音不是出现的幻觉，她没有陷入妄想中，凭空捏造出一个想象的朋友来陪伴自己。但她问完话后很久，那个声音都没有回答，这让蕾切尔失望地以为是自己的脑子出现问题时，那个女声又出现了。

"我在问你满意这顿晚餐吗？这是我自己做的，是我最喜欢的食物。"

那个女人说话的声音很轻，好像在说悄悄话一般，蕾切尔要全神贯注才能听清。但这一点儿也不重要，因为她是真实的。蕾切尔突然意识到，不管这个女人是谁，她都在努力想要取悦她。她不仅想要知道蕾切尔满不满意刚才吃的晚餐，而是想要取悦蕾切尔。这不是一顿普通的晚餐，而是她最喜欢的食物。说实话，这道吃食非常一般，速冻食品也就能做成这个样子了，但蕾切尔不会告诉她实话，如果这个女孩儿想要听到能使她高兴的话，那么蕾切尔肯定不会说出让她扫兴的话来。

"这顿晚餐非常棒。"蕾切尔说。

"谢谢。"

蕾切尔听出女孩儿高兴的回答，知道自己做对了，她又问："你叫什么名字？"但刚问完她就后悔了，因为之后对话又陷入沉默之中。蕾切尔很后悔自己操之过急，不应该进展得太快。她屏住呼吸想要探听门那边的动静，她想如果自己足够仔细的话，也许能听到那个女孩儿的呼吸声和心跳声，但最后她听到的只有远处供热系统传来的轰鸣声。

"伊娃。"最后女孩儿回答。

蕾切尔脸上露出微笑，后面她会尽量叫她的名字，尽量在她们俩之间建立信任。她之前在一些电影里看到过类似的情景，谈判专家会尽可能叫坏人的名字，会尽量让对话平和一些，让人们更放松。而叫对方的名字就好像是两个好朋友一边喝酒一边聊天一样。

"你好，伊娃，我叫蕾切尔。"

"我知道。"

蕾切尔之后有一会儿没说话，她意识到这是一个机会，但不知道该如何利用这个机会，然后她的脑子里突然闪过两个念头。

"亚当是你哥哥吗？伊娃。"

又是一阵沉默，蕾切尔意识到伊娃对有关亚当的话题十分警惕。

"是的，亚当是我哥哥。"

当然是了，亚当和伊娃，简单想一下就会发现这很明显。蕾切尔的第一个想法是对的，她希望自己的第二个想法也是对的。

"他伤害了我。"蕾切尔说。

"抱歉，我让他不要伤害女孩儿，但他不听，而且非常生气。"

"他生气的时候就会打你，对吗，伊娃？"

一阵沉默之后，伊娃开始有些语无伦次地说着话："有时候是这样，但他不是故意的，是我惹他生气，他才会这样的，而且他过后都会道歉。"

蕾切尔露出笑容，这两个事情她都猜对了。她打出感情牌这招做对了，从她被关到这里以来，这是第一次看到逃生的希望。虽然机会很渺茫，但无论如何她都会努力抓住。

"我真的要走了，我不应该来这儿的。如果亚当发现我跟你说话，他会非常生气的。"

蕾切尔听到门外传来响动，不禁感到恐慌。伊娃要离开了，等她
离开后这里就又只剩下自己孤独地待在黑暗中。蕾切尔想要伊娃待在
这里，她需要她待在这里。孤独感突然击中了她，她咬着牙忍住泪水。
她不认识伊娃，不知道关于她的任何事情，不知道她是如何在疯子的
身边活下来的，但她知道伊娃不是亚当。亚当把她的头发剃光了，将
她异化成一个数字。跟伊娃聊天提醒了她，她还是个人，而不只是一
个数字代号。

"别走，求你啦，伊娃。"蕾切尔听出了自己声音中的绝望，但
已经不在乎了。

"我想我还能再待一会儿，亚当还没有回来。"

"谢谢你，伊娃。"

蕾切尔看向手术椅的方向，再次陷入沉默中。手术椅的不锈钢扶
手和陶瓷墙面反射出光芒，她背靠的墙面又硬又冷，让她的肌肉有些
麻木。真是见鬼，她怎么会落到这个地步呢？这不公平。她不是个坏人，
翻涌的思绪让她不能自己，等她意识到这有多么幼稚后，几乎忍不住
要大声笑出来。生活本来就不公平，坏事总是发生在好人身上，因果
报应根本就是扯淡。

童年时的一段美好回忆突然浮现在脑海中，她已经多年没有回想
起这段记忆了。那时候她大概五六岁，正处在天真烂漫的年纪，满心
以为自己的父亲是个超级英雄。那是在一座海边别墅，她跟父亲一起
走在海滩上，只有那一次父亲是完全属于她的。只有他们两个人，没
有妈妈，也没有其他兄弟。脚趾踩在沙滩上十分温暖，身后的夕阳渐
渐落下，拉长了两人的倒影。父亲宽大、满是老茧的大手握着她的小手，
他们俩一直聊天、说笑，父亲还给她讲故事，她从来没有感觉如此被
宠爱、如此安全。

蕾切尔沉浸在这段回忆里，想象着这一刻她不是在地下室里，而

是身处海滩，那里充满了海水的味道和异域风情的魅力，而且那里十分安全，唯一害怕的事情就是睡觉时会做噩梦。

"你还好吗？你一直没说话。"伊娃问。

伊娃的话将她拉回现实，阳光开始淡去，她又回到了地下室里："我很好，刚才只是在想一些东西。"

"在想什么？"

"想阳光。"蕾切尔说。

"这种想法会让你很悲伤。"

"不，这其实会让我很快乐。"

"我不明白。"

不知为何，蕾切尔一股脑儿地将这段美好的回忆说了出来，跟伊娃分享。

"你很幸福，我都不记得自己的父亲了。"

"他怎么了，伊娃？"

"他死了。"

从伊娃平静、突兀的回答里，蕾切尔意识到应该适可而止了。今天的谈话已经够多了，再多的话就会适得其反，她不想伊娃对她产生厌恶。

"我该走了。"伊娃说。

"你还会再来吗？跟我聊天？我在这里太孤独了。"

"我尽量，但我得小心一点儿，只有亚当出去的时候我才敢到这儿来。"

"再见，伊娃，谢谢你跟我聊天，还有晚餐，谢谢你的晚餐，我很喜欢。"蕾切尔说。

"我会再来的，我保证。"

灯光熄灭，蕾切尔绕过手术椅，回到床垫上。当她走到一半的时候，听到挡板的声音，她转身看到餐盘消失在挡板后面，唯一一丝亮光也随着挡板关闭而消失。蕾切尔走到床垫前，将毛毯紧紧裹在身上。

她又一次陷入了黑暗、陷入了孤独中。

蕾切尔从跟伊娃的对话中了解到很多有趣的信息，还有一条非常重要的信息。

有趣的信息是，伊娃很孤独。她渴望认同，这就是她为什么会先跟她说话。蕾切尔很希望成为伊娃的朋友，如果她能帮助自己逃离魔窟的话，那么她永远都会是她的好朋友。

重要的信息是，有时候亚当会出去，留下伊娃一个人看守她。

蕾切尔想着，要努力把伊娃争取过来，如果她能成功让伊娃把她看成一个人，而不是囚犯的话，她就有更多的机会尽量地诱导她，帮助自己逃出这里。蕾切尔一直想着这个念头，然后又觉得自己很可笑。她想的事情怎么可能会发生呢？如果她成功争取到伊娃的话，伊娃又会帮助她逃跑吗？

但这是有可能的，虽然机会渺茫得她还不如放弃这种无谓的幻想。但她还有选择吗？她该就此认命吗？让自己陷在疯子手里，受尽折磨后把自己的脑子搅烂？现实是根本不需要做出选择的，也没有什么可选。唐纳德·科尔的女儿可不是懦夫。

第 32 章

坦普顿走到地下走廊尽头的一扇门前，快速地敲了几下，然后径直打开门走了进去，我也跟着进去了。房间很小，里面放满了大型电脑设备，服务器发出嗡嗡的响声，机器里的风扇快速地转动着，以给机器降温。屋里的温控非常好，不冷不热，让人感觉非常舒服。

屋里有一男一女正在电脑前埋头工作，当我们走进去时，他们俩一起转头看着我们，好像他们都在被同一个遥控器操纵一样。两人的形象跟传统的极客^[1]不太一样，没有穿破洞牛仔裤或者卡通图案的 T 恤，也没戴着跟酒瓶底儿一样厚的眼镜。他们的身形也不臃肿，以他们三十多岁的年纪来说，很苗条。他们俩看起来更像是律师或者会计师，而非是电脑极客。

女极客是印度人，丹凤眼非常漂亮，看你时好像能把你看穿。她手上戴着订婚戒指。男极客的头发是姜黄色的，手上没戴戒指，而是戴着一只豪雅的手表，看质地像是真货。

"这是亚历克斯·欧文和苏马蒂·查特吉。"坦普顿说。

"你好。"他们同步跟我打招呼道。

从他们的名字以及长相来看，我以为他们俩说话会有口音，可却让我大吃一惊。他们俩的英语很正宗，好像是从剑桥、牛津或者麻省理工直接过来的。

"你们俩谁是最棒的？"我问。

"我是。"这一次他们俩没有同步回答，苏马蒂比亚历克斯抢先一步回答。说完后，他们俩看着彼此，然后陷入了争论中。我倚着门扉看着他俩吵架，坦普顿站在我旁边。她站得离我非常近，我能闻到她身上散发出来的香水味儿。

"你是故意的。"她悄声对我说。

"当然，他们俩看起来不太像电脑狂的样子，不过外表有时候会骗人，但你不必非要拨开层层表象才能发现本质。所以，他们俩谁是《星球大战》迷，收集了最多的《星球大战》纪念品？"

"应该是苏马蒂，不过她收藏的不是《星球大战》的纪念品，她是《星际迷航》的粉丝。"

"她会说克林贡语吗？"

---

[1] 极客是美国俚语"geek"的音译，用来形容对计算机和网络技术有狂热兴趣并投入大量时间钻研的人。

坦普顿耸耸肩道："我怎么会知道她会不会说克林贡语？"

"BIjatlh'e'yImev（闭嘴）！[1]"我突然大喊。

苏马蒂听到后突然停了下来，很吃惊地看着我，好像我是外星人一样。坦普顿也在盯着我看。

"我记忆力挺好的，考试、测验什么的刚好能发挥作用，还可以时不时地让陌生人大吃一惊。"我悄声对坦普顿说道。

"事实上，如果你只是想让一个人闭嘴的话，可以用'BIjatlh'e'yImev'。"苏马蒂说。

"但如果你想让多个人闭嘴的话，正确的说法该是'sujatlh'e'yImev'。是的，我知道。我只是想知道自己能不能引起你的注意。"我转头看着亚历克斯，"看起来这次是你输了，我选中了苏马蒂。"

"因为她会说克林贡语？"

"不，因为她是个女性，如果她想要在这个男性主导的世界里占有一席之地，她至少得比你聪明十倍才行。"

"那么，温特先生，有什么我可以效劳的地方吗？"苏马蒂问道。

"现在是时候证明你到底有多聪明了，你是怎么知道我名字的？"

她哈哈大笑道："上网。"

"这就能说得通了，你知道我现在在查什么案子吗？"

"知道，开膛手那个案子。"

"凶手是通过互联网跟受害者接触的，我要你好好查一下她们的电脑，看看能不能找到点儿线索。"

"我们已经查过了，没有发现任何线索。"

"那是因为你们没有查到底，现在继续查，换一个思路。而且你们要假设，凶手可能比你们更懂电脑知识，不是连浏览器都不怎么会用的电脑白痴。先从蕾切尔·莫里斯开始吧，她是最新的受害者，你

---

[1] 此处即为克林贡语，这是一种人造语言，来源于科幻作品《星际迷航》。

们还没查过她的电脑，所以这次用全新的视角去查。仔细检查，这次你们一定会发现新的线索，我保证。"

"好的，放心交给我吧。"

等我说完，坦普顿开门就向外走去。

"你会说克林贡语让我很吃惊，但你得好好练练发音了。"苏马蒂说。

"*Qapla*。"这一次，我尽力准确地发出喉音。

"好多了。"她说。

坦普顿关上门，我们俩朝电梯走去。

"你最后那句话听起来好像是'去你的'。"她说，"听起来就是给人这种感觉，一点儿也不像是祝别人身体健康、富裕幸福的意思。"

"它的字面意思是'成功'，但一般都用来说再见。克林贡语里没有'去你的'这个词，如果你对一个克林贡人说出这个词，那之后就是不死不休的决斗。"

坦普顿大笑道："没人喜欢聪明鬼的，温特，特别是你这种有收集癖的聪明鬼。"

"我没有收集癖。"

"对对，你没有，一个能流利说克林贡语的人，而且铁定能说出《星际迷航》每一集名字的人，竟然声称自己没有收集癖。"

"我说不出每一集的名字。"

我们俩都停下脚步，坦普顿转头看着我。

"好吧，我确实能说出每集的名字，但只限于一开始的那几部。而且这也不能说明我有收集癖，这只能说明我喜欢学习新知识。"

坦普顿露出自鸣得意的笑容："对对，你说得对。"

第 33 章

我坐在国际大酒店里的酒吧的钢琴旁边，随手弹着 C 大调的音阶。钢琴键盘很重，反应也有些迟钝，跟我的斯坦威钢琴敏捷的反应速度相比简直是天差地别，但幸好这架钢琴音还是准的。

当我跟女侍者说关掉音乐，我想来一次钢琴演奏的时候，她非常高兴地就答应了，甚至都没有问我钢琴水平怎么样。实际上她也不关心这个问题，不管我弹成什么样，都比电脑合成的枯燥无味的圣诞音乐要好一些。听了十分钟那些"垃圾"后，我感觉就像有人在用针捅我的耳朵一样。至于她是怎么在这种音乐里坚持下来的，我就不得而知了。

我直接开始弹莫扎特的《第 21 钢琴协奏曲》的第二段，当我弹完第二段开始进行第三段的时候，整个伦敦和案子都已经消失了，压抑在我心中的重负也舒缓了。此时对我来说，只有音乐最重要，我的脑海中只有音乐。

我闭上眼，指尖本能地在寻找下一个音阶，弹出下一段旋律。这首曲子没有让我失望，虽然它不属于莫扎特那些华丽曲子的一部分，但这也并不意味着它容易演奏。这首曲子有一种向上的感染力，让你不知不觉间就想弹得更快，但如果你真这样做的话，就会破坏整首曲子的氛围，关键是要保持舒缓和从容。当我弹完最后一小节的最后一个音符时，我仍沉浸在音乐里，双眼紧闭，静静品味着这份安静。

"真美。"

坦普顿站在钢琴后面，她脸上的表情很怪异，说不清是什么意思。她迟到了五分钟，不过这在我可以接受的范围之内。太早的话显得没地位，太晚的话又会很冒失，我的第一杯威士忌已经喝了大半，正考虑再要一杯。

"我说真的，你弹得真好，你从哪儿学的钢琴？"

"我母亲是钢琴教师，是她教我的，我在大学里也学过钢琴。"

"我以为你在大学里学的是犯罪心理学。"

"是的，不过我也修了钢琴学位。"

"大部分人的业余时间都用来聚会了。"

我笑笑道："我很幸运，专业课对我来说并不是很难，所以我有大量的课余时间来做一些别的事情。"

坦普顿眯起眼，又用那种警察看待凶手的眼神看着我："你到底有多聪明？"

"这不是你真正想问的，对吧？其实你是想问我的智商有多高？"

"是的，你的智商是多少？"

"比平均值高一些，但还是比达·芬奇低。"

"你不想告诉我，是吧？"

我摇摇头道："只是几个没有意义的数字罢了，真正重要的是你在生活中做了什么，我们的行为定义我们这个人。我父亲是真正的天才，但他选择用这份天赐的礼物去毁灭一切。"

"而你选择用你的天赋努力去弥补他的过失。"

我耸耸肩，但没有否认。

坦普顿狡猾地看了我一眼："达·芬奇的智商比你高，这让你很不服气，对吧？"

"这个问题没有意义，智商测验在 1904 年才被创造出来，而达·芬奇的智商只是专家们推测出来的。"

"看吧，你确实很不服气。"

放在垫子上的酒杯有些倾斜，我将杯子扶正，杯里的冰块撞击着玻璃杯："我不恼怒，也没有不服气。"

"你说智商只是没意义的数字，但我敢打赌，你肯定知道是谁在什么地方创造了智商测验，而且对整个过程一清二楚。所以问题是，如果它真的没有意义，那你为什么不肯告诉我你的智商呢？"

"因为我不想你用数字来定义我这个人。"

坦普顿伸过手来拿起我的酒杯，抿了一口。她做了一个鬼脸，又把酒杯放下。酒杯又有些倾斜，我再次将它扶正。

"你用词很有意思，温特。你本来可以说你不想被数字定义，可你最后说的却是，你不想被我用数字定义。"

"口误罢了。"

坦普顿看了我一眼："可能吧。"

"你当警察领这份薪水真可惜了，你这嘴都可以去当律师了。"

"世界上的钱永远都赚不完，温特。"

我听后笑了笑道："是的，你说到点子上了。"

"你之前说你母亲是个钢琴教师，你的意思是她还没退休吗？"

我脸上的笑容消失，摇摇头道："她没退休，我母亲几年前就过世了。"

"对不起。"

"不用，这对她来说可能是最好的选择，她从来没从我父亲的事情中解脱出来过。"

"你呢？"

"我正在努力。"我将双手交叉在一起，又放开，"好了，不要再说这些沉重的话题了。我已经热身完了，你想听什么？"

坦普顿想了一会儿，然后说："你知道《苍白浅影》这首曲子吗？这是我最喜欢的曲子之一。"

"这首曲子的旋律是什么样的？"

坦普顿露出甜美的笑容："你是天才，你猜猜。"

"好吧，凡丹戈舞是一种起源于西班牙的舞曲，听起来就像用车轮在做杂耍一样。"

坦普顿听到后笑着捶了我一拳："有些问题是没有答案的。"

"每个问题都需要一个答案，至少我们要努力去寻找那个答案，人类就是这么进步的。如果我们回避难题，我们现在可能还是猴子，在森林里快乐地跳来跳去，而不会知道我们可以让自己成为万物之王。"

"闭嘴，赶快弹。"

我将手放在键盘上，闭上双眼。旋律在我的脑海中浮现，每个音符都带有不同的色彩，我想出一些简单的和弦来搭配这首曲子。这首曲子取材于巴顿，在演奏中我着重强调了这一点。除此，我还融合了一些莫扎特音乐的元素，因为我觉得它们搭配在一起很适合。当我弹完的时候，坦普顿又一次用那种怪异的眼神看着我。

"可能我问得很愚蠢，但你之前弹过这首曲子吗？"

我摇摇头。

"太厉害了，温特，你真的让我大吃一惊。我是说，你到底是怎么做到的？"

我哈哈大笑道："咱们去找张桌子坐下来谈吧。"

第 34 章

坦普顿领头走到靠近吧台的桌子旁，她的穿着还是跟之前一样，牛仔裤搭配黑色羊毛针织套衫，显得异常动人。她即使穿着粗麻布，也无法掩盖她的性感。她刚洗过头发，湿漉漉的发丝散发着洗发水的香味，苹果味的洗发水，让人不禁想到夏天。

她拿出钱包，抽出一张十英镑的钞票"啪"的一声拍在桌子上，装出一副很愤怒的表情，十分有趣。

"你到底是怎么知道唐纳德·科尔的车的？"她问。

"排除不可能的选项，最后剩下的那个不管看起来多不靠谱，都一定是真相。"

坦普顿严肃地看着我："你是怎么知道的，温特？"

"他办公室的墙上挂着不少车的照片。"

"他办公室的墙上挂着很多照片。"

"确实，他办公室的墙上有游艇的照片、他在地中海别墅的照片，还有他赛马的照片。但唐纳德·科尔没有任何资质证书，没有学位，也没有博士头衔，以他的背景来说，他也不太可能跟诺贝尔奖获得者或者是美国总统合影。照片是另一种形式的展示墙，科尔是用身份标签来定义自己的成功的，他希望炫耀它们，你注意到他的家庭照片了吗？"

"是的，他放在了桌子上。"

"你注意到他是把照片面对他自己摆放的吗？这让其他人难以看到。"

"可能是为了有个好风水吧，这有什么大不了的？"

"他想向全世界展示自己的成功，可却不想分享他的家庭，他想保护自己的家人，让他们远离危险。"

"哪个父亲不是这样想的？"

"这可不一定。就说我的父亲吧，从表面上看他是个模范好父亲，可潜伏在他内心深处的却是个变态狂。如果他觉得有必要的话，他会毫不犹豫地杀死我或者我的母亲。"

"对不起，我不是有意提及这个。"

我摆摆手道："重点是唐纳德·科尔觉得自己对女儿被绑架负有责任，他为此备受折磨。他有花不完的钱，而且不相信警察，在他的世界里人们习惯先发制人，然后才是讲道理。盯紧他，如果他决定自己行动的话，恐怕会给你们造成大麻烦，更不用说会让蕾切尔陷入更加危险的境地。"

"她现在的处境难道还不够危险吗？"

"一般凶手会折磨受害者三个月左右，如果科尔做出一些蠢事激怒凶手的话，比如重新悬赏之类的举动，这可能会让凶手重新权衡蕾切尔是否值得冒这么大的风险。主凶可能会加快计划，将三个月的折磨时间压缩到几天，然后就给蕾切尔做手术，再将她抛弃，游戏也就此结束。只要受害者还活着，情况就总是能变得更糟糕，记住这一点。"

"说得有道理。"坦普顿又点头示意桌子上的十英镑，"我快渴死了。"

"杰克·丹尼还是可乐？"

"你怎么会知道？"她摇摇头道，"我不想知道你是怎么知道的，今晚我只想喝酒。"

我站起来，拿着钱走到吧台处，服务员还是昨天的那个人，我们之前聊过天，她是波兰人，名字叫伊莲娜，现在单身。我拿着酒回到桌子旁，把坦普顿点的酒递给她，然后将自己第一杯里剩余的酒倒进第二杯里。之后，我坐下来，摇晃着杯子里的冰块，时不时抿上一口，心里希望酒吧能够允许抽烟。禁止抽烟真是太遗憾了，酒精和尼古丁天生就是一对，就像桃子和奶油一样。

"开膛手确实被开罚单了，他开了一辆保时捷。"坦普顿说。

"但是……"

"没人喜欢聪明鬼。"

我抬起头，坦普顿叹了口气。

"我们之后按车牌号去查，交通管理局的登记信息上写的是一辆已经使用五年的银色福特蒙迪欧，凶手换了车牌，所以查不到其他线索。你已经猜到这一点了。所以，温特，你到底为什么离开了 FBI？"坦普顿用蓝色的大眼睛紧紧地盯着我，看起来她不达目的誓不罢休。

我慢慢拿起酒杯喝了一小口。

"我们俩之前还不太熟悉，所以你不想回答这个问题。"她说，"但现在我们对彼此已经有了很好的了解。我们俩今天待在一起做了很多事情，相处非常愉快，甚至比许多结了婚的人相处还愉快。不管怎么说，我已经告诉你我为什么想当警察了。等价交换，温特，这样才公平。"

我脑海中又浮现出父亲呢喃的那犹如诅咒一般的三个字：我们都一样（We're the same）。但这个回答并不是最好的选择，我轻轻地将杯子放在桌子上。

"我的上级不太同意我的一些做事方法，他们觉得我太过冒险，而且也没有必要。我在那里是出了名的不按常理出牌，在像 FBI 这样的组织里，团队就是一切，不按常理出牌的人注定无法长久地待下去。所以，我趁自己被解雇之前先行离开。"

"那你是在冒不必要的风险吗？"

"我尽了自己的责任去完成工作，就跟我现在做的一样。"

"你没回答我的问题。"

"我是在破案，然后将凶手绳之以法，至于过程是怎么操作的并不重要，也不应该成为考虑的因素。"

"这当然是个问题，你这样会让警察的权力不受制约，最后成为一群滥用权力的暴徒。"

"你从来都是按规则行事的吗？难道你从来没有为了破案而违背过警方的原则吗？你以为我会相信？"

坦普顿叹了一口气，张嘴想要说什么，但又闭上了。

"你当然违背过规则，这里没有一个警察从没违背过规则。当然，我不是在说我们不应该有规则，而是说那些规则不应该太僵硬，不能成为我们破案的阻碍。"

"那谁来决定拿捏的尺度呢？"

"常识和我们的良心来决定，我从来没有做过任何错误的决定，也没有悔恨过，每晚我都睡得很踏实。"

"骗子，这个世界上没有一个警察敢这么说。"

　　我一时没有话说，坦普顿脸上露出胜利的表情，她拿起酒杯："这个案子有些地方困扰着你，是什么？"

　　"谁说有什么地方困扰着我了？"

　　"开膛手和他的女朋友还逍遥法外，只要他们还没被抓住，你就一直会被困扰，这也是你工作的动力。所以承认吧，到底什么在困扰着你？"

　　"凶手给受害者做前脑叶白质切除手术这件事。"

　　"在案情分析会上，你说这是两个凶手之间的妥协。主凶想要杀死受害者，但从凶让她们活着，我觉得挺有道理的。"

　　"听起来确实如此。"我答道，"但我已经想了一天，越想我就越觉得自己漏了什么东西。"

　　"你会不会有点儿过度分析了？"

　　"我没有过度分析，前脑叶白质切除术是破案的核心线索。"

　　"那你在想什么？"

　　"这就是问题的所在，现在我非常茫然。"

　　"什么？一点儿想法都没有吗？没一点儿启发？"

　　"一点儿都没有。"我承认。

　　"所以，现在你那个聪明的大脑里什么东西都没有吗？"

　　我摇摇头，叹气道："什么都没有。再提醒我一下，达·芬奇的智商是多少？"

　　"我一开始就没告诉过你，怎么再提醒你？"坦普顿挑着眉头斜睨着我。

　　"220。"我妥协道。

　　"是不是比你聪明多了？"她问。

　　"聪明很多。"我回答，"但要注意，这只是一个推测数字而已。"

　　坦普顿拿起酒杯抿了一口，然后嘴唇靠着酒杯边缘对我笑道："这真的让你很不服气，对吧？"

第 35 章

"五号用桶上厕所。"

亚当扭曲的声音在扩音器里响起，在封闭的房间里不断回荡着，让蕾切尔如遭重击。她眯着眼适应着光亮，掀开身上的毯子，从垫子上站了起来。她的四肢感觉既沉重又轻盈，她知道自己在移动，却感觉像坐在自动扶梯上。她在眩晕的状态中穿过房间，走到水桶旁，脱下裤子蹲下。结束之后她又站起来，拉上裤子，等待下一步的指令。

"五号把桶拿到门口。"

蕾切尔拿着桶穿过房间，将桶的把手朝着门的方向放下，一丝不苟地执行着指令。一开始亚当就把这套程序说得非常清楚明白，他肯定是花了很长时间才把整个程序设计好。如果在这个过程中她出现任何问题的话，亚当肯定想都不想就会惩罚她。背上的伤痕仍隐隐作痛，提醒着她要一字不漏地执行亚当的任何命令。

"五号坐到椅子上去。"

蕾切尔看着手术椅，没有任何感觉，没有心跳加速，也没有冷汗或者颤抖。以前哪怕是想到椅子都会让她陷入恐慌，但这次没有。她陷入一种奇怪的沉静之中，感觉不论发生什么事情，自己都能够解决。

被下药了。

这个想法渐渐地从她满是糨糊的大脑里冒了出来，实际上她要这么久才反应过来自己被下药了，本身就说明她的猜测是对的。伊娃一定在食物里放东西了，这是唯一的解释。

"五号坐到椅子上去，不然就得接受惩罚了。"

蕾切尔看着最近的摄像头，盯了一会儿，感到困惑，并且迷失了方向感，不知道自己要朝哪儿走，也不知道自己在哪儿。然后她记起来了——椅子，她要坐到椅子上去。她走到房间中央，正准备坐下的时候，亚当的声音再次响起：

"停下！"

她一只手扶着椅子的扶手停下。

"五号把衣服脱了。"

蕾切尔反应了半天，才明白亚当的意思，然后开始脱衣服。

她的双手反应非常迟钝，完全跟不上大脑的指令。

"五号坐到椅子上去。"

蕾切尔坐下了，身后的乙烯基材料很凉，但她几乎没有感觉。她听到身后的门响了，然后是脚步声，塑料桶被人拿走，之后又放进来一个空桶。蕾切尔没有回头去看，她对这个流程已经很熟悉，而且就她现在的精神状态而言，这种事情完全不在她的关注范围之内。

当亚当固定皮带的时候她没有挣扎，而且这一次亚当还固定了她的头部，她也没有感到害怕。亚当绑完之后又检查了一遍，就走出去了。

时间一分一秒地过去。

当亚当返回的时候，他推来一台心电监护仪，把一个塑料夹子夹在了她的食指上，然后打开机器。蕾切尔的心跳比较平稳，大概是70多次每分钟，寂静的房间里响起机器的"哔哔"响声。之后亚当又离开，这次是推着一辆医用手推车进来的，他把手推车停在蕾切尔身面前，拿起一根橡皮管。

蕾切尔感觉周遭发生的一切都跟她没有关系，好像她没有身处此地，而是在看电影，电影里的自己正在遭受这一切。亚当将橡皮管系在她的右手臂上，然后扎紧。她的小臂随着心跳开始有些刺痛感，手指也有些麻木。亚当又拿起一支注射器，用手把气泡弹走，然后拍打她的胳膊，寻找血管。蕾切尔看到手臂上的血管逐渐显现，带着一种蓝中偏黑的颜色。她看着亚当将针尖刺进自己的胳膊里，然后开始注射。

她从小就讨厌注射，但现在只要亚当愿意，他可以随心所欲地用注射器捅她。

亚当将注射器里的药水全部注射完，然后解开橡皮管。几秒钟后药水开始发挥作用，心电监护仪上的心跳次数突然猛增到 140，响声也从原来平稳的"哔哔"声变得疯狂起来。蕾切尔现在觉得自己有无穷的能量，她从来没有过这种体验，这太惊人了。现在她所有的感觉都被放大了，兴奋得想要一直跳舞。她要跳舞，要运动，只有这样才能消耗自己体内无穷的能量。而且她想要说话，一直说话，想要跟所有人分享自己现在的想法和感受。

她刚张开嘴，亚当就狠狠地打了她一下，在她的左胳膊上留下了一个鲜红的掌印。疼痛渗透进她的身体里，这种疼痛非常剧烈，甚至比他用藤条抽她还疼。太难受了，蕾切尔尖叫着。心电监护仪上的数字又猛然增加了 20，一度达到 160 次每分钟，然后又缓慢降回 140。

"五号不准说话！不准说一个字！"

蕾切尔在椅子上挣扎着，绝望地想要逃跑，但皮带绑得非常紧，将她牢牢禁锢住了。她想要逃回之前那个被麻醉梦幻的世界里，那里没有恐怖，只有温暖和安全。在那里，现实里的一切都不再重要，没有痛苦，也没有尖叫。

当看到亚当拿起一把猎刀时，蕾切尔吓得一直往椅子里缩着。刀刃非常锋利，在灯光下发出闪闪寒光。

她看着刀，又看看亚当。

心电监护仪上的数字跳得越来越快。

"这会很疼的。"他说。

第 36 章

我起床后洗了个澡，等我穿好衣服时，服务员已经把早餐送过来了，又是一顿丰盛的英式早餐，都是胆固醇很高的食物，且富含蛋白质，充满卡路里，能给我补充能量。此外，还有一壶咖啡。我的新陈代谢很旺盛，吃多少东西都不会发胖，模特们一定很羡慕我的身材。但这也有不好的一面，那就是我的血糖含量很高，一旦病发很快就会恶化。

我把早餐吃完，端着咖啡来到阳台。云层很厚，让人感觉非常压抑，预示着后面还有一场大雪。我站在六楼的阳台处，看着街上的行人行色匆匆地穿行在寒风中，每个人都裹得非常厚。四十八个小时后，白昼就会开始变长，五天之后就是圣诞节了。我可能还要在这里待两天，也可能是五天，希望能在圣诞节到来前抓住凶手，这样我就可以离开这里了，离开这冰天雪地的天气。

我点上一支烟，然后打电话给海切尔。早上七点钟的时候他就已经在办公室了，他告诉了我关于罚单的信息，我"嗯"了几声表示回应。除此，就没有其他有用的消息了，他们已经排查了许多有污点的医学生，但没有一个符合条件，也没有找到凶手用来实验的受害者。

海切尔还在说着什么，但我一点儿都没有听进去。我突然想起昨天布雷克教授说的一些事情，这让我想抽自己两巴掌，怎么会把这么重要的信息遗漏了？通常一些看似微不足道的信息，最后却成为破案的关键线索。布雷克教授昨天告诉过我，福雷曼练习这种手术时是先从柚子开始练手，然后是尸体。

柚子和尸体，这是两种选择而非单一的。

我之前告诉海切尔去寻找一个凶杀案的受害者，但也有可能凶手需要不止一人来练手。

"我们要扩大搜寻的目标和范围。首先，我们要找的可能不止一个受害者，具体数字还不确定，要看凶手完全掌握这项技术的速度有多快；其次，我们要找的目标可能是女性，也可能是男性，年龄从十三四岁开始查起。受害者都是社会连接度比较低的人、妓女、瘾君子或者是流浪汉，到六十岁为止，因为年纪再大的话，可能受不住手术的摧残。当然，不要太过于关注年龄的限制，束缚了自己的视野，瘾君子一般活不了太长时间。还有，不要再使用原来案情分析时得出的受害者模型了。他是在做实验，所以他不在乎那些人会不会死。另外，现在要找的人可能跟之前的标准也不一样了，不一定非得是浅黑色头发、棕色眼睛的职业女性。"

"很好，你能再缩小一下范围吗？"海切尔说。

"受害者会有很明显的特征，凶手是在锻炼自己的外科手术技能，所以大脑会被损坏。让你的人仔细查一下，即使是多年前的案子也不要放过，有人应该会记得这些事情，而且凶手有可能会故意掩饰自己的行为。"

"怎么掩饰？"

"可能他会用锤子砸烂头骨，毁灭自己的作案痕迹，让警察发现不了受害者的前额叶皮质已经被破坏了。他也有可能会把受害者的头颅单独扔掉。有点儿想象力。"

"想象力。"海切尔重复道。

他的声音里充满疲惫，我可以想象到他此时的样子——他坐在办公桌前摇着头，用手按摩着眼睛，希望自己是一名工程师、会计师或者杂货店店主，不管是干什么，只要不当警察就好。

"我们会抓住他们的。"我说。

"最好能尽快抓住他。"

海切尔叹了一口气，语气里充满了不祥之感。

"怎么了？"我问。

海切尔又叹息了一声，这一声更长，也更沉重。

"我跟你说了，你不要告诉其他人，可以吗？"他说。

"你还是去跟牧师说吧。"我回道。

"有传言说，可能不会再让我继续侦办这起连环案了。"

"别在意这些东西，谣言什么时候都有，而且你知道谣言的一大特点是什么吗？那就是十有八九都没有事实依据。它们只是过眼烟云，通常背后都是对你心怀怨恨的人在造谣，或者是有人在玩小把戏。记住，海切尔，你是最适合这份工作的。"

"谢谢你的支持，但这次是十次里面那唯一一次有依据的。媒体的报道给警方带来很大压力，现在这份压力一路传导下来，我正好首当其冲，成了替罪羔羊。每个人都想知道我们为什么还没抓住那个杂碎，这个我们指的就是我。其实也理应如此，这个案子我已经接手一年了，却还没抓住凶手。蕾切尔·莫里斯被绑架后又给了媒体添油加醋的材料，你看了今早的报纸吗？媒体煽风点火，群众越来越恐惧了。"

"那就给媒体扔点儿骨头引诱他们一下。"

"你在想什么？温特。"

"给我几个小时计划一下。"

"你不打算告诉我，好吧。"海切尔又叹了一口气，"但要快点儿，我需要你在这儿。"

"我会尽快赶过去。"

我挂了电话，抽了最后一口烟，然后把烟蒂弹出去，转身走进温暖的室内。我下楼的时候，迎宾帮我叫了一辆车，五分钟后车就来了。我坐进车内，给了司机地址，然后在后排坐好。

汽车一驶出国际大酒店门前的车道时，我就意识到自己被跟踪了。

第 37 章

后面跟着一辆捷豹，车跟得非常紧，我都能看到那辆车前排坐着的两个人。开车的家伙大概四十多岁，瘦骨嶙峋，看起来很严肃。他的同伙要年轻一些，体形也更壮，是打后卫而不是四分卫的好手。看起来司机一点儿也不想掩饰他在跟踪的事实，我们前进，他也前进；我们转弯，他也转弯。我用指节敲敲前面的挡板，司机打开了挡板。

"先生。"他说。

司机是个大约四十岁的白人，有着硕大的啤酒肚，神情非常愉快，看起来应该一直是开出租的。我指指后视镜里的倒影："看见后面跟着的那辆捷豹了没有？如果你能甩掉它，我就给你二十英镑小费。"

"没问题。"

司机开始踩油门儿加速，我系紧安全带。他没有打转向灯就突然拐进辅路，在车流里穿行前进，惹得后面的司机纷纷按着喇叭。我都记不清有多少次差点儿就要出交通事故了，我的肾上腺素也跟着飙升，手紧紧地抓着安全带，都捏得有些发白了。从车的后视镜里我能一直看到司机的表情，他脸上露出开心的傻笑，玩得不亦乐乎。

出租车司机开车的技术很好，但不幸的是后面开捷豹的瘦子车技更好，他一路跟开过山车一般，但始终跟我们保持着两个车位左右的距离。最后出租车开到护理院门口，司机把车停在一边，捷豹车的司机则把车停在五十码外。

"抱歉，先生，我尽力了。"出租车司机说。

"你做得很棒。"我对他说，还是给了他二十英镑的小费。

出租车掉头离开，消失在路上，捷豹车还停在原处。我向捷豹车的司机举手示意，然后按响了护理院大门的门铃。还是昨天的那个接待员，她叫我温特警长。我没有纠正她的称呼，这样能减少些麻烦。如果每次别人这样称呼我时，我都要解释一遍的话，那生活不知道会累成什么样子。登记之后，我就朝着休息室走去。

莎拉·弗雷特依旧坐在昨天的位置上，面朝窗外。我拿过一把椅子，跟她并排坐在一起。

这里还跟昨天一样热闹，有人在打牌，有人在自言自语，还有一些人在盯着空气发呆。还是昨天那两个看护在值班，他们坐在桌子前，跟昨天一样无聊。挂在角落里的电视机声音非常小，根本听不清在说什么。

如果我明天再来，或者是一年后、十年后再来，这里还会是这个场景，一成不变。不，这里的面庞会发生变化，但那台电视机还会在那里。突然楼上有人发出尖叫，我条件反射地朝那个方向看了过去。我是在场唯一一个有反应的人，甚至连看护都没有什么反应。他们当时在聊天，只是稍停了一下，接着就像什么事都没有发生过一样继续聊天。那声尖叫之后，紧接着又是一声更加高亢的尖叫，从声音里听不出尖叫者是男是女。

"今天怎么样，莎拉？"

莎拉透过玻璃看着外面，其实她没看到任何东西。她的胸口按照大脑延髓发出的指令起伏着，头发保持着起床后乱糟糟的样子，嘴角流出了口水。这一次我带了一包纸巾，我抽出一张纸巾给她擦干净。

窗外，一个清洁工正在清扫积雪，他走过的地方留下了一排排脚印。还有除雪机留下的车辙，两排整齐的印记如同铁轨一般。空地上一棵高大的智利南美杉树高高耸立，直插天际。

莎拉没有看到这些东西，虽然她可能每天都面对同样的场景，却看不到任何东西。岁月变换，但她对此一无所知。这已经够让人沮丧的了，但更让人难过的是莎拉永远都不会因此而抱怨。

我跷着腿坐在椅子上，慢慢等待。

没过多久，她就来了。

阿曼达·柯蒂斯走进休息室，她的脚步轻盈而端庄，她在走过来的过程中搬了一张椅子，然后坐到她女儿的身旁。她的脸上有很深的皱纹，悲伤的棕色眼睛旁边满是鱼尾纹。她的头发染过，看不到白发，她看起来就像老版的莎拉·弗雷特。

跟她女儿一样，阿曼达手上也没有戴婚戒。这是连锁反应，我对此再熟悉不过。一旦你接触受害者，就会成为受害者的受害者，这种毒素就像核辐射一样，从凶手那里不断辐射开来，虽然看不到，可却是致命的。

"早，宝贝儿。"

阿曼达·柯蒂斯打理着莎拉凌乱的头发，然后在她的面颊上亲了一口，又坐了下来。有那么一段时间，她只是坐在那里，盯着地面没有说话。我很好奇她在看什么，她沉浸在怎样的回忆中不能自拔。

"莎拉第一天来到这里的时候，他们让她面对着墙待着。"阿曼达对着玻璃中的倒影说，"我知道这很愚蠢，但我当时非常愤怒，几乎跟我刚知道她的遭遇时一样愤怒。"

"这不愚蠢。"我说。

"我执着地相信，莎拉还是我知道的那个莎拉。我知道这没有意义，只是我不想去面对而已。"她的声音降低，又陷入了自己的思绪中，"莎拉肯定喜欢看外面的风景，她总喜欢到户外去。小时候只要到户外去玩，她就会非常快乐。她以前喜欢骑马，看着她骑着马飞奔，跳跃各种障碍物，简直能把我吓个半死，但她却一点儿也不害怕。我从来没有阻止过她，如果那样的话，莎拉就不是莎拉了。"

阿曼达伸出手放在女儿的身上，这个姿势让她从回忆中回到现实，回到了这个房间里。她转身用那双悲伤的棕色眼睛看着我："所以我有什么能效劳的，探长？"

"我到这儿来是想请求获得您的允许，我要杀了您的女儿。"我说。

第 *38* 章

亚当在蕾切尔身上总共留下四处伤口，一处在腹部，两处分别在两条手臂上，还有一处在大腿上。这些伤口像火一样在燃烧，是亚当留下的标记。最长和最深的伤口在左手臂上，有四英寸长，深深地切进了她的肱二头肌。当亚当留下前三处伤口时，蕾切尔已经疼得晕过去了，所以不知道亚当开始切她的大腿。最后一处伤口是最短的，只有一英寸长，因为当她不再尖叫时，亚当觉得索然无味，就不再折磨她了。

她昏迷期间，亚当清理并缝合了她的伤口，还用消毒剂做了处理。所以，她的身上还残留着消毒水的味道。蕾切尔醒来时依旧坐在手术椅上，但绑在身上的皮带已经被松开了，她赤身裸体，感到非常冷，肌肉因为长时间没有活动而有些僵硬。

灯突然亮了，蕾切尔的心跳陡然加速。她立即朝挡板那里看去，忐忑地等待着亚当的声音从扩音器里传出来。但什么声音都没有，她猛然起身，差点儿一头栽倒在地。她因为脱水以及药物的后遗症而头晕得厉害，感觉自己非常虚弱。蕾切尔跌跌撞撞地走到墙角，直视着摄像头。

"你到底想要干什么？"她怒吼着。

扩音器还是没有声音。

"你想要干什么？"她绝望地问道。

蕾切尔顺着墙瘫坐在地上，双手抱膝蜷缩成一团，眼泪不断地涌出，她用手背将它们擦去。冰冷的现实狠狠打击了她，让她猝不及防。她永远也无法再看到阳光了，永远也无法再感受夏天的温暖，以及脚趾踩在温暖的沙滩上的感觉。她也永远没有机会再跟闺密一起八卦了，再也不能一边喝红酒一边聊天开玩笑了。还有她最喜欢的餐馆，也没有机会再去了。

她的未来也毁了，她以前总以为自己有一天会有个孩子，也可能会生两三个。杰米总是哄她说他也想要个孩子，但每次她提起这件事时，杰米总能找出一堆借口，说现在还不适合要孩子。

她意识到自己一点儿也不想杰米，这个事实让她哭得更加厉害——她在为过去浪费的时光而哭泣。她的父亲是对的，她值得找个更好的男人。那时候她以为是因为父亲的控制欲和保护欲太强了，但现在她明白父亲是对的。她擦干泪水，抬起头打量着这个房间，这就是她的整个世界——空荡的房间、脏兮兮的床垫，还有满是血污的手术椅，她的未来现在完全掌控在亚当的狂想之中。

"别想了。"她对自己说，"别想了，别想了，别想了！"

蕾切尔意识到自己在大声喊后，就突然闭上了嘴，像开始时那样沉默起来。当你开始自言自语的时候，就说明你的精神状况已经非常糟糕了，只有疯子才喜欢自言自语。难道她开始变疯癫了吗？如果她真的疯了，到底是好还是坏呢？如果事情真的已经变得这么糟糕了，她的大脑开始失常起来，说不定还是件好事，至少除了逃出这里，这大概是最好的选择。她想了一会儿，又觉得这不会更好，只会更差，它只比彻底丧失自己的意志好一点儿。

挡板传来"咔嚓"声，蕾切尔抬头看到一个水桶被递了进来。她等待着下一步指令，但几分钟过去了，还是没有人说话。她又等了大概一分钟，担心这又是亚当在戏弄她。

还是沉默。

最后蕾切尔起身，小心翼翼地向水桶那里走过去。这一次她比平常绕得离手术椅更远，却忍不住不去看它，她的眼总是不由自主地盯着手术椅上的血渍看，上面的血渍比以前更多了。她走到门口，看向桶里，里面是一桶肥皂水，泡沫上面浮着一块海绵。旁边是一条毛巾以及一套干净的衣服，还有一管抗菌药膏。

"你擦洗一下可能会感觉更好一点儿。"伊娃低声说，"这个药膏能防止伤口感染。"

"谢谢。"

"我很抱歉亚当伤害了你，我告诉他不要伤害你，但他嘲笑我，说我蠢。"

"你一点儿也不蠢，伊娃。"

"我就是蠢！蠢！蠢！"伊娃的声音里有一种压抑的愤怒。

"你哥哥知道你来这里了吗？"

这一次伊娃沉默的时间更长，蕾切尔都要以为她不会回答这个问题了。

"他出去了，他说他回来之前，要我确保你已经清洗干净了。你需要清洗一下，不然我就要倒霉了。"

蕾切尔听出了伊娃声音中的紧张，她能想象到伊娃跟亚当生活在一起的日子有多恐怖，她在这里才待了一两天，就开始自言自语。难以想象，跟亚当一起生活几十年会是什么样子。

"好的，伊娃，我会洗的。"

蕾切尔脱下衣服开始用海绵擦洗。水是热的，有薰衣草的味道。她擦干身上凝固的血渍，又在伤口处小心地擦洗着，避免碰到缝合处，然后她开始洗脸和洗头。水温很快就降低了，她将海绵放回桶里。用毛巾擦干身体后，她开始涂药膏，最后穿上了干净的衣服，跟她之前穿的衣服一样，灰色的 T 恤、灰色的运动短裤，还有白色的棉内裤。没有袜子，没有鞋子，也没有拖鞋。

"如果我跟你在其他地方相遇的话，我们可能会成为朋友，伊娃。"

"不，我们不会成为朋友。"伊娃听起来很生气，每个字都说得很干脆，带有一种敌视的味道，"我们永远也不会成为朋友，因为你长得那么漂亮，我长得这么丑。"

"你不丑。"

"你怎么知道？你又没见过我。"

蕾切尔还没来得及回答，地下室的灯就熄灭了。她听到伊娃愤怒地走在走廊里的声音，听到她的脚步踩在木制走廊上，听到远处传来开门、关门的声音。

很好。

蕾切尔懊悔死了，自己操之过急了。她总是这么没耐心，现在只希望刚才的对话没有给她跟伊娃之间的关系造成太多负面影响。没有伊娃的支持，她知道自己永远也逃不出这里。蕾切尔正打算走回床垫的时候，突然意识到在这么多声音里唯独漏了一个声音。

她没有听到挡板上锁的声音。

第 39 章

我从烟盒里掏出一根烟叼在嘴里，一阵北极寒风吹过，我用手挡着才能不让打火机的火被吹灭。云层越来越厚，也压得越来越低了，这种感觉就像陷在坟墓里。从寒风里便能感觉到，马上就要有一场大雪了。

捷豹车还停在护理院门口等着，司机用登载着花边新闻的报纸做掩饰，装作在看报纸的样子，报纸的封面上有一个大写的标题——"开膛手杰克"。我毫不意外媒体这么快就给凶手选中了这个外号，因为媒体就喜欢弄这些东西。"后卫"看见了我，用胳膊肘碰了碰他的同伴，那个瘦司机立刻把报纸合上，揉成一团扔到了后面。我朝他们走过去，开门坐进了车里。

"把我拉去你们老板那儿。"我说。

两人傻傻地相互看了一眼，因为这个场景可不在他们的意料之中。

他们接到的命令应该只是跟踪和观察，但没人告诉他们还要客串出租车司机的角色。瘦司机朝"后卫"耸耸肩，"后卫"也耸了耸肩。很明显，身材瘦的那个人是主事者，拥有决定权。他又看了我一眼，然后做出决定。他发动汽车，我们离开护理院的道路开始朝主路驶去。

路上，我拿起司机扔掉的报纸来打发时间，前四版都是关于凶手的，我立刻就发现自己之前做案情分析时说过的话出现在了报纸上，唯一说得通的解释就是，海切尔的团队里有人把消息泄露给了媒体，我第一个想到的人就是那个灰白头发的老警员。他的辉煌日子已经过去了，看到自己泄露的消息出现在媒体上，这让他很自得吧。这既可悲又可怜，更不用说会对案情产生适得其反的效果。

第一页就是蕾切尔·莫里斯被放大的照片，下面只有一行字：开膛手杰克最新的猎物。我之前没有看到过这张照片，不太可能是苏格兰场泄露的，很可能来自科尔。

这张照片被处理过，蕾切尔的皮肤看起来就跟模特一样，非常闪亮有光泽，看着十分健康。这是个错误，你想让受害者看起来更有人的色彩，实际上却让她们非人化。人类之所以是人类，正因为我们是不完美的。而且这张照片是典型的摆拍，蕾切尔在镜头前露出无忧无虑的幸福笑容，眼睛闪亮。通过这张照片能看出，蕾切尔是个热爱生活的人，在她的世界里还有无限美好和可能的事情在等待着她。

我们停在科尔公司后门的街上，旁边就是他的玛莎拉蒂。瘦子和"后卫"陪我上了三楼，我夹在他们俩中间走在走廊上，科尔的女助理在他的办公室门口迎接了我。她敲了一下门，里面传出低沉、含混的声音让我们进去。我走了进去，屋子里飘荡着雪茄的味道。

瘦司机之前打过电话，所以科尔知道我要来。"后卫"朝女助理点头后，他们就一同出去了。科尔坐在真皮沙发上，意味着这次谈话是私人的。桌子上摆放着一堆资料，我的名字在第一页纸上。他已经调查过我了，而且想让我知道这一点。有意思。

科尔正在抽雪茄，雪茄又大又贵，我不太喜欢。考虑到他喜欢炫耀自己，他抽的很可能是古巴雪茄。我点上一支烟坐在沙发上，沙发后面的墙上挂满了科尔赛马的照片。

唐纳德·科尔在刚刚过去的二十四个小时里好像一下子老了十几岁，整个人都垮了。我见过不少这种情况，这是压力和焦虑所致，受害者的亲人们会陷入各种猜测和焦虑中。他正在受到伤害，唯一能治愈这种伤害的就是他女儿平安归来的消息。

"警察局里都是一群蠢货。"科尔怒吼道，"我一点儿也不相信他们。"他用手里的雪茄戳着眼前的空气，"你跟他们不一样，你有点儿本事。"

"别让你的保镖跟着我了，我不需要人照顾。"

"这不是你想不想的问题，这是为了让我的女儿平安归来。"

"我能照顾好自己，我不需要保镖。"

"是的，你能，让我来告诉你。一旦你发生任何问题，可能我永远都无法再看到我女儿了。所以，现在该做什么才能找到她？"

"任何可能的方法都要尝试去做。"

科尔发出蔑视的鼻音："这到底是他妈的什么意思？"

"听着，我理解你有多么焦虑，我很明白。你以前习惯发号施令，可现在的情况你却无能为力。而且更糟糕的是，你有钱。这时候你以为钱会带来帮助，但事实上没有。你现在正在做的事情只会影响破案进程。"

"你是个爸爸吗？你有孩子吗？"

我摇摇头，将烟灰弹在面前的水晶烟灰缸里。

"那么你根本不明白我的这种感受。"科尔狠狠地盯着我。

"说完了吗？"我问。

"我希望我女儿能安全回来。"

"幸好这点我们还能达成共识。"我又抽了一口烟，"听着，我会把蕾切尔救回来，但前提你不要再妨碍我的工作。不准再发悬赏令，也不准再派人跟踪我。你脑子里有些想法，以为那样做就能帮助救回莫里斯，还是赶快把它们都忘了吧。我向你保证，你想的事情根本救不回莫里斯，事实上你这样做反而可能会刺激凶手杀了她。"

科尔盯着我，但目光里没有之前的那股狠劲儿了。有那么一刻，他就像我见过的其他受害者的父母。我很好奇最后一个跟他这样说话的人是谁，也好奇是不是有人敢这么跟他说话。如果有的话，可能他们现在都已经不在人世了。

"如果你没把我女儿救回来，我会让你个人负全责。你明白这一点吗？"

"说完了吗？"我在烟灰缸里掐灭烟头，朝桌子上的资料扬扬下巴，"你已经调查过我了，你知道我能办成事情。"

"不是每次都会成功。"

"但几乎都能成功。"

"最好这一次也是，不会出现意外。"他说。

"希望如此。"

我起身离开。

"等等。"

科尔起身走到办公桌前，打开抽屉拿出一张名片，然后拿起金笔在名片背面写了点儿东西，又将名片递给了我。

"这是我的私人号码，你可以在一天二十四小时内的任何时间给我打电话，不管你要什么东西，不管什么时候，有需要就给我打电话。"

第 40 章

"你到底去哪儿了？"

"很高兴又看见你，海切尔，过得怎么样？"

"严肃点儿，温特，你去哪儿了？"

我此时正在海切尔的办公室里，这是位于四层的一个小房间，离案情分析室不远。海切尔的办公室跟布雷克教授的办公室一样杂乱，只是没有那么多书。桌子上摆放着各种文件和报告，家具都非常廉价，实用而没有品位，风格都是二十世纪八十年代的老旧样式。

坦普顿在门口徘徊着，时刻准备着离开。她的姿势很明显，表明她不想待在这里，脸上困惑的表情似乎在纳闷儿，我究竟为什么把她叫到这儿来。

"现在希望你召开一个新闻发布会。"我说。

"你在开玩笑吗？你没读过今天的报纸吗？新闻发布会是我们现在最不需要的东西了。"海切尔说。

"莎拉·弗雷特死了，现在案件已经升级成谋杀案了。"

"你在说什么呢？如果莎拉·弗雷特死了，我不可能不知道。"

我从口袋里掏出一张纸递给海切尔，他看完后皱起了眉头。

"这是什么玩笑吗？"他问。

我摇摇头道："不是玩笑，你手里拿的是阿曼达·柯蒂斯的委托授权书，她允许我们宣布她女儿已经死了的消息。"

"见鬼，我们为什么要这么做？"

"为了在两个凶手之间制造问题。他们之间的矛盾已经显现，现在是时候激化矛盾了。"

"我们不能在别人还没死的情况下宣布死讯。"

我耸耸肩。

"这是不道德的。"

我还是耸耸肩。

"我们是在欺骗媒体。"

"这可真不好，毕竟媒体从不说谎。"我调侃道。

坦普顿听后"咯咯"地笑了起来，她已经努力在忍了，却还是没能忍住。

海切尔看着坦普顿，好像才注意到她的存在："你跑到这里来干什么？"

"她会召开新闻发布会。"我说。

"没门儿。"坦普顿马上说，"绝不。"

在这两句话之间，她的声音提高了不止一个音阶。

"你会做得很好的。"

"看着我的嘴，温特，没门儿，我不会做的。"

"坦普顿！"海切尔厉声道。

坦普顿怒视着他。

"出去，我要跟温特单独说会儿话。"

坦普顿此时正站在海切尔旁边，她转头看看我，又转身看看海切尔。她的表情很严肃，嘴唇紧紧地抿着。从她的眼中流露出来的像是怒火，又像是厌恶，还可能是恐惧，总之很难分辨。她叹了口气，摇了摇头，转身离开。海切尔看着房门关上，又转身看着我。

"还记得我们早晨说过的话吗？关于我可能会被调离这个案子，如果我真的开了新闻发布会，我可能就不单单是被调离这个案子了，而是会被直接开除。"

我拿出一根烟，海切尔用眼神示意"禁止"。

"你敢！"

他的眼神和话语都非常严肃，所以我又把烟放了回去。我走到沙发旁，搬开一摞文件夹坐下，说道："你不会被炒鱿鱼的，海切尔。最糟糕的情况大概是，你会被处分，然后被撤职变成小警员，这辈子再也没希望成为总警司。"

"这个新闻发布会不能开。"

"你把我请来是为了给你们破案提供建议。好了，现在我正在建议你开新闻发布会，你要告诉媒体莎拉·弗雷特已经死了，现在案件变成谋杀案了。"

海切尔叹气道："你之前用过这种策略吗？"

"它会有用的。"我安慰他道。

"这不是我要的答案。"

"凶手正在犯错误，他们现在非常脆弱，如果我们成功施加压力，我们就可以破坏他们之间的关系。让受害者活着对帮凶来说很重要，如果她知道自己的一个娃娃已经死了，她会非常伤心，这份负罪感会让她难以承受。"

"这会给蕾切尔带来什么危险？"

"可以忽略不计。"

"什么叫忽略不计？"

我耸耸肩。

"所以有这种可能——会给蕾切尔带来危险？"

"当然有可能，我们的每一个行动都可能会给蕾切尔带来危险，甚至什么都不做也会给她带来一丝危险。这会起作用的，海切尔，这一次你得相信我。"

"好吧，那就开新闻发布会吧，可能重新成为警员也不错。"海切尔说。

"这样就不用负那么多责任了。"我说，"那谁把这个好消息告诉坦普顿呢？"

"肯定是你。"

"顺便说一下，上次让我难堪的那个老家伙，你得把他调离调查组。"

"为什么？只因为他让你难堪了？"

"不，因为他把消息泄露给媒体了。"

"你怎么知道是他？"

"因为如果有人在泄露消息，那一定是他。"

"我需要证据。"

"不，你不需要证据，在你的团队里你就是老大，你可以随便惩罚一个人而自己不用受惩罚。"

海切尔听后大笑。

"你了解你的团队，如果有人在泄露消息，这个人可能是谁？有大好前程在前面的年轻警员，还是那些晋升无望的老警员？他会做任何事情来报复这个组织，更别提这样还能给他带来一些外快。"

海切尔不禁叹气又皱眉，疲惫的面容好像要皱成一个黑洞了："我要开始整理分类房间里的文件了。"

第41章

蕾切尔用手轻推挡板，挡板缓缓打开，她推开大概一英寸后，又用双手轻轻扶着挡板，让它慢慢回归原处，害怕发出一丝声音。她靠着墙坐着，心脏怦怦地狂跳着，好似要跳出来一般，让她都快没法儿呼吸了。她闭上眼，心里默默告诉自己要镇静，她嘴里一遍遍地悄声念着，镇静，镇静，镇静。最后她终于平静下来，心跳逐渐变得平稳，呼吸也顺畅了。

她又在脑海里默默回忆了一遍跟伊娃的对话，伊娃说亚当出去了，一时半会儿回不来。但"一时半会儿"是什么概念，她心里拿不准。他到底是一个小时后回来，还是五分钟后呢？

蕾切尔不知道准确时间，但她知道如果只是坐在这里犹豫的话，就是在浪费每一分每一秒的宝贵时间。这是她逃生的宝贵机会，也是她目前为止唯一的机会。不管结果如何，她至少要努力尝试着去争取。如果错失良机的话，那么她下次再被亚当绑在椅子上折磨时，心里肯定会充满懊悔和难受。

她转身将挡板彻底推开，她知道时间紧迫，但还是耐心地观察着。

她想要听到外面是否有亚当或伊娃活动的声音，但最后她只听到供热系统发出的嗡嗡声。另外，她觉得自己还听到房子外面的风声。

蕾切尔把头伸过挡板，然后是两只胳膊，但挡板太小了，她感觉自己被卡住了。她努力向前蠕动着，脑海里不禁浮现出手术椅、藤条和刀子，这些东西一样接一样地刺激着她。如果亚当发现她被卡在这里，半边身子在外面，半边身子在里面的话，他一定会狠狠惩罚她。

她不再去想亚当会怎么惩罚她，因为不管怎样，他总能想出更恐怖的手段来折磨她。蕾切尔更使劲儿地往外蠕动着，绝望地想要挣脱出来，塑料挡板摩擦着她的身体和胸脯，但恐惧克服了肉体的疼痛。突然，她挣脱了出来，匍匐在冰冷的地面上，呼吸急促，恐惧烟消云散，心里充满了喜悦之情。

走廊跟地下室一样黑暗，但比地下室暖和一二摄氏度。蕾切尔在黑暗中摸索着，最后终于找到墙壁，她扶着墙站起来，沿着墙走在黑暗的走廊里。砖墙在她手下显得很粗糙，她快速地前进着，因为时间紧迫，她不知道前方还有什么障碍在等待着她。

二十米开外是一个九十度的左拐弯，蕾切尔小心翼翼地站着，想要听清前方有什么动静。前面几米处是一座楼梯，楼梯的尽头是一扇门，门缝儿里透出几丝光亮，这是她从周三下午之后第一次感受到阳光的美好，她不知道现在究竟过去多长时间了。

蕾切尔蹑手蹑脚地走在楼梯上，这很不容易，她只是想要逃出去，想要看到亮光之外的自由世界，想要感受到空气中的微风。但如果她一不小心从楼梯上摔下去的话，不管自由离她多近，都将没有任何意义，所以她必须谨慎行事。她走到门边，心里很忐忑，门上锁了吗？一定上锁了，她觉得自己的好运到这儿就应该用完了，但心底又隐约有一种期待。

她拧了下门把手。

门打开了。

　　门后是一条狭窄的走廊，有着高高的天花板。走廊尽头是一个房间，非常大而且古老，跟她之前在地下室里想象的环境差不多。时间在这里好像凝固了一样，有一种博物馆的沧桑感。暗淡的阳光从看不见的窗户照射过来，脚下是光滑的木地板，因为长年累月的踩踏已经变得非常光滑。家具都抛过光，空气里有一种橘子的香味。

　　蕾切尔屏住呼吸，房间里没有任何动静，然后她开始朝有亮光的地方走去。转过弯，她发现这是一个巨大的大厅，右手边是一座通往二楼的大楼梯，上面还铺着红地毯，墙上挂着装裱起来的长辈肖像。她瞄了一眼，才突然反应过来，墙上挂着的第一幅肖像跟亚当看起来很像。

　　往前一直走就是大门。

　　蕾切尔又停下来，倾听周围的情况，还是没有声音，伊娃在哪儿？楼上吗？还是在楼下的哪个房间里？或者在厨房？不管她现在到底在哪儿，她都没发出任何动静。可能她现在正躲在房间的某个角落里，默默地注视着自己？

　　蕾切尔把这种念头抛之脑后，她觉得自己的精神越来越差了，总觉得阴影里好像有鬼魂在移动。恐惧和紧张已经摧毁了她的精神，她快速朝大门走去。当她走到一半的时候，她突然看到一样东西，然后停了下来。

　　楼梯对面有一张古色古香的桌子，上面放着一部电话，电话看起来年代久远，还是拨转盘的那种。

　　蕾切尔走过去一把抢起电话听筒，她的第一个念头就是报警，第二个念头就是打电话给她的父亲。她把听筒伸到耳边，没有拨号音！电话里什么声音都没有！突然，听筒里响起了细细的、松脆的声音，蕾切尔马上反应过来，瞬间，她变得全身僵硬。双腿因为支撑不住，让她一下子坐在了地板上，手里还拿着听筒。刚才听筒里传出的声音在她的脑海里回荡着。

　　"嗨，五号。"

第 42 章

"你会做得很好的。"我说。

坦普顿只是怒视着我，如果眼神能杀人的话，我现在恐怕已经躺在停尸房了。浅黑色的假发和棕色的隐形眼镜让她看起来像变了个人，此外，她身上穿的制服又带来一种权威的感觉。假发和隐形眼镜是为了凶手准备的，当她看到坦普顿这副打扮的时候就会想起自己的娃娃。当听到自己心爱的一个娃娃死了，她会备受打击，尤其这个消息还是从一个跟她的娃娃长得很像的人嘴里说出来的，打击会更加强烈。打击越强烈，就越可能在他们之间造成裂痕。只要在正确的地方施加压力，你就能够打破任何东西，哪怕是自然界最硬的钻石也是如此。

"没事的。"我说。

"你说得轻巧，你又不是要被放在火上烤的那个人。"坦普顿整理着衬衫的衣领，又拽了拽衣袖，"这破衣服跟紧身衣一样。"

她还没有说完，我就打开门示意她过去。

"祝你好运。"我说。

坦普顿又狠狠地看了我一眼，然后昂首挺胸地走进去，将自己的紧张完全掩饰起来。她踩着台阶走到讲台上，屋里一下子就安静下来——屋子里坐满了记者。

我关上门，坐在监视器前。屋子里只有一台摄像，而且在视频同步传到各电视台之前有二十秒钟的延迟。如果我觉得有问题的话，只要按下面前的按钮，直播就会中断。一般十秒钟的延迟就够了，但为了确保万无一失，我们又延长了十秒钟。为了保证效果，我们要严格控制传出去的消息，现在没有多少人还听广播，等明天的报纸又太迟了，电视是最直接和最重要的媒介渠道。如果照片比得上一千句话，那么电视媒体就比得上一万句话。

发布会的时间安排得很好，正好能上午间热点新闻，只要不发生什么重大恐怖袭击或者是明星死亡事件，这一定能成为新闻头条。我们要尽可能扩大影响，增加曝光率。

"她看起来很有气场。"海切尔说，他坐在我旁边，眼睛盯着屏幕，"我应该让她多干点儿这个，特别是有什么坏消息要发布的时候。毕竟由长得好看的人说出坏消息，比长得难看的人说出来更容易让人接受。"

"对我来说这一招挺好使的。"我赞同道。

坦普顿在镜头前看起来很严肃，她介绍自己是坦普顿警长。

海切尔抱怨道："我猜这是你的主意。"

"由警长说出来会增加消息的分量。"我回答，眼睛一动不动地盯着屏幕。

坦普顿开始读由我起草的声明，她没有去看记者，只是在镜头前专心地读着声明。她看起来很放松，眼神柔和，呼吸顺畅，跟我们之前讨论的状态一样。

声明简明扼要，大意是莎拉·弗雷特昨晚去世了，死因是囚禁期间遭受的脑部伤害，警方现在已经开始进行谋杀调查。

坦普顿又接着陈述关于蕾切尔·莫里斯的案情，她详细说明了蕾切尔从离开办公室，一直到斯普林格酒吧的整个行踪。最后的结束语是呼吁大家如果有相关线索，尽快提供给警方。

随后记者们纷纷提问，他们已经被告知没有提问环节，但还是忍不住提问。坦普顿处理的方式非常简洁，就好像她之前一直是做这个的。她没有回避也没有害怕，只是无视记者们的提问，简单地说了一声"谢谢"，就走下讲台离开房间，样子跟她走进房间时一样自信。

"给我一根烟，快点儿！"

她一把抓起我的烟，拿出一根点上，深深地吸了一口。她的手在颤抖，海切尔很罕见地没有说话。

"你做得很棒，真的。"我说。

"别，温特，我很害怕。比害怕更糟糕的是，我感觉自己很没用。"

"温特说得对，你做得很好。"

坦普顿张开嘴就想说让他去死，但幸好理智让她及时闭上了嘴。跟你的上司说去死，可没什么好果子吃。我对此一清二楚。坦普顿又抽了一口烟，当她呼气的时候，整个人开始平复下来，好像所有的压力都随之烟消雾散了一般。

她怒视着海切尔："别再让我做这种事了！"

坦普顿看了看周围，想要寻找烟灰缸，却没有找到。然后她给了我一个白眼，直接将烟蒂丢进我的咖啡杯里，烟头"刺啦"一声熄灭了。然后她没有说一句话，转身跺着脚离开。

"她最后会平静下来的。"海切尔说。

"希望如此。"我低头看着杯里漂着的烟头，很希望她刚才没有这么做。这杯咖啡味道非常好，咖啡豆烘焙得很棒，煮的时间也恰到好处，真是可惜了。

"你知道你这个小把戏里有多少漏洞吗，温特？如果有人去找阿曼达的话，一切就都完了。"

"这就是为什么现在阿曼达跟她的女儿一起待在高级酒店里，还有，是你的人付的钱。"

"可护理院那边呢？难道我们要把护理院的人都接去酒店住吗？"

"没必要，只要帮凶相信我们的发布会，认为她的娃娃死了就够了。"

"当媒体知道我们是在利用他们后，他们能把我吃了。你知道吗，温特？"

"如果我们把凶手抓住了就不会，那时候你就是他们的英雄。"我咧嘴笑道，"海切尔，你想太多了。"

"是你想太少了，所以现在我们要干什么？"

我脸上的笑容消失，开始变得严肃起来："现在我们等猎物上钩。"

第43章

当我走进案情分析室时，没有一个人抬头看我，大家都在忙着接电话。我能听到每个人说的话，大多是"是，先生"和"是，女士"开头，中间夹杂着"您能详细描述一下您见到的情况吗"。新闻发布会不好的地方就在这里，许多人都会踊跃打电话提供信息，但最后大部分信息都是没有任何价值的。

墙上的白板上贴着两排照片，上面一排是五个受害者被绑架前的样子，她们都露出开心的笑容，下面一排是前四个受害者现在的照片，她们的眼神空洞呆滞。之前，这四张照片被我偷拿走了，现在已经有人把它们全补齐了，跟原来的一模一样，都是肿胀的眼睛、松弛的脸颊，还有呆滞的目光。我的目光落在下面一排空缺的第五张照片，这里是莫里斯照片的位置，我能想象得到她现在正在经受什么。愤怒、恐惧，还有未知，其中未知是最可怕的东西，因为你不知道下一刻会发生什么。

人们习惯熟悉的事物，当我们的生活中缺少这些东西后，一切都会变得一团糟。现在蕾切尔生活中的确定性和常规性已经被打破，取而代之的是一个全新的秩序，她无法掌握任何东西。现在，她的生活完全处于凶手的控制之中。什么时候睡觉，什么时候吃饭，该做什么，该穿什么，这些她都决定不了。构成蕾切尔独特个性的元素将被逐渐剥离，最后只剩下一个破碎的洋娃娃。这跟做了心理上的前脑叶白质切除术差不多。

一号受害者莎拉·弗雷特，被囚禁了四个月。

二号受害者玛格丽特·史密斯，被囚禁了两个月。

三号受害者卡罗林·布兰特，被囚禁了三个月。

四号受害者帕特里夏·梅纳德，被囚禁了三个半月。

受害者被囚禁的时间看起来是随机的，这让我很困惑，因为有组织性的连环杀手从来不会做没有计划的事情。

一般来说，第一个受害者本应该是被囚禁时间最短的，这是有充分理论依据的。因为第一次犯罪，凶手要把多年的想象付诸实践，在这个过程中肯定会犯错，心里也会有一丝紧张和恐惧，所以最终他会草草结束，然后把受害者抛弃。当他冷静下来后，他会反思自己的不足，为下一次行动做准备。

因为一旦有了第一次就肯定有第二次，凶手跨过了那条红线，就永远无法再回头。当凶手犯罪的自信增强时，他的想象也开始活跃。随着手术技巧的熟练，他囚禁受害者的时间也会增加。凶手会体味折磨受害者的每一刻时光，希望自己能永远活在幻想的世界中。

但在这起案件中，第一个凶手被囚禁的时间最长，即使考虑到之前还有凶手用来练手的受害者，这依旧说不通。凶手没有固定的程序，但应该是发生了某些事情，才让凶手决定何时给受害者做手术并抛弃她们。简而言之，应该有一些引发其行为的动机，连环杀手的每一步背后都有其逻辑依据，这个游戏就是如何理解这种逻辑。

破碎的洋娃娃。

我想起这点，很可能主凶一直囚禁着受害者，直到把她们折磨得精神崩溃为止。一旦受害者精神崩溃，对主凶来说就没有价值了。主凶是个虐待狂，如果他无法从受害者那里得到反馈的话，他就会觉得没有乐趣，也就该寻找下一个目标了。这个解释大体说得通，可没有解释清楚为什么凶手要给受害者做前脑叶白质切除手术，只能用来解释凶手的囚禁时间为什么不一样。每个人的痛觉阈值都不一样，这也能解释为什么莎拉·弗雷特被囚禁的时间最长。

我盯着墙上挂着的伦敦地图，努力想要找到凶手的作案方式，地图上的绿色图钉表示受害者被绑架前最后出现的场所，红色图钉是她们被抛弃的地点。地图上只有圣奥尔本斯的那枚图钉是孤立的，一反凶手之前的抛弃区域，这是一种反常现象。我既喜欢又讨厌这种反常，喜欢是因为这意味着凶手跳出了自己的舒适区，讨厌也是基于同样的原因。只有当你能够猜测出凶手为什么要跳出自己的舒适区时，这种反常才是有用的。

地图上的一个绿色图钉被拿掉了，海切尔的人已经走遍了伦敦所有的高档酒吧，向人们展示受害者的照片，询问相关线索。莎拉·弗雷特最后出现的地方是位于切尔西的一个酒吧，酒保还记得她，她当时是一个人，看样子好像是被爽约了。跟蕾切尔·莫里斯的情况一样。这是个好消息，因为凶手绑架受害人的作案手法已经确定。其他调查方向还是一筹莫展，没有找到被凶手用来练手的受害者，排查医学生方面也没有进展，虽然调查了许多被学校开除的医学生，但没有一个跟凶手的条件吻合。

我全神贯注地在盯着地图发呆，没有察觉到坦普顿已经悄悄溜到了我身后，直到闻到香水味，我才知道她已经过来了。她把制服换掉了，穿着原来的衣服。脸上无愠无喜，一张扑克脸。我很好奇她现在在想什么。

"现在干什么？"她问。她的声音跟脸上的神情一样没有任何感情色彩，猜不出她现在的心情是好是坏。

"我们已经进入了瓶颈期。"我说。

"瓶颈期？"

"每个案子都会有这样一个阶段，所有能做的我们都已经做了，所有的线索都已经断了。"

"总有些事情是我们能做的。"

我扬扬下巴，示意白板上贴着的照片，旁边的空白处写满了潦草的字迹："如果你发现了什么我没发现的线索，我愿洗耳恭听。"

坦普顿盯着白板看了一会儿，然后摇摇头道："没有，什么都没看出来。"

我也盯着照片看了一会儿，但还是没有头绪。我们一定漏掉了什么重要线索，这个想法深深困扰着我。瓶颈期总是伴随着疑问，我们已经做了自己所能做的一切吗？已经排查了所有的线索吗？束手无策的感觉总是让我很不舒服。

"你早晚都会原谅我的吧？"我对坦普顿说。

"我已经原谅你了。"

我看着她："你嘴上说原谅了，不过神色可不像原谅的样子。"

"我承认，我一开始很生气，温特。不过现在已经好了，新闻发布会确实是个好主意。"

"只有达到目的才能算是个好主意，否则就是愚蠢的。"

说完，我们继续盯着地图看。

一分钟。

两分钟。

"我们还没有讨论过帮凶。"坦普顿最后打破沉默道。

"那就说说吧。"我说。

"看起来她好像不存在一样。"

"她确实存在。"我向她保证道，"但既然你提起这个问题，就说明你心里有想法，那来说说你的想法吧。"

"开膛手是个控制狂，对吧？"她看着我，在等待我肯定这一点，我点头示意她继续，她又说道，"他全方位掌控着她，而且轻视她、欺负她。我们可以说她在进行一场心理战，对于开膛手来说，她就是敌人，所以她很久以前就学会顺从他的想法，因为不管她说什么都会遭受嘲笑和羞辱。之所以一直没有她的线索，是因为她吓得不敢说话。"

"为什么？"

"因为她唯一接触到的人只有开膛手，而开膛手不会允许她接触任何人。"

"跟我想的差不多。现在的问题是，她是因为跟凶手在一起才变成这样呢，还是她一直都是这样的？"

坦普顿微笑道："你提出这个问题，说明你心里也已经有主意了，说出来吧。"

"我觉得是后者，我猜测她从小就遭受了相同的待遇，可能来自她的父亲。这也就是她会跟凶手待在一起的原因，他是她哥哥，她没办法拒绝他走进自己的生活。"

我们正在说话的时候，门突然打开，只见苏马蒂·查特吉拿着笔记本电脑就冲了进来，她的脸色潮红，大口地喘着气。她带来的消息一定非常重要，不然她不会放弃乘电梯，而是选择了跑楼梯。她看到我后，小跑着走过来。

"我找到一个名字。"她说，"特斯拉。"

第 44 章

蕾切尔听到亚当的脚步声从楼梯上传来，他走得舒缓而优雅，因为局势尽在他的掌握之中，他有充足的时间应对这一切。听筒从蕾切尔的手中滑落，撞击在地面上发出，发出响声。绝望之中，她手忙脚乱地站起来冲向门口，抓住门把手拼命地想要打开门。门没有开，她试了一次又一次，之后用拳头捶打着大门。亚当像哼小曲一样嘴里不停地哼唱着"五号，五号"，他站在最后一阶楼梯上看着蕾切尔痛哭，然后慢慢地踩上大厅的地板。

蕾切尔举目四望，想要找到出口，她看到右边有个走廊，她朝那边走了过去。每经过一个门她就试一下，但所有的门都被锁住了。亚当越来越近，她能够听到身后传来的脚步声。最后一扇门也锁住了，她无处可逃。蕾切尔绝望地捶打着大门，嘶吼着自己的无助。她用没穿鞋的脚踹着大门，现在亚当就站在她的身后，她能闻到他身上剃须啫喱水的味道，能感受到他的呼吸。

"五号过来。"

蕾切尔没有动，她只是站在那里，额头和两只手掌抵在门上，整个人似乎都被彻底打败了。突然身体传来一阵剧痛，让她连气都喘不上来了，她摔倒在地上，眼冒金星，张大了嘴呼吸着。她看见亚当站在自己面前，他右手拿着一根电棍。蕾切尔蜷缩成一团，闭上了眼睛。现在她只想赶快去死，赶快结束眼前的噩梦，她从来没有经历过这样绝望的时刻。

亚当不断用电棍戳着她的胃部，直到她的尖叫变成啜泣。蕾切尔满地打滚想要躲开，但疼痛灼烧着她的身体。她感觉都快要窒息了，越努力喘气，肺就越觉得缺氧。眼前的世界变得越来越灰暗，蕾切尔觉得自己正滑进黑暗之中。

当她恢复意识后，第一眼看到的就是亚当的笑容。

"五号站起来，自己走回地下室。"

蕾切尔挣扎着起身，感觉无比吃力，就像在爬山或者跑马拉松一般困难。她走得很慢，跌跌撞撞地顺着走廊回去。有好几次她都差点儿摔倒，幸好及时扶住了墙。她跟跟跄跄地走着，但一直没有停下，电击让她不自觉地有些抽搐，痉挛让她呼吸困难。

她走回大厅，看到大门就在那边，如此近又如此遥远。门的另一边就是自由，她永远也无法回去的世界。亚当看到她在看大门，脸上露出快乐的笑容，然后又开始用电棍戳着她继续走。她回头看看亚当，亚当脸上依旧带着笑容，他举起电棍，让她能够看清楚。

"五号回地下室去，还要我说第二遍吗？"

蕾切尔又开始移动，每步都那么缓慢、那么吃力。泪水模糊了视线，她开始眼冒金星，感觉肺里像塞满了纸片一样，呼吸受阻严重。亚当离她有几步远，不断用电棍敲打着她的腿，让她想起在地下室里他用藤条敲击墙面的声音。她想要怒吼让他别敲了，但残存的理智让她咬紧牙关，什么都没有说。亚当推开通往地下室的门，打开了灯。

她抬起头，亚当微笑地看着她，然后用电棍戳着她的后腰，她开始机械地朝下走去。她走得很小心，用手扶着墙面，脚落在通往地下室的走廊上的时候，她闭上了眼。有那么一瞬，她好像能看到沙滩和阳光，能闻到海风，能感受到父亲粗糙的大手握着自己小手的温暖。

然后她听到亚当的脚步声，梦境开始消散。她睁开眼，看到亚当在盯着她看。

"五号接着走。"

蕾切尔回头看着楼梯的门口，还能看到从门缝儿透进来的亮光，也许这是她最后一次看到阳光了吧？她深吸一口气，开始继续走。亚当打开地下室房间的门，她走进去，泪眼蒙眬，灯光下的地下室是一片模糊的白色。

她颤抖得更加厉害，亚当又要告诉她坐到椅子上去了。然后会绑住她，给她注射麻醉药，用刀子割她。她瞥了他一眼，等待着他的指令，满心恐惧和绝望。亚当站在门口看着她，表情莫测。

"我还没想好怎么惩罚你，等我想好了再来。"

说完他关上门走了出去，房里的灯熄灭了，蕾切尔又陷入黑暗和孤独之中。

第 45 章

杰德夫人：我怎么知道来的人是你

特斯拉：我能认出你

杰德夫人：真的吗?

特斯拉：我头发是棕色的，会穿黑色长款羊毛大衣。

杰德夫人：眼睛呢？

特斯拉：棕色

杰德夫人：口袋里插着玫瑰花吗（笑脸）

特斯拉：我对玫瑰过敏（笑脸）

杰德夫人：发张照片吧，拜托啦

特斯拉：抱歉，我讨厌拍照

杰德夫人：等不及想见到你了

特斯拉：我也等不及想见到你了

杰德夫人：亲亲

特斯拉：亲亲

我看完后把笔记本电脑递给坦普顿，让她再好好看一遍。苏马蒂笑容满面地看着我，激动得根本坐不下来，肾上腺素加上跑楼梯，以及在蕾切尔电脑里发现的东西让她整个人十分亢奋。房间里十分嘈杂，声音从四面八方传来，但我几乎都没注意到。现在我心中想的只有刚才读到的那些文字。

这是我第一次真正窥探到凶手的内心。

"干得漂亮。"我说。

苏马蒂笑得更开心了，整个人都热情洋溢："谢谢。"

"这是蕾切尔的私人电脑还是工作电脑？"

"工作电脑，这是在一个 Word 里找到的。"苏马蒂语速飞快地说着，"她从聊天软件里复制、粘贴了这段话，有意思的是，她清除了已读文件列表里的所有痕迹。"

"怎么弄的？"

"她一直不断下载新的文件，直到这个文件消失在一长串文件列表里，我查过那些文件的时间，发现那一串文档都是三分钟内下载的，一个接着一个。"

"你找到其他东西了吗？"

"还没有，但现在我已经找到了一个昵称，我会接着仔细查找她电脑里的其他东西。我觉得你肯定想先看一下这个，所以就直接拿过来了。我也会查一下其他受害者的电脑，说不定能发现更多的线索。"

"我们要找到受害者跟凶手是在什么平台联络的，从那些婚外情网站开始查起，特别是那些为了报复配偶出轨的网站。"

"好的。"

苏马蒂接过电脑，"啪"的一声关上门，而后匆匆离开。

"好了，现在我们已经有了一些新线索，你觉得有什么帮助？"

坦普顿想了几秒钟道："我们可以沿着他的昵称——特斯拉这条线索往下查。"

"你说得对，但这不是你现在所想的。"

"见鬼，你怎么知道我现在在想什么，温特？"

"你心里在想，我们可以看看其他受害者的电脑里有没有跟特斯拉相关的线索。你还在想，我们可以在网上主动出击，引诱特斯拉。比如在网上假装成一个丈夫出轨的女人，想出轨来报复丈夫。"

坦普顿听后变得脸红起来："这样做难道不合常理吗？"

"这样做确实合乎常理，但只会浪费时间。'特斯拉'只是凶手用来跟蕾切尔联系时的网名，跟其他受害者联系时，他完全可能会用其他的名字。只用一个网名会很危险，也很愚蠢，完全没有必要。很明显，这个家伙并不蠢，也不会做没有必要的事情。"

"所以这个名字没什么用？"

"当然有用，因为这个名字很独特。而且这个名字不是凶手随便取的，所以，凶手为什么要给自己取'特斯拉'这个网名呢？"

"非得有原因才能取这个名字吗？"

"每件事的发生都有原因，连环凶手从来不做即兴的事情，每件事情不管看起来多么怪异，后面都隐藏着原因，而且都是经过深思熟虑的。听到'特斯拉'这个名字，你首先会想到什么？"

"发明家。"

"他不只是一个发明家，尼古拉·特斯拉是一个绝世天才，对我来说，他跟达·芬奇和托马斯·爱迪生一样伟大。他的理论对无线通信和广播的发展至关重要，而且在交流电作为可用电源方面也居功甚伟。"

"你是在说开膛手也是个天才？"

我摇摇头道："不是，他之所以取这个网名是为了弥补自卑感，他想要相信自己是某个领域的天才，比其他人都强。但在内心深处，他知道自己没有那么聪明。他给自己起'特斯拉'这个网名，就透露出他内心的真实想法。他的自卑驱使他折磨受害者，他的内心因自己的自卑而愤怒，这种愤怒需要有地方宣泄。"

"他自卑的根源是什么？"

"我猜可能来源于他的父母，或者是父母在他的成长过程中产生了不好的影响，这种事情会深深植根于他的内心深处。简单言之，是来源于教养而非本性。"

坦普顿咬着嘴唇努力思考着，那副样子显得既聪明又楚楚可怜。她停止咬嘴唇，开口问道："那蕾切尔·莫里斯的网名呢？"

"我等会儿再给你解释。"我说，"既然你问了，说明你心里也有了想法，先说说你的吧。"

"杰德夫人，这个名字听起来很有贵族气质，十分优雅。她想让别人以为她的出身很好。"

"这能说得通，唐纳德·科尔是社会底层出身，他拼命地想要挤进上流社会。"

"这种态度很可能也传到了蕾切尔的身上。"坦普顿抢过我的话说，"看来开膛手不是唯一一个想要过度补偿自己的人。"

"毫无疑问是这样，而且互联网正是理想的场所。从某种程度上来说，在网络世界里，我们所有人都是符号，我们无时无刻不在重塑自己。你还能从这段话里看出什么？"

"他没给蕾切尔发照片。"

"但他给她发了另一种形式的照片，只是这个照片是用语言描述出来的。"

"但十分模棱两可，棕色的头发、棕色的眼睛、羊毛大衣。就像你昨天说的，说了跟没说一样，至少没什么有用的信息。"

"你错了。当他们交换信息的时候，蕾切尔非常想知道他长什么样子，还记得她要照片时发的'拜托'吗？她为什么要把这段话单独保存下来？又为什么要藏起来？"

"因为这是仅次于照片的东西，而她之所以要藏起来，是为了自己珍藏。"

"不，她把这段话藏起来其实是凶手引导她这么做的，可能凶手告诉她要删除他们的聊天记录，说留下聊天记录可能会被别人发现。这也是为什么这段对话会保存在她的工作电脑里，蕾切尔觉得藏在这里面，杰米绝不会发现。好了，还有什么别的发现吗？"

坦普顿又咬着嘴唇思考了一下，然后摇摇头道："想不出来了，不过我猜你肯定是想到了些什么"

"这个凶手的语言很有意思。"

"有意思就是好事。"

"有意思总是好事。"我说，"你发现没有，他说的话很多都是在模仿莫里斯，当莫里斯用谐音的'NO'来代替'KNOW'表示知道时，凶手也马上用同样的方式来回应。还有蕾切尔说等不及想见他时，都是用网络用语表达出来的，凶手也马上用同样的方式回应。最后就是告别时，凶手所用的方式也跟蕾切尔是一样的。这种重复会让蕾切尔感觉很舒服，会让她觉得屏幕对面的人真的懂她，这一点正是她的婚姻里所缺少的东西。在整个前期接触过程中，凶手都在有意识地这样去做，以便博得蕾切尔的好感。其中最有意思的一句话是描述他的长相和穿着的——'我头发是棕色的，会穿黑色长款羊毛大衣'。"

"这是正式文体，不是网络用语。"坦普顿说。

"说对了。"我表示赞同道，"这段话里没有用数字谐音代替的单词，每个拼写都很规范，语法也都无误，甚至情态动词还大写了，句尾还有句号。这告诉我们两件事：一是，再一次确认了凶手教育背景良好；二是，他想要确保蕾切尔可以完全理解这条信息，这非常重要。"

"因为他要确保蕾切尔能在斯普林格酒吧认出他。"

我点点头道："所以，你擅长潜入民居吗？我觉得我们有必要再调查一下蕾切尔和杰米·莫里斯的住所了。"

"你不是在说真的吧，温特？"她看着我问，我没有回答，只是微笑着看着她，她无奈道，"天哪，你是说真的！"

"拿上衣服出发，这会很有意思的。"我说。

第 46 章

坦普顿把车停在人行道上，关闭发动机。她停车的地方有双黄线，是禁止停车的区域，但我们已经在附近转了五分钟，这是唯一能找到的停车空位。肯顿有一种大都市的波西米亚风格，让人不禁联想到格林尼治村[1]或者是威尼斯海滩的浪漫风情。这片街区充满活力，临街的店铺把门面漆成了五颜六色，即便现在才是周五下午三点半钟左右，酒吧里就已经坐满了客人。天空还是一片阴沉，低矮的云层让人感觉像天黑了一般。

我打开车门走出来，坦普顿依旧坐在车里一动不动，两只手握着方向盘。

---

[1] 格林尼治村，美国纽约著名的波西米亚社区。

"我不应该这样做。"她说。

"你真会说话，你说的是'不应该'，其实也就意味着你会去做。我们还是省了这老套的把戏吧，我假装劝你，然后你半推半就地去做。其实你内心已经决定这么做了。"

坦普顿解开安全带下车，顺手锁上了车门，汽车发出"哔哔"的声响。我点上一根烟，把烟盒递给坦普顿，她抽出一根点上，吐出一口烟雾。

"我可能会被炒鱿鱼。"她说。

"如果你失业了，可以去做模特。"

"我在说正经的，温特。"

"我也在说正经的。"

蕾切尔和杰米·莫里斯住的是一个两居室的公寓，这本身就能说明一些问题。唐纳德·科尔非常有钱，也想让别人知道他有钱，对他的女儿更不会亏待，肯定会给她最好的。他不太可能让女儿住在这种房子里，而是会给她买一栋更大、更豪华的别墅——能够展现他地位的住所。别墅里应该有很多个房间，能让未来的外孙或外孙女居住，还要有一个后院供他们玩耍。

所以，要么是蕾切尔自己不想接受来自父亲的资助而选择独居，要么就是科尔不同意她选择的结婚对象，所以切断了经济资助。见过杰米·莫里斯后，我更倾向于第二个原因。

杰米今天去了他在伊斯灵顿的朋友家，也就是说如今公寓里是空的。虽是如此，但为了以防万一，我还是按了一下门铃，因为他很有可能改变主意又回来了，或者他是在撒谎。没有回应，我又按了一次门铃，还是没有回应。我没有按第三次门铃，如果你的妻子被绑架了，你不可能在别人按了两遍门铃的情况下还不出来，所以杰米现在确实不在家。

大门的门禁是密码锁，按下正确的四位数密码就能进去，但问题是键盘上有十个数字，四位数组合起来大概有上千种密码。想要靠猜来碰运气，几乎不可能猜中。我先拉了一下门，看门是不是开的。门是锁住的，然后我就开始仔细研究起密码锁来。

密码锁的键盘上有六个数字是黑色的，其余四个数字则因为长期使用而有些磨损，这四个数字分别是2、4、7、8，它们有二十四种组合。我回头朝左看看，又朝右看看，打量着周围的情况。我们站在大门口，右边就是一条马路，川流的车流和行人不断经过，偶尔也有人朝我们这里瞥一眼，但没人在意我们在干什么。我先按照2、4、7、8的顺序按了一遍，红色指示灯亮起。

"所以这就是你想到的进去的办法？你打算随便猜一猜，若是运气好，猜中了就能进去？"坦普顿问。

"不是随便猜的。"我又按照一组顺序按了一遍这几个数字，还是红灯。

"我看就是在瞎猜。"

"那是因为你没看透本质。"我再次将这几个数字换了一组顺序，试着按了下去——绿灯！门锁"咔嚓"一声响，大门打开了。

"你运气真好。"坦普顿像一阵风一样钻了进去，"承认吧。"

"我从来不相信运气。"

一楼有两户人家，一户蓝色门牌，一户绿色门牌，八号是有蓝色门牌的那家。

"现在怎么办，我们破门而入？"

"别这么粗鲁。"

我从口袋里掏出一个小皮包，里面放着我的开锁工具。FBI的开锁专家对我进行过专业培训，直到我能够在二十秒钟内打开一把耶鲁锁[1]为止。教我的那个人能够在五秒钟内开锁，比普通人拿着钥匙开都要快。

---

[1] 耶鲁锁是世界上历史悠久和国际知名的锁具品牌。

我把扭力扳手伸进锁眼儿里，然后轻轻用力，寻找合适的力道和手感。之后插入拨片开始转动锁芯，同时倾听锁内传出的声音。第一个锁芯在缓缓转动，之后是第二个，然后是第三个，最后我开始用力转动扭力扳手，整个锁也跟着转动，"咔嚓"一声，门开了。三十秒，这个成绩还可以，不好也不坏。

坦普顿摇着头，脑后的马尾辫也跟着左右摇摆："我还没问，我们到底来这儿找什么？"

我们进去后，坦普顿就关上了门。屋子里有四扇门，全都锁住了。第一扇门打开后是一个小卫生间，只有马桶、浴霸以及洗手台。我检查了一下洗手台架子上的东西，没有什么特别的，只有止痛片、避孕药以及剃须啫喱水等东西。窗台上也是如此，放着洗发水、护发素和沐浴乳，还有一些其他零零碎碎的东西。

第二个房间是主卧，里面有一张大床，墙上贴着丁香色的墙纸，靠墙的地方是一排紫色的衣柜。卧室里很整洁，没有扔得满地都是的衣服，每样东西都摆得很齐整。

"看到什么有意思的东西了吗？"

"床很整洁，这说明莫里斯昨晚没有在这儿睡。"

"是的，他没有。当你发现自己的老婆失踪了，你也不会有心情整理床铺的。"

"这跟他老婆失踪没有关系，我从没见过会整理床铺的男人。"

我们俩开始分头搜索整个房间，我顺时针找，她逆时针找，我们检查了抽屉、衣柜，还有床下的空间，最后在衣柜那里碰头。

"什么都没有。"坦普顿说。

"什么都没有。"我说。

第三个房间是备用的，既可以当办公室用，也可以作为备用卧室。这个房间的面积只有主卧室的四分之三，房间的主色调是暖黄色和橘黄色。墙角放着一张桌子，上面有一排文件夹，还有一个书橱，里面摆满了书籍。旁边放着一个折叠沙发床，中间是揉成一团的羽绒被，还有一个枕头被扔在旁边。

"现在我们知道杰米·莫里斯昨晚睡在哪儿了，他就是睡在这儿吧？"

我看了看地上的那堆脏衣服，估计至少有三天了，然后说："他一直睡在这儿。"

我们还是从门边开始搜寻，这次我逆时针，她顺时针。我仔细查看了那堆文件夹，又拉开抽屉、打开书橱，看看里面有没有藏什么东西，然后开始检查抽屉底下。我在 FBI 混了这么多年，首先学会的就是一丝不苟，不放过任何蛛丝马迹。

"什么都没有。"我说。

"什么都没有。"坦普顿说，"我们得快点儿，如果杰米·莫里斯现在回来撞见我们，我就得被炒鱿鱼了。"

"他不会回来的，他现在在朋友那里。"

坦普顿看了我一眼。

"别急，这里一定有什么东西。"

我们接着去客厅里检查电视后面和沙发，我还把手探进沙发的缝隙里，只找到一堆硬币，还有一些来源不明的有机质（食物残渣）。DVD 盒里也没有东西。厨房紧靠着客厅，里面也十分整洁。

"好了，走吧，温特。"

"这里一定有什么东西。"

"你怎么知道？就因为你说有？听着，我现在要走了，如果你愿意待在这儿就待在这儿吧，我去车里等你。"

坦普顿朝门口走去，我最后快速扫了一眼厨房，准备跟着她出去。突然，阳光从客厅穿过，照在三合板的地板上，有什么东西吸引了我的注意。地板上的摩擦痕迹正对着天花板的入口。坦普顿这时已经走到了门口。

"等等。"我喊道，然后搬过一把凳子来。

坦普顿在客厅等着，姿势颇不耐烦。

我没有在意她，站在凳子上开始推天花板的挡板，然后探头往里看。天花板上面放着一个银色的小铁罐，我拿着铁罐从凳子上下来，将其打开。里面是一部手机和一张杰米·莫里斯的银行对账单。账单是莫里斯给一个名叫西蒙·斯蒂芬森的人的转账记录，第一次打了两千英镑，之后四个星期里，每个星期五都过一笔数目不等的钱。

手机很廉价，没有全键盘也没有触屏，只能用来打电话。通信录里只有一个人，上个星期，莫里斯总共打了那个号码八次，其中三次是在昨天早晨。坦普顿在我旁边探着头看着，手搭在我的肩膀上，呼出的气喷在我的脖子上，不耐烦早已被好奇心取代。我按下那个手机号码，然后打开免提。电话响了几下，然后传来录音的声音：

"您拨打的是西蒙·斯蒂芬森私人侦探办公室的电话，抱歉，我现在无法接电话。如果您留下自己的姓名和电话，我会尽快回拨给您。"

第 47 章

蕾切尔以为自己之前已经遭受过最恐怖的事情了，但与现在相比，那都不算什么了。她现在已经彻底陷入恐惧中，感觉自己变成了一个无助的小女孩儿。她蜷缩在角落里，用毛毯盖着全身，心里暗暗祈祷奇迹能发生。

亚当说等他想好怎么惩罚她的时候会再回来，这意味着什么呢？惩罚她逃跑的"好办法"是什么呢？这一次他会给她做手术吗？蕾切尔的脑海里忍不住浮现出之前听到的种种传闻，还有令人毛骨悚然的切割骨头的声音。她好像看见亚当在搅拌她的大脑，这幅景象如此逼真，感觉好像真的发生了一般。

可能亚当会再给她下药，就像他之前准备用刀子割她时那样。

这个想法突然就冒了出来，她越努力不去想，这些念头就越往外冒。药物会无限放大自己的痛苦，当他用刀子划破她身体的时候，那种痛苦就像有人在用火焰喷射器灼烧她的神经末梢一样。如果他开始切割她的大脑，又将比现在糟糕多少倍呢？

灯光突然亮起，蕾切尔缩得更紧。她盯着最近的摄像头，眼睛睁得大大的，满是恐惧和绝望。她浑身都在颤抖，牙齿不自觉地开始碰撞。

她的眼睛在一个又一个摄像头之间来回看着，还有墙角挂着的扩音器。灯光已经亮了大概一分钟，但还是没有人说话。诡秘的寂静让她坐立不安，但等待惩罚更加煎熬。他在玩心理游戏，糟糕的是，他的把戏得逞了。蕾切尔想要尖叫，想要让亚当滚远点儿，但她紧紧咬着牙关让自己闭嘴，因为那正好是亚当想要看到的反应。

门口放着托盘，跟之前一样的水晶杯、餐盘，还有折叠整齐的亚麻布餐巾，食物放在一个精美的瓷器中，是意大利面，还是速冻食品。

蕾切尔看着杯子，心里开始涌现出绝望的想法。她可以打破杯子，用玻璃碎片切开自己的股动脉，这是最快也最有效的自杀方式。血会喷涌而出，她好像已经看见自己的大腿流满鲜血的样子。蕾切尔努力不去想那个场景，她慢慢地坐起来，双腿交叉，倚靠着墙。

"是你吗，伊娃？"

外边一阵沉默，然后扩音器里响起伊娃的低声话语："对不起，是他逼我这么做的。"

"做什么，伊娃？"

"他让我不要给挡板上锁。"

蕾切尔听后闭上了眼，感觉心在往下沉。她本来就应该想到的，亚当想让她逃跑，然后他开始像猫捉老鼠一样，拿着电棍追逐她、戏弄她。

"他说如果我不按他说的话去做，他就会打我。"

"没事的，伊娃，因为你没有选择。"

"我本来可以反抗他，我应该拒绝他的。"

"那样他就会伤害你。"

伊娃又是一阵沉默，蕾切尔想打破沉默，但话到嘴边又停住了。

"他们说有个女孩儿死了。"伊娃开口说，话语里带着哭腔。

"哪个女孩儿？"

"第一个，莎拉。她长得很漂亮，而且很喜欢让我给她化妆。"

莎拉。

蕾切尔记得这个名字，莎拉之前就跟她一样，有着自己的生活、梦想和希望，但现在她死了。可这有点儿解释不通，亚当确实是个恶棍，他做了许多坏事，但他不是个杀人犯。她的同事们之前讨论了很久，他喜欢绑架并折磨受害者，折磨够了就会给她们做前脑叶白质切除手术，然后再抛弃她们。她记得很清楚，因为当时大家都说这样还不如死了好。

很显然，受害者连自杀都无法实现，莎拉很可能是被安乐死的。也许她的朋友或亲戚选择结束她的生命，也可能莎拉是死于之前所受伤害的后遗症。

最后一个想法让蕾切尔吓得一阵战栗，她已经看到亚当将会对她做出什么事来了，她不敢去想事实究竟能有多糟糕。

"你怎么知道的，伊娃？"

"他们在新闻里说的。"

"你知道她是怎么死的吗？"

"我不想讨论这个话题了。"

"好的，伊娃，那我们聊点儿其他的吧。"蕾切尔顿了一下，心里在想该聊什么，"我很高兴你能过来，我很想跟你聊天。"

"真的吗？"

"真的，我上次就说了，我真的很想跟你成为朋友。"

这一次伊娃沉默的时间更加漫长，让蕾切尔懊悔自己是不是进行得太快了。

"我也是这么想的。"伊娃犹豫着说，"有时间，我可以为你化妆吗？"

蕾切尔脸上露出笑容，这就是她希望得到的反馈，她们之间的隔阂被打破，友谊的桥梁开始建立起来。

"当然可以，伊娃，我很高兴你能为我化妆。"

"你的晚饭要凉了。"

意大利面还冒着热气，蕾切尔的胃在闻到食物的香味后开始翻滚。刚才她一直在想亚当可能会怎么惩罚她，所以没有一点儿食欲。突然，她想到一个问题，她不知道自己该不该问，犹豫之后她还是开口了。

"食物里下药了吗，伊娃？"

"对不起。"

"没关系。"

蕾切尔拿起餐具，开始吃晚餐。

第 48 章

西蒙·斯蒂芬森的办公室是租来的，位于托特纳姆旧区的一条破旧街道上，一楼是一家文身店，二楼是他的办公室。我按了下门铃等待着，但没有回应。等了十秒钟后，我又按下门铃，这一次我一直按着门铃，如果西蒙在里面的话一定早就听到了，不管他是在睡觉还是在工作，但还是没有回应。现在该进行 B 计划了，坦普顿看着我拿出包里的开锁工具，嘴里不知道在嘀咕什么。

"如果你不喜欢的话，可以去车里等我。"我说。

"我会的。"

这一次前门的耶鲁锁我只用了二十五秒钟就打开了，但办公室的五轴榫眼锁却比较棘手。开这种锁要非常有耐心，比较考验手感。第一个轴打开后，我开始弄第二个，心里告诫自己不能急躁。如果时间充裕的话，你可以从容地在一两分钟内就打开这种锁；如果手忙脚乱的话，可能一天也搞不定。坦普顿站在我身旁专注地看着我开锁，都没有注意到自己屏住了呼吸。最后一个锁芯打开了，大门向我们敞开。

"小菜一碟。"我说。

"确实是，我得给自己的家装银行保险库的锁了。"

"没用的，只要别人下定决心想进去，他们总能进去。"

"你能说点儿好的吗？还有，你是怎么知道这些东西的？"

"FBI 是'了解你的敌人'这句话的忠实信徒，他们的想法是，如果你能像凶手一样思考，你将更有可能抓住他们。"

"那这跟凶手有什么区别？"

"区别就是我从来没杀过人，只给一只死猪剥过皮。"

"你在开玩笑吧？"

我微笑以对，坦普顿看到后摇了摇头道："让我们假装这次对话从没发生吧，温特。"

斯蒂芬森的办公室里非常整洁，靠窗的办公桌是实木的，而非三合板拼成的。样式非常古老，看得出来已经用了很久，可能是从旧货商店淘来的。办公桌上放着台式电脑，后面是一张人造皮的老板椅。

对面墙上挂着钟表，方便斯蒂芬森用来计算客户的付费时间，另一面墙上挂着一幅毕加索画作的复制品。百叶窗半开着，这样既能让亮光透进来，又能挡住刺眼的阳光的照射。虽然今天是阴天，完全没有太阳。所以，斯蒂芬森要么是出去了，马上就会回来；要么一整天他都不会回来。

墙角是一个立式衣帽架，它透露出更多关于斯蒂芬森的个人信息，远比办公室里其他的东西透露出来的要多。要么他是一个四十多岁的白人，小时候看多了黑白的侦探电影；要么他是一个三十多岁的幻想家，活在电视剧里的侦探情节中。根据办公室的总体情况来看，我觉得第二种可能性更大。

我检查文件柜，坦普顿检查电脑。文件柜是金属质地，四英寸高，有三个大抽屉。最上面的那个抽屉里都是绿色的文件夹，所有的文件夹都标上了序号，上面是斯蒂芬森简洁的笔迹，标着客人的姓名，每次都是用相同的黑色笔迹。

第一个抽屉里是从 A 到 G 的顾客名单，我随手抽出几个文件夹来，都是关于出轨的。第一个是丈夫出轨，第二个是妻子出轨。文件夹里还有从远处偷拍的模糊照片、打印的对话记录。出轨者的网络聊天记录引起了我的注意，我把文件夹放回去，开始直接在中间那个抽屉里寻找 J 开头和 M 开头的文件夹，但都没有找到名为"杰米"或"莫里斯"的文件夹，也没有名为"蕾切尔"的文件夹。

"你那边怎么样？"我问坦普顿，她正坐在办公桌前，一边歪着脖子用脑袋和肩膀夹着电话，一边双手在键盘上敲打着什么。苏马蒂·查特吉正在远程遥控，教她如何破解密码的同时又不会擦除硬盘信息。

"好了，我弄好了。"她回应道。

她说了一声"谢谢"和"再见"就把电话挂了，我走过去，弯下腰，用双手撑住桌面看着电脑。

"有什么发现吗？"她问。

"没有。"

坦普顿用那双蓝色的大眼睛看着我，说道："你看起来不怎么失望。"

"我有点儿期待这个。"我盯着屏幕说，"少说话，多干活。"

"你没指望在这儿发现什么东西，对吗？"

"还是看看再说吧。"

我们检查了电脑里所有可能跟莫里斯有关的线索，但最后还是一无所获。为了确保我们没有遗漏什么，坦普顿又打电话给苏马蒂，但这次电脑专家也束手无策。

突然，楼梯下的房门打开，然后又"哐"的一声关上，坦普顿吓得一下子跳了起来，手忙脚乱地关上电脑。同时着急地打量着办公室，想要找到出口。我看着她焦急的样子，一屁股坐到还带着她体温的椅子上，听着斯蒂芬森的脚重重地踩在楼梯上发出的响动。他应该块头很大，他不在办公室是出去工作监视别人了。

"放松。"我说。

"放松！"坦普顿还在扫视着窗户，"斯蒂芬森回来了，我们得赶快出去。"

"如果是我的话就不会跳窗，这是二楼，跳出去可能会把你的脖子摔断。"

"你怎么会这么镇定自若呢？"

"因为我要跟斯蒂芬森谈谈，碰到他正好，省得我到处去找他了。"

"你不明白，温特！我马上就要失业了。"

"失业了也没事啊，你也可以去做侦探。"

"这不是在开玩笑。"坦普顿说，"这是很严肃的，我可能会进监狱。"

"你不会进监狱，也不会丢掉工作，放心。"

我倚在老板椅上，双脚跷在桌子上，微笑地看着坦普顿。她瞪了我一眼，然后又开始瞅窗户，好像还在思量跳窗的可能性。斯蒂芬森已经走上楼梯，他站在门口，几秒钟后传来钥匙插入门锁的声音。然后是几秒钟的沉默，他在迟疑，门为什么没锁？是他出去的时候忘记上锁了吗？

然后，门缓缓打开。

第 49 章

斯蒂芬森是个三十多岁的白人，大概有六英尺三英寸高，比我还高。身材非常健壮，像个运动员。他留着军队里流行的平头，这让我想起了得克萨斯州边境上巡逻的枪迷。但是他一点儿也不蠢，浅褐色的眼睛后面是一颗飞速转动的大脑。他看着我，又看了一眼坦普顿，最后又把目光放在我的身上。

"你们他妈的是什么人？"

"你的客户，想雇你干点儿事情。"我说。

"是，他说得对。"

"好了，现在把你手里所有关于蕾切尔·莫里斯的资料都给我。"

"谁？"

他的表情十分逼真，好像从来没有听过这个名字。我盯着斯蒂芬森，最后盯得他受不了了，才开口道："我要打电话报警。"

"我没告诉你吗？我们就是警察。"我朝坦普顿点点头，她掏出警官证道："我要你手里所有关于蕾切尔的资料。"

"你们的搜查证呢？"

我耸耸肩："我可能落在办公室里了。"

斯蒂芬森听到后，脸上露出笑容："赶快从我的椅子上下来，还有，赶快他妈的离开我的办公室。"

"我希望我们能用文明的方式解决这件事情。"

斯蒂芬森脸上的浅笑变成哈哈大笑："这是威胁吗？你们是警察，你们到底在干什么？带着搜查证来，到时候我们再谈。"

"我要你手里所有关于蕾切尔的资料，我已经说三遍了，很有礼貌地跟你说。我不会再说第四遍。"

"拿出搜查证来。"

斯蒂芬森将我从头到脚打量了一遍，脸上仍然挂着笑容。这个私家侦探大概比我高六英寸，比我大约重一百磅，他已经粗略地估计了所有可能会发生的冲突，但不管哪种情况，都是他赢面大。不论体形上还是法律上，他都占优势。斯蒂芬森正打算开口说话，我挥手示意他闭嘴，让他把话憋在肚子里。因为不管他要说什么，都不太可能是我想听的。

"好了，如果你不想用文明的方式解决也行，我都没问题。那就让我们谈谈你敲诈的事情吧。"

"什么敲诈？我不知道。"斯蒂芬森眯起眼，声音里有一丝底气不足。

"你将关于蕾切尔·莫里斯的资料藏了起来，并以此来敲诈她的丈夫。"

"你在胡说八道什么！"

"你看，这就是你的不对了。"我说，"我完全清楚自己在说什么。杰米·莫里斯要求你闭嘴，代价就是金钱。你已经知道蕾切尔被一个变态绑架，这个变态会折磨受害者，然后给受害者做前脑叶白质切除手术。发生了这件事后，莫里斯就变成了你的私人提款机。"

"拿出证据来。"

"我不需要证据，我告诉你为什么，因为我已经跟科尔的保镖见过面了。他们中的一个比你还高、比你还壮，把你撂倒不费吹灰之力。另一个倒不强壮，不过看起来会非常乐意拿着钳子把你所有的指甲都拔掉。你觉得如果科尔发现，你隐藏了能把他女儿救回来的重要线索后，他会有什么反应呢？你觉得他会问你要证据吗？"

斯蒂芬森的脸瞬间变得惨白。

我摇着头，嘴里啧啧有声："你从来没有考虑到这一层，对吧？"

我又转头看着坦普顿说，"他从来没有好好想过这个问题。"

"显然，他没有。"坦普顿回应道。

斯蒂芬森艰难地咽了口唾沫，难受程度就像蛇在吞食大型动物一样："如果我把资料给你了，你不会对科尔说出任何事情吧？"

"我的嘴很紧。"

"我怎么能相信你不会说呢？"

我又摇摇头道："这就是关键，因为你不会相信我，但有一件事你可以完全相信，那就是如果你不给我资料，我会马上打电话给科尔。"

斯蒂芬森听到后，立马走到毕加索的画前，他把画拿了下来，画的后面是一个小保险箱，他轻轻地拨动转盘，每次转动到准确数字时都很小心翼翼。最后他把保险箱的门打开，拿出一个绿色的文件夹，还有一个U盘，不情不愿地把它们递给了我。

文件夹上是斯蒂芬森手写的蕾切尔的名字，它跟柜子里的其他文件夹唯一的区别就是，它更薄一些，可能是因为这个案子还没有结束。文件夹里是蕾切尔·莫里斯的几张照片，还有一些背景资料。总之，没有什么有价值的线索。

"好东西都在U盘里。"斯蒂芬森好像能读懂我的想法，开口说道，"照片、对话，所有东西都在里面。"

"还有其他的吗？"坦普顿问。

斯蒂芬森摇摇头道："这就是全部的东西。"

我们俩一起朝门外走去。

"记着我们的交易。"斯蒂芬森在我们身后喊道。

"如果我是你，我会考虑出国躲躲。最好化名，做整容手术也是个不错的选择。"我对他说道。

我们走在大街上，寒冷直接钻进我的骨头里。路灯发出橘黄色的光芒，我紧紧裹住身上的夹克，又戴上帽子，但一点儿作用都没有，根本无法抵御寒冷。下次我再来伦敦处理案件的话，一定要选择夏天。

六月的伦敦我还能忍受，但十二月的伦敦真能冻死人。

"这就是你被 FBI 开除的原因吧？"坦普顿说，"因为这种小把戏。你不知道，我已经记不清我们今天下午犯过多少次法了。"

"你犯了两次，我犯了三次。如果把你违章停车也算上的话，你就是三次，跟我一样了。还有，我是自己辞职的，可不是被炒的鱿鱼。"

坦普顿摇摇头，但脸上挂着笑容："你真是无所不能，温特。"

"这是好事，对吧？"

"还得看你的表现。杰米·莫里斯要倒大霉了，我简直不能相信，他老婆被绑架了，他竟然隐瞒如此重要的线索，他到底在想什么？"

"他在想，既然他老婆背叛了他，就要承受背叛的后果。"

"但她会被折磨，会被刀子捅。如果我们不能及时把她救出来，她的脑神经就会被切除。天哪，温特，这真是太恐怖了。"坦普顿拿出手机，"我要打电话传讯他。"

我脑海里浮现出莎拉·弗雷特的脸，她目光空洞地坐在窗前。我又想象蕾切尔·莫里斯此时正在遭受的折磨，而我的口袋里还放着唐纳德·科尔的名片。

"先别打电话。"我说。

"莫里斯必须得为自己的行为负责。"

"我同意，但想一下吧，现在传讯他，他最多不过就是妨碍案件调查的罪名。如果他雇个好点儿的律师，最后只会大事化小，给他点儿不痛不痒的惩罚，他也不会进监狱。这样的结果对他来说没有任何损害。"

坦普顿眯起眼道："你是认真的吗，要把这件事告诉科尔？你之前不是在恐吓他。"

"有时候司法体系根本没办法解决某些问题，我们抓住坏人，但坏人总能找到法律的空子。英国跟美国一样，都有这个问题。"

"你还没有回答我的问题。"

"我会做自己觉得有必要去做的事，就像你会去做自己觉得应该做的事一样。"我朝她的手机示意了一下。

坦普顿看着手机，然后将其放回口袋："我没打电话，但不代表我就同意你的做法，我只是需要时间思考，思考我该怎么做。"

"明白。"

我的口袋里传来手机的铃声，我拿出来，是海切尔的号码。

"你到底去哪儿了，温特？到处都找不到你。"

"你还是不要知道的好。"

"好吧，不管你在哪儿，赶快到梅登海德街区来。我们发现了一个被开除的医学生，他的资料跟我们推测的凶手条件很符合。"

第 50 章

威廉姆·特伦特的豪宅坐落在湖边，我们的监视车就停在几条街外。虽然没办法监视他的进出，但只要有情况，我们可以在三十秒钟内赶到现场。我现在正跟海切尔、坦普顿一起坐在卡车里，海切尔看起来兴致勃勃，好像年轻了好几岁。他身上还能看到压力和紧张留下的痕迹，以及满头灰白的头发，但这些在即将到来的好消息面前都显得微不足道了。

我们三个人都穿着凯夫拉防弹衣，在胸口的位置上印着"POLICE"几个大写字母。把标志印在这里真的很蠢，就像印了个靶心，引导别人射击一样。凯夫拉材质能够挡住大部分子弹，但还是有一些特殊的子弹能够击穿这种防弹衣。卡车里弥漫着汗臭、咖啡、快餐以及烟味混合的味道。

车里只有一台监视器，我们三个人都紧紧地盯着屏幕，现在情况一切正常。摄像头隐蔽在特伦特家大门对面的草丛里，大门是唯一的进出通道，从这里能够看到嫌疑人的进出，以及整个前院的情况。

这座别墅是中世纪风格的，有些像是意大利、西班牙或者法国里维埃拉的建筑。别墅的外墙都被漆成白色，屋顶是陶土色，周围栽种着一排棕榈树。这栋房子坐落于泰晤士河的岸边，拥有自己的私人码头，码头上停泊着一艘快艇。但特伦特不会有机会利用那艘快艇逃跑，即使他坐上了那艘快艇，也注定逃不了多远。

"威廉姆•特伦特痴迷死尸。"海切尔说，"他在医学院上学时，喜欢在晚上偷偷溜进停尸房，切割医院里的死尸。医院的监控录像把所有过程都记录了下来，最后却不了了之，因为他们担心如果消息泄露出去，会造成不好的影响。毕竟把遗体捐献给医学研究事业是一回事，被变态切割取乐又是另一码事了。如果消息泄露出去，医院担心很可能再没有人愿意捐献遗体了。"

"还有其他背景资料吗？"我问。

"他跟你分析的凶手资料很吻合，白人男性，三十三岁，家里非常有钱。他父亲是开连锁超市的，最后把超市卖给了特易购，总价是一千万英镑，这是十五年前的事了。三年后，老特伦特和他妻子一起出了车祸，小特伦特继承了遗产。"

"这起车祸有什么疑点吗？"

海切尔摇摇头道："没有，是酒驾，情况一目了然。老特伦特酒精超标三倍，而且是超速驾驶，最后车冲出路面撞到了墙上，没有任何与之相关的嫌疑人。虽然小特伦特有很大嫌疑，但我们已经调查了，刹车线路没有做过手脚的痕迹。"

"他在哪儿上的大学？"

"丹迪的宁威尔医学院，刚去了两个月就因为尸体的事情被开除了。当校方责问他为什么这样做时，他说自己喜欢将刀子切进肉体的感觉。我的意思是，这内心是有多扭曲？"

"他结婚了吗？"我问。

"结婚四年了，他妻子叫玛丽莲。特伦特经常打她，她时不时就报警，但最后总在案件要进入司法程序时撤诉。你知道这种事情的。"

"她上一次报警是什么时候？"

海切尔翻看着手里的一叠资料，扫视了一眼："去年七月，她鼻梁骨被打断了，眼睛也肿了，肋骨好像也断了几根。她一开始说是特伦特干的，后来又说是自己不小心从楼梯上跌倒撞伤的。现在别墅里有个女人，我们确信就是玛丽莲·特伦特。"

"能知道地下室现在是什么情况吗？"

"没办法。"

"所以特伦特可能在地下室里跟蕾切尔待在一起。"

"不，他没有在地下室，他刚回家。"坦普顿说。

监视器里，一辆黑色的保时捷正驶进院子，海切尔马上就下达了抓捕命令。外面车子的引擎马上开始轰鸣，轮胎发出刺耳的摩擦声。我们马上站起来走出卡车，冲进坦普顿的宝马。坦普顿发动汽车，朝前冲去。

前面有三队警察，分别坐在三辆车里，外面闪烁着蓝色的警灯，汽笛嗡嗡作响。没一会儿我们就冲到别墅门前的院子里，三辆车已呈掎角之势别住了特伦特的车，防止他驾车逃跑。

院子里有六个警察，都戴着头盔穿着防弹衣。有三个警察手里拿着武器，将枪对准了特伦特。特伦特手里拿着车钥匙，一动不动地站在车旁。

警察喊出相同的话语，让特伦特蹲在地上不准动，并把双手举起来。这是一个非常危险的时刻，一旦特伦特有任何冒失的举动，都可能招来警察的射击。只要轻轻扣动一下扳机，特伦特就可能要躺进重症监护室里抢救，或者是在医院的停尸房里永远地休息了。

特伦特呆立在原地，像被探照灯发现的兔子一般。警察继续警告，就在我以为他要做出什么蠢事来的时候，他缓缓屈膝跪在地上，然后把双手高高举起。两个警察冲过去，把他铐了起来，然后拖着他进了一辆警车。

我们发现玛丽莲的时候，她正吓得双手抱膝蜷缩在厨房的冰箱旁边，手里拿着一把六英寸长的切肉刀，浑身瑟瑟发抖。她看起来已经被彻底吓坏了，神经处于极端亢奋状态。

厨房的装饰色调很冷，点缀着十几个小霓虹灯，黑色的大理石地面、黑色的柜台，还有黑色的橱柜，大量使用了不锈钢和铬等金属材料，让这里看起来更像是一个男人的厨房，而不是女人的厨房。

玛丽莲的左眼还残留着上次从楼梯上摔下来的伤疤，她穿着一件背心，外面套着一件宽大的 T 恤。在她的腿上和胳膊上还隐约能看到刀子切割后留下的伤疤，伤疤不是整齐排列的，这说明这不是玛丽莲自残留下的，而是来自某个喜欢用刀子切割肉体的人。

我跟海切尔站在门口，让坦普顿一个人慢慢地靠近玛丽莲，因为她是现场唯一的女警察，最适合做安抚工作。玛丽莲吓得要死，手里紧紧地抓着切肉刀，坦普顿伸出双手，让玛丽莲看到她没带任何武器，没有任何危险性。然后她语调轻柔地跟玛丽莲说着话，让她不要那么紧张。坦普顿那副样子就好像在哄受惊的孩子或者小动物。玛丽莲·特伦特在冰箱的角落里蜷缩得更深了，好像要把自己完全陷进去。

"你们都走开。"她低声说。

"没事的，没事的。"坦普顿说。

"求你了，让我一个人待着。"

"把刀放下，玛丽莲，特伦特没办法再伤害你了，我保证。"

玛丽莲听到后，看看手里的刀，脸上露出惊讶的表情，好像不知道刀子怎么就到了自己手里。她把刀扔在地上，刀与大理石地面碰撞发出清脆的响声。坦普顿继续慢慢向前，最后终于靠近了玛丽莲，轻轻抱住了她，然后想要扶她起来，一开始玛丽莲还有些抗拒，但坦普顿很有耐心，最后这种耐心终于开始起作用。

"长官，地下室有情况！"

　　玛丽莲被这突如其来的声音吓倒了，她四处张望着，寻找声音的来源，然后低下头看着大理石地面，好像能看透黑色大理石下面的东西。下面又传来一声略带欣喜的呼叫，我跟海切尔先后从厨房里冲出去，找到地下室的入口后就冲了进去。

　　走过一个小走廊后，我们来到地下室，这里跟厨房一样，房间里很明亮，黑色是主色调。墙、地面，还有天花板都是黑色的。房间里有一张大床和一个衣架。床上面是黑色的真皮床垫，还有许多绑带。衣架上挂着许多真皮和PVC面料的皮衣，除此，还有女仆装、护士装等。衣架旁边有一个架子，上面陈列着特伦特的收藏品、各种小玩意儿，还有DVD光盘。墙上挂着一台至少六十英寸的平板电视。屋子里有一种陈腐的味道，充斥着汗水、血液和精液的气味。

　　"看来我们抓到他了。"海切尔说，脸上难得带着微笑。

第 51 章

　　"五号醒醒，醒醒。"

　　蕾切尔慢慢地睁开眼，映入眼帘的是亚当的笑脸。她如今讨厌亚当的方面有很多，其中排名第一的就是那张笑脸。她已经把所有食物都吃下去了，甚至最后撑得有些难受，但她还是忍住了，因为这样就能把所有药物都吸收进去。

　　哪怕只能暂时逃离这个魔窟几个小时，对她来说也是弥足珍贵，虽然事实并不像想象的那么美好。从药物持续作用的效力中醒过来，她感到十分难受，不像自然睡醒后那样舒服，感到精力充沛，这种感觉更像从宿醉中醒来，大脑依旧眩晕，浑身都极为不舒服。

　　蕾切尔还记得吃完饭后，她挣扎着爬回床垫，拉过毯子盖住自己，然后就什么都不知道了。她觉得自己被欺骗了，后悔吃那份意大利面了。

她感觉大脑里像塞满了棉花，四肢十分沉重。身体好像已经不是她的了，甚至都没办法进行有效思考。虽然大脑仍能传递信息，她却弄不懂是什么意思。

"五号，你是不是渴了？"

蕾切尔点头，亚当拿着一瓶矿泉水递到她嘴边，示意她喝水。她下意识地想，水里也可能下药了，但随即又想，下不下药对她来说都没区别了。她饥渴地喝了一口又一口，亚当这时把水拿开了。

"五号慢点儿喝。"

他又把矿泉水瓶递到她嘴边，这次蕾切尔尽量放慢了动作。水的味道不像下了药，但她又怎么会知道呢？她只听说过罗眠乐这种安眠药的名字，根本不知道是什么味道。她这辈子接触到的药物，仅限于非处方的止疼片以及一些处方药。亚当等她喝完水后，脸上又露出迷人的笑容。

"我已经想好怎么惩罚你了。"他说。

听到他的话后，蕾切尔感觉水在她的胃里翻滚着："求你了，不要伤害我，我会做任何事情，只要是你想让我做的。"

"我知道你会的。"

"任何事。"她重复道。

"拒绝、愤怒，现在是讨价还价。"亚当说，"你做的真的很好，五号。其他人很快就到了讨价还价这个环节，然后就是绝望，最后是接受。我很想看到彻底失去意志的你。"

"求你了，别伤害我。"

她痛恨自己向他求饶，却忍不住不去这么做。她希望自己能再次陷入昏迷，希望自己能沉浸在黑暗中，这样就不用面对现在的情形了。亚当要惩罚她，而自己对此却无能为力，什么也做不了。现在是他的报复时间。

"五号坐到椅子上去。"

蕾切尔颤颤巍巍地站起来，感觉眼前的世界都在旋转。她用手扶着墙，闭上眼睛，直到眩晕感消失。她深深吸了一口气，开始朝着手术椅走去。亚当一直注视着她，她努力忍着不去看他，不想看到他那张满是得意的笑脸。

蕾切尔快走到手术椅前的时候，终于站立不住，跌倒在地上。她脑子里想着要伸出双手撑住地面，但动作跟不上大脑的指示。最后她脸朝地摔倒，脑袋碰撞在地板上发出"砰"的一声，随之而来的剧痛让她一瞬间无法呼吸。等她恢复意识的时候，发现亚当正蹲在她的旁边，仔细端详着她的脸。他伸出手摸摸她的鼻子，她努力想摆脱他。

"别动。"

蕾切尔立马不敢动了，亚当的声音这次听起来很不一样。他声音里的沉着消失了，那种自信、傲慢的语气也消失了，取而代之的是关怀，而且他没有叫她五号。自从她被囚禁以来，这是他第一次没把她当作一个犯人对待。亚当伸手抚摸着她，她努力保持不动。亚当的手指抚摸过她的鼻子，仔细检查着她的鼻梁有没有被摔断，他的手指十分柔软，这是一双从来没有干过粗活儿的手。

"你运气很好，鼻子没摔断，五号，下次要小心点儿。"那自信和傲慢又回来了，接着他说，"坐到椅子上去。"

蕾切尔挣扎了三次才站起来，她不想爬着到椅子上去，这是一种态度，也是她唯一能保留自尊的方式。不管还剩下多少骄傲和尊严，只要还有那么一点儿，她就希望能留住。没剩几步了，她艰难地走着，每走一步都差点儿摔倒，但最后还是成功地走了过去。

她瘫坐在椅子上，亚当开始绑她，先是大腿，然后是胳膊和头。绑好后他又检查了一遍，用手拽了一下，看看牢不牢固，然后就离开了地下室。随后他推来心电监护仪，将其打开，把小夹子夹在蕾切尔的手指上。之后他再次离开，房间里只剩下心电监护仪发出的"哔哔"声，在药物的作用下，她现在的心跳平缓而稳定。如果没有药物的作用，她的心脏现在一定会狂跳不止，甚至可能触发心肌梗死。

"这会是坏事吗？"

蕾切尔想要转身，看看身后是谁，但皮带绑得非常紧，让她根本没有办法活动，只能无力地挣扎着。这是一个女人的声音，她非常确定。是伊娃吗？她差点儿就叫出伊娃的名字，随后她意识到这不是伊娃的声音，而是自己的声音！蕾切尔很庆幸自己没有叫出伊娃的名字，否则的话，不知道会给伊娃造成多大的麻烦。这对她自己也不利，如果亚当发现她们俩说过话会怎么样？他会打她们吗？他会禁止伊娃再来送食物吗？

她看了一眼最近的摄像头，想象着此时亚当正坐在监视器前，看着她挣扎无助的样子。她使劲儿深呼吸了一口气，然后慢慢数到十，告诉自己要恢复自制力。时间一秒秒地过去，但她不确定到底过去了多长时间。她的脑子很沉，没办法确定时间。

蕾切尔听到远处传来亚当的脚步声，她感到十分惊慌，眼里充满泪水。亚当推着手推车走了进来，里面的东西不断发出"哐啷"的碰撞声，以及手推车的塑料车轮摩擦地面的声音。

他推着手推车穿过房间，停在她的面前。蕾切尔努力不去看上面的东西，但又忍不住去看。她看到了注射器、橡皮管、一端已经被烧黑的缝衣针，还有他上次用来割她的刀子。

"五号不应该尝试逃跑。"

"对不起，我错了。"蕾切尔呢喃道。

"不，你没感到对不起，不过你会感到的。"

亚当用橡皮管绑住她的胳膊，然后拍打血管，随后他拿起注射器开始注射，注射完后他松开橡皮管。心电监护仪突然开始狂响，蕾切尔的心跳骤然间增加到一百，她被一种亢奋的情绪笼罩。这一次她知道为什么会这样，所以亢奋中带着恐惧。她的呼吸开始变得急促，皮肤像通了电一样。

她看见亚当拿起一把刀，在她的食指上开始比画。他摆弄着刀，刀锋在灯光下闪烁着瘆人的寒光。亚当开始微笑，又摇摇头，最后把刀子放回了车上。随后他又拿起缝衣针，并用针尖在她脸颊上比画着。蕾切尔吓得紧紧闭上眼，拼命摇着头想摆脱他。最后亚当把缝衣针又放了回去，蕾切尔睁开了眼。

"下次吧。"他说。

亚当又拿起一个工具，大概八英寸长，一端是尖的，另一端是平的，就像一个凿子一样。

"这就是用来做前脑叶白质切除手术的工具。"他说，"等时候到了，我就要用这个给你做手术。把你的上眼皮掀起来，然后通过眼窝伸到大脑里，搅拌你的大脑神经组织。整个过程里你都是清醒的，最后你会变成植物人。"

蕾切尔盯着亚当手里的工具，心脏"怦怦"地跳着。她知道亚当会一步步执行他的计划，他已经做过四次了。她现在能做的就是活着，尽一切可能活下去，并祈祷警察能快点儿找到她。也或许，她能成功地逃出去，虽然这种机会微乎其微，甚至都算不上计划。

亚当又开始笑，然后把冰锥放回了手推车里。

"这个得等到最后才能用，今天我们玩点儿别的东西。"

他拿起一把用于清理草坪的大剪子，看着蕾切尔的左手，神情亢奋，眼神深邃。蕾切尔随着他的目光看到了手术椅扶手上的血渍，然后她又看看大剪子。

"不！"她叫道。

"是的。"亚当说。

他在蕾切尔面前摆弄着剪子，咔嚓、咔嚓……听起来十分锋利，而且保养良好，蕾切尔甚至能闻到剪子上的润滑油的味道。她把手握成拳头，手指深深地陷进肉里。

亚当按住她的手，把她的手指一根根掰开。然后，他打开剪子。

第52章

"我要见我的律师。"

"我还想要个超模女朋友和一套加勒比海的别墅呢。"我调侃道，"但生活里总是充满各种失望和不如意。"

威廉姆·特伦特坐在桌子的一侧，我跟海切尔坐在另一边，这里正是我们跟杰米·莫里斯对话的那个接待室，坐的位置也一样。接待室还跟昨天一样，痕迹斑斑的桌子，以及那种绝望的氛围。房间里还残留着烟味，我忍不住把手伸进口袋里，海切尔看到我的举动后，咳嗽了一声，摇了摇头。

"什么意思？"特伦特问，"玩黑脸白脸的游戏？"

"你警匪片看多了吧？"我回应道。

"我知道自己的权利，没见到我的律师前，我可以不开口说话。"

"我说了，你警匪片看多了。"

接下来的一段时间里，我只是坐在桌前喝着咖啡，什么都没有说。我看着自己的手表，盯着秒针的转动，一秒钟是 6 度，一分钟要转 360 度，每小时要转 21600 度，每天就要转 518400 度，一个标准年就是 189216000 度，闰年则是 189734400 度。

"干什么？我们就坐在这儿什么都不说？你们不是想让我承认点儿什么吗？"

我继续喝着咖啡，然后从口袋里拿出受害者的照片来，我按照受害者的先后顺序将它们像扑克牌一样，一张张地摔在桌子上：莎拉·弗雷特、玛格丽特·史密斯、卡罗林·布兰特和帕特里夏·梅纳德。我看着特伦特的反应，但让我失望的是，他的脸上只有好奇。当我把最后一张照片拍在桌子上后，特伦特抬起头看着我笑。这一次他整个人都轻松了，非常放松，甚至有些得意扬扬，完全没有任何压力和紧张感。

"这是你女朋友吗？她们看起来挺严肃的，我明白你为什么想找个超模了。"

"你觉得很好笑吗？"海切尔说。

"事实上，我确实觉得很好笑。"特伦特又咧开嘴笑道，"你懂的，等我离开这儿后，我就会起诉你们滥用权力。我可能会要六位数的赔偿，毕竟我遭了这么大的罪。我有个好律师，他非常厉害。"

海切尔将双手紧握成拳头，然后又松开。特伦特注意到了这一点，他笑得更开心了："你要干吗？警察先生？你想打我吗？打断我的胳膊？腿？或者几根肋骨？我想这至少能为我多挣两万英镑或者三万英镑。"

"蕾切尔·莫里斯在哪儿？"海切尔问。

"她就是那个被绑架的女人吧？新闻上整天报道的那个？"特伦特停顿了一会儿，看着海切尔道，"她马上就要被切成片了，然后大脑被搅成一团糨糊。"

"回答问题，她在哪儿？"

特伦特摇摇头道："不知道，我从来没有见过她。"

我坐在旁边，一边喝咖啡一边听着两人翻来覆去的对话，时不时看看他们。海切尔的脸开始憋得发红，他一直忍着想打人的冲动，脖子上的血管都突出来了。我特别注意着海切尔的举动，时刻准备在他朝特伦特冲过去的瞬间按住他。如果他因为打人被停职了，那简直是灾难性的后果。

我掐准时间，突然抛出自己准备已久的问题。我的声音显得很随意，就像在谈论天气或者今天的新闻一般：·"刀子切入人身体时是什么感觉？"

特伦特转头看着我："我不知道。"

"不，你知道。我知道你为什么会被学校开除，我还看到了玛丽莲身上的伤疤。所以，这种感觉是什么样的？"

"我不知道。"

"皮肤很容易就能切进去，对吧？但越往下切，阻力就越大。直到切进肌肉组织里，这才是最有乐趣的地方。但你不能真的对你老婆做这一切，不是吗？所以，你该怎么办呢？我知道你很有钱，钱能帮你买到你想要的东西，对吧？比如，跟死尸单独相处的时间，只要你能找到联系人，我猜你已经找到了联系人。"

特伦特盯着我，努力想要逼退我的目光。他的目光里有迷惑，好像他弄不清我是从哪儿冒出来的。特伦特移开目光，然后又看着我，有那么一瞬间，他对着我露出会心的微笑，他轻舔嘴唇，将双手放在腿上。随后，他又重新戴上面具，将双手放在了桌子上。

"我不知道你在说什么。"他说。

我之后就没有再说话了，特伦特已经告诉了我想要知道的一切。海切尔跟着我来到阴暗的走廊里。

"他不是凶手。"我说。

"他是。"海切尔说。

"不是他，你看到当我提到切割尸体的时候，他有多兴奋了吧？"

"这正好说明他是，我们都知道开膛手喜欢切割受害者。"海切尔说。

"是活着的受害者。"我纠正道，"而特伦特喜欢切割死尸，他确实心理变态，但不是我们要找的那个变态。"

"那他妻子呢？她身上都是刀疤。"

"他妻子只是个替代品，当他等待尸体货源的时候，就用她暂时抑制自己的欲望。"

"一定是他。"

"不管你说多少次，海切尔，都改变不了他不是的事实。威廉姆·特伦特不是凶手，你看到他有多镇定了吗？"

"所以他是个反社会的人？"

"他不是反社会，只是一个有着千万身家的变态，这大不一样。"

"我还是没被你说服。"

"好吧，蕾切尔·莫里斯在哪儿？"

"他一定是把她藏在其他地方了，可能他有十几处秘密地点用来藏受害者，他一直在不断地转移受害者，这样就不容易被我们找到。他很有钱，也有条件这么做。"

我摇摇头道："你有点儿一叶障目了，海切尔。凶手需要让受害者待在他身边，这样他才能随时折磨受害者，所以他一定会把受害者藏在家里。你已经搜查过特伦特的房子了，你发现蕾切尔·莫里斯了吗？"

海切尔摇摇头道："但这也不能说明不是他。"

"好吧，还有两个原因。第一，他的房子在泰晤士河的南岸，而凶手住在北岸。"

"得了吧，温特，那只是你的猜测。"

"凶手就住在北岸。"我强调道，"第二，当我把受害者的照片放到桌子上时，你注意到特伦特的反应了吗？他都没认出她们。"

"这说明他很会伪装。"

"海切尔，我已经用过这招很多次了，屡试不爽。把凶手的杰作放在他们的面前，你一定能看到他们的反应。不管是义正词严的否认，还是滔滔不绝的炫耀，总之，他们都会有反应。你不会相信，有时候这些人渣对自己的所作所为有多么骄傲。这是他们的杰作，他们会迫不及待地告诉你一切。只有一种反应是我从没有遇到过的，那就是漠视。看着我，海切尔，威廉姆·特伦特不是凶手。"

第 53 章

"海切尔很愤怒。"我们一起乘电梯到负一层的时候,坦普顿说,"他看见谁就朝谁发火,我看情形不对立马溜了,因为我估计自己会是他的下一个发泄目标。"

"原谅他吧,海切尔身上的压力太大了。而且现在他还要面对威廉姆·特伦特这件事的后果,那个家伙逢人就讲自己被错误逮捕的事情,海切尔为此感到很头痛。"

"我真的以为特伦特就是凶手。"

"很多人也这么以为。"

"但你不这样看。"

"他看起来不像。"

"你没有正面回答我的问题。"

"说起犯罪嫌疑人时,我从来不会盲目乐观,毕竟我已经失望过不知道多少次了。在实施抓捕前,我更喜欢坐下来跟他们聊聊,只有这样我才能确定最终行动。"

"你是想说,你只靠跟他们聊天就能确定谁无辜、谁有罪吗?"

"我到目前为止还没失手过。"

坦普顿笑道:"如果我们都有这种超能力,司法体系就可以滚蛋了,还能给我们省却不少麻烦。"

"司法体系才不关心你是无辜还是有罪,你跟我一样心知肚明,这就是个金钱游戏,看谁能找到最好的律师。"我说。

电梯到达底层,轻微一顿后,门就打开了,我跟坦普顿并肩朝外走去。

"如果特伦特不是凶手，那我们就又回到原点了。我们需要重新审视之前的线索，看看有什么遗漏。"

"同意，但我们也要注意，不要过于执着一些细节，从而忽略了真正重要的线索。"我说。

"说得轻巧，做起来可就不是那么回事了。"

我咯咯笑道："说说看。"

"好吧，不如今晚我们找个时间，在你的酒店里碰面，一起好好梳理一下线索。"

"听起来不错，那不如去我的房间。"

坦普顿看了我一眼，左眉毛微挑，表情似笑非笑。

"这样我们就能把所有线索都摆出来，更方便一些。"我快速补充道。

"行，那就八点吧。这样我还来得及回家一趟，洗个澡，再顺便喂喂我的猫。"

"你养了只猫？"

"很惊讶吗？"

我想了一下，然后摇摇头道："这符合你的个性。你没有戴婚戒，所以不太可能已经结婚了。而且你雄心勃勃，把所有的时间都用在了工作上，这也不利于长期的恋情。我猜你是一个人住，为了打发寂寞，你应该会养只宠物。养狗太麻烦，养鱼又太无聊，这样就只剩下猫了。猫很独立，不需要每天去遛它，这是很实际的选择，而且在我看来你也是个讲实际的人。"

坦普顿听完后笑了起来，摇摇头道："别人都说男人来自火星，女人来自金星，那你呢？温特，你是来自哪个星球？"

我们来到网络中心，坦普顿快速敲了三下门，苏马蒂·查特吉正埋头在电脑前敲打着键盘，而亚历克斯·欧文坐在她对面，也正在埋头工作。他们俩一起抬头看向我们，不过这次亚历克斯比苏马蒂稍微快了一点儿，我把 U 盘扔向苏马蒂，她连忙地用双手接住。她看起来有些惊慌，好像我扔给她的是手雷一般。

"我要看看里面有什么东西，小心点儿，我不确定它是不是有什么病毒。"

"我一直很小心。"

苏马蒂把 U 盘插进 USB 卡槽里，然后开始点击鼠标，随后用双手敲击键盘，姿势标准又优雅。亚历克斯站起来，从桌子对面走过来加入了我们。

"好了，进去了。很好，里面没有病毒或其他自毁程序。"

"里面有什么？"坦普顿问。

"四张图片，还有几个文本文档，就这些。你们想先看哪个？"

"先看图片。"坦普顿说。

"我们看图片的时候，你能帮我们打印文档吗？"我问亚历克斯。

"当然。"

但亚历克斯脸上的表情有些不情愿，好像无法相信他竟然被吩咐做这么低级的事情，然后叹了口气，伸出手来要 U 盘，并催促苏马蒂快点儿。苏马蒂快速下载了图片，然后把 U 盘递给他。亚历克斯离开桌子，飞快地走向墙角的打印机。我能听到他的手指重重敲击键盘和鼠标的声音，还有长长的叹气声。墙角的激光打印机发出"嗞嗞"的声音，接着就开始不间断地吐出纸张。

"好了，开始看照片吧。"坦普顿说。

她的声音很兴奋，带着一种感染力，我们三个人一起挤在电脑屏幕前看着。苏马蒂点击了第一张图片，这是蕾切尔走进酒吧时照的。因为角度的关系，我们只能看到半张脸，但她无疑就是蕾切尔本人。我脑海里快速回忆着斯普林格酒吧的位置，然后在脑海中构建空间图。

"这不是从咖啡馆里照的。"坦普顿说。

"不是，这是在一家泰国餐厅里照的，位置在更远的一条街上。

原因有三点：第一，凶手已经抢占了咖啡馆里的有利地形，只是那时候斯蒂芬森还不知道他就是凶手；第二，斯蒂芬森当时应该还没吃过饭，所以他决定一边吃饭一边监视蕾切尔。"

"第三点呢？"

"他可以让杰米·莫里斯付饭钱。好了，你知道这张照片有意思在哪里吗？我指的是真正有趣的地方。"

坦普顿耸耸肩。

"换种说法吧，斯蒂芬森是怎么知道蕾切尔要去斯普林格酒吧的？他又没跟踪她，只是舒服地坐在餐馆里，等着蕾切尔现身。"

坦普顿蓝色的大眼睛里瞬间绽放出光芒："因为他在蕾切尔的电脑里安装了监控程序。"

"亚历克斯。"我喊道，"打印完了没有，我要尽快看到那些文件。"

"正打着呢。"他回道，语气中带着些恼怒和抱怨。

第二张图片是蕾切尔·莫里斯站在酒吧门口要离开时左右张望的样子。即使到了这会儿，她仍旧抱有幻想，期待他会突然出现，猜他可能是因为工作或者交通状况迟到了。从照片上看不出她此时的神情，但从肢体语言可以看出，她此时感到既受伤又恼怒，觉得自己十分愚蠢。

第三张照片才是重点，在这张照片里她跟凶手一起并肩走着，因为他们背对镜头，所以只能看到他们的背影。斯蒂芬森可能是看到蕾切尔一个人离开，就以为自己的工作结束了。他付完钱准备离开时，正好发现蕾切尔跟凶手在一起。但当时他的位置在他们的后面，所以只能拍下这张照片。

"这没什么用。"坦普顿说。

"也不是完全没用，蕾切尔五英尺七英寸高，凶手比她要高，大概是五英尺十英寸，中等体型。至少从照片里我们可以确定这两点。"

"给我一点儿时间，我还可以确定第三点。"苏马蒂说，她点击鼠标编辑照片，照片里的人物开始变得更加清晰和准确，颜色也更为逼真，最后她又点击鼠标道，"好了，他是棕色头发。"

第四张照片跟第三张一样，也没有多大用处。在这张照片里，凶手正开着车缓缓离去。车看着是黑色的，但也可能是深红色或者深绿色，还可能是其他深颜色。唯一能确定的就是，这是一辆保时捷，因为保时捷的外形比较独特，有很高的辨识度。这也算是个好消息，因为跟那天的罚单信息一致。

"我可以放大照片，看清车牌号。"苏马蒂说。

"不用了，我们已经调查过了，车牌号是假的。你有办法调整图片，看清车是什么颜色的吗？"

"没问题。"苏马蒂继续点击鼠标，开始放大照片并编辑，随后她说，"黑色的。"

亚历克斯这时也走过来，手里拿着打印好的文本。

"好车。"他看着照片说。

"我需要你尽量锁定车的型号，还有出厂年份。"我对亚历克斯说，"再给我弄一份名单，我需要北泰晤士河所有同类车车主的信息。"说完，我又想起地图上那枚钉在圣奥尔本斯的红色的图钉，"稍微扩大一点儿范围，扩大到M25区方圆十里以外的区域。"

"没问题。"亚历克斯回到办公桌前，开始工作起来。

第一张纸上打印的是一段聊天记录，时间是在三个星期前，来源于她的工作电脑。斯蒂芬森在她的电脑上安装了一个键盘记录程序，所以聊天记录只有蕾切尔一个人的。我可以想象出当时凶手与蕾切尔的对话，但那是出于我的视角，而不是凶手自己的心声。我看完那几张纸上的所有聊天记录，只用了不到一分钟的时间。

"怎么样？"坦普顿问。

"他很厉害，让蕾切尔愿意跟他分享自己所有的心声，有些事情她甚至都不可能告诉最好的闺蜜。他知道怎么聊天，什么时候该稍微急迫一点儿，什么时候该撤退。不紧不慢，却小心翼翼，时机正确的时候就开始收网。他第一次提到斯普林格酒吧是两天前，他应该已经提前探查过了，如果我们有他的正面照片，就可能从酒吧的监控里发现他，甚至酒保还可能记得他。但现在的问题是，我们没有他的正面照。"

"他运气很好，温特。"

"这跟运气没关系，凶手很狡猾，也很小心，做任何事都非常有条理。不管他做什么，背后都一定有其深层含义，他可不想被抓住。"

"还有其他的吗？"

"是的，该苏马蒂出马了。"我说道，电脑极客的耳朵开始竖起来，她转头看着我们，我接着道，"他们所上的网站叫'欺骗丈夫'（cheatinghusband.com），一般这种网站都会保留用户的聊天记录，你看看能不能搞到凶手跟蕾切尔的聊天记录。我很想看看他跟蕾切尔聊天时所说的话。"

坦普顿摇摇头道："这真太可惜了，如果斯蒂芬森拍到了凶手的正面照，就不用这么麻烦了，我们也能很快抓到凶手跟他的女朋友。"

"为什么不联系斯蒂芬森，让他描述一下凶手的形象呢？"苏马蒂问。

"你要试试吗？"我问坦普顿。

"因为角度问题，斯蒂芬森很可能根本没有看到凶手的正脸。"坦普顿说，"他从酒吧开始跟踪蕾切尔，一直跟在他们后面，所以没机会看到凶手的正脸。"

"即使他看到正脸也没用，目击证人的话完全没法儿信。同一场景的不同目击证人会给出截然相反的描述，甚至会有人告诉你他是个女人。"

"看来我问了个愚蠢的问题。"苏马蒂说。

"这个问题并不蠢，到现在这个阶段了，没有蠢问题。"

"往好的方面来说，我们已经比原来迈进了一大步。"坦普顿说。

"没有我想象的那么大。"我转头看着苏马蒂和亚历克斯，"只要你们发现了新线索，就马上给我打电话，不用管几点钟。"

"没问题。"他们同时说道，并且两个人都没有抬头。他们盯着屏幕，思维已经完全沉浸到电脑中去了。

我们离开房间，乘电梯回到四楼。我的手机这时响起来，海切尔的名字在屏幕上闪烁着。

"你得到什么好消息了，海切尔？"

"你关于凶手实践过的猜想是对的，我派人调查了档案，把过去数年还没破的凶杀案都看了一遍，发现有个案件很符合。查尔斯·布伦纳是一个十七岁的牛郎，经常在国王十字区出没。十八个月前他被杀害了，凶手用锤子把他的整个大脑都砸碎了。"

"这个案子之所以特别，是因为在他身上没有明显的致命伤。"我说。

"你是怎么知道的？"

"这就是你花了大价钱请我来的原因。"我说，"让我猜一下，因为他职业的关系，这起案件被定性为性袭击。警察做了基本的调查，却没有深入，毕竟他只是个牛郎，没有思念他的家人要求警方必须破案。如果他有家人的话，就不会做这个了。抛尸地点在哪儿？"

"巴金。"

"是在泰晤士河北岸吗？"

"是的，我不敢确定是不是他，但感觉很像。"

"就是这个凶手，海切尔，时间跟地理位置都吻合。你还有什么好消息？"

"谁说我还有好消息的？"

"你说话的语气里都带着笑意。"

"去你的，温特。"

"你还在笑。"

海切尔听后哈哈大笑，开口说道："布里斯托的格伦萨德博物馆里失窃了一把冰锥，时间正好是在莎拉·弗雷特被绑架之前。但当地警方没有认真处理，他们以为这只是学生的恶作剧。"

"从伦敦到布里斯托要多久？"

"现在去的话，可能要好几个小时，坐火车的话大概一个半小时。"

这意味着整趟行程至少需要五个小时，路上就要耽搁四个小时，回来的时候至少是午夜了。我想了想，说道："我需要一架直升机。"

"我还想要辆 F1 方程式赛车呢。"

"我是说真的，海切尔。"

"我没办法弄到直升机，温特。"

"我只用几个小时，保证会还给你，我向基督保证。"

"我弄不到直升机。"

"你当然能，你是老大，想干什么就干什么。"

"再说第三遍，也是最后一遍，我弄不到直升机。"

"信号不太好，我听不清你在说什么。"我挂了电话，把手机揣进兜里，对坦普顿道，"我们要去布里斯托，做直升机去。"

"真酷！"

第 54 章

欧直 EC-145 的引擎发出的轰鸣声充斥着我的大脑，就算戴着降噪耳机都没用。我感觉身体随着螺旋桨叶片的转动而震动着，云层又黑又低，直升机在云层下飞行着。

开直升机的家伙是货运飞行员，所以一点儿也不关心乘客的舒适程度。他得到的命令就是尽快把人从伦敦送到布里斯托，之后再返回。他也忠实地执行了命令，直升机开得又快又猛，好像他在赶着去战场运送伤员一般。坐在直升机里，我觉得就好像在坐过山车，甚至坐过山车要更有趣一些。直升机在空中遭遇气流，猛地晃荡了一下，坦普顿吓得闭上了眼，双手紧紧地抓着安全带，指节都捏白了。

我们终于到达目的地，直升机缓缓降落在医院的草坪上。引擎停止运转，螺旋桨叶片缓缓停止转动，但我过了一会儿才恢复听力。布里斯托离伦敦大概一百多公里，我们从启程到降落大概花了四十五分钟，比开车或者坐火车要快多了。

格伦萨德医院的前身是精神病院，"二战"时期改建成军事医院，现在属于西英格兰大学。医院里老式的哥特建筑还依稀可见，夹杂在新式的大楼里。

博物馆原是一座教堂，现在已经过了闭馆时间，海切尔已经通知对方我们会来。坦普顿敲着厚重的橡木门，现在天气又黑又冷，我比以往的任何时候都更想念加利福尼亚。我跺着脚让血液循环起来，同时双手抱着胳膊希望能暖和一点儿，虽然这些努力都是徒劳的。坦普顿似乎没有感觉到冷，或许她感觉到了，只是没有表现出来而已。

门那边传来钥匙插入锁孔的声音，门打开了。伊丽莎白·德莱顿自我介绍后，便邀请我们进屋。德莱顿夫人已经过了退休年纪，大概有七十多岁，甚至可能有八十岁了。她身形瘦小，像鸟儿一样，走起路来非常慢，似是饱受风湿病的困扰。她银色的头发在脑后绾成一个发髻，穿着一件呢料的外套，脖子上挂着一副金丝眼镜，说话的腔调跟BBC的主持一样拿捏着腔调，让人仿佛回到了二十世纪五十年代。

这座建筑闻起来还有教堂的味道，充满历史气息，教堂里的座椅都已经移除，取而代之的是各种展品，见证着精神病院从十八世纪以来的历史发展。

"警察一开始都不怎么在意这个失窃案，怎么现在突然这么热心了？"德莱顿夫人问道。

"我们觉得它跟其他案件有关联。"我说。

"一定是很重要的案件，不然你们不会大老远地从伦敦飞过来。失窃案刚发生时，警察过了一天才来人。听你的口音，你是美国人？"

"加利福尼亚北部人。"

"现在为伦敦警局工作？"

"我被邀请过来为案件做咨询。"

"跟那些女人的失踪案有关，是吗？你认为我们这里失窃的冰锥可能用在了她们的身上？"

"是的。"我说。

"我会尽可能给你们提供帮助。"

"我们能看一下冰锥的失窃现场吗？"

"好的，往这边走。"

德莱顿夫人引着我们穿过教堂正厅，然后右拐进入南边的耳堂，她身上挂着的钥匙随着脚步发出响声。她走到一件展品前，它所展示的内容是，一个男人被绑在一张桌子上，厚重的皮带绑住了他的胳膊和腿，还有一根皮带固定住了他的前额。他的头尽量倾斜着，好让冰锥能够深入他的眼窝。旁边的男人穿着白大褂，表明这是一场医学手术。一个盒子里放着手术器材，正中间是一根冰锥。

德莱顿夫人看着我说："这是复制品，不是原物。"

"我能看一下吗？"

"当然。"

德莱顿夫人打开玻璃柜，拿出冰锥，用双手握着它递了过来，就好像她拿着的是宗教圣物一般。

冰锥比我想象的轻，但同时也更重，我感到手里握着的是历史的沧桑感，还有曾经发生在许多人身上的噩梦和残暴。冰锥的金属光泽已经随着时间的沉淀而变得发黑，我仔细端详着它，从各个角度打量着，然后递给坦普顿。但她并不想仔细看这个，只是大略扫了几眼，就把它还给了德莱顿夫人。德莱顿夫人把它放回柜子里，然后小心翼翼地摆弄着它，寻找着最佳角度，直到冰锥摆放得跟原来一样。

"具体情况是怎么样的？"我问她。

"小偷大摇大摆地走进来，砸破了玻璃，拿起冰锥后就逃跑了。这一切都发生得很快，保安都没反应过来。"

"你能告诉我作案的男人的长相吗？或者一些别的线索。"

德莱顿夫人的脸上浮现出困惑的神情："我想你可能搞错了，作案的是个女人，不是男人。"

坦普顿看了我一眼，眼里透出一丝兴趣来。我知道，我们都想到了同一个人：从凶。

"我进来的时候看到你们这里有监控，那拍摄下那天冰锥被抢走的过程了吗？"坦普顿问。

"是的，拍下来了，你们要看吗？"

"是的，我们想看一下。"坦普顿说。

德莱顿夫人领着我们去了一间小屋子，这里以前应该是主教的房间，里面的家具都是实木的，刻满了宗教装饰。另外，房间里到处都是十字架，墙上还挂着褪了色的油画，似乎这里的布置一直都没有改变过。德莱顿夫人打开电脑，调出监控记录。

"抱歉，我们这里只有几个摄像头，而且一般我们的监控录像都只保留七十二个小时，但我们特意保留了这几段视频，好用来进行保险理赔。"德莱顿夫人看了坦普顿一眼；继续说道，"我们还想着，如果有一天警察把它真正当作一起案件调查时，这些视频说不定会有用处。"

"我们很想看看当时的监控画面。"

画面是黑白的，而且画质很烂，还一跳一跳的。总共有两段视频，每段都不超过二十秒钟。

第一段视频里，凶手穿过正厅后，歪着头朝前走，这是为了躲避监控。她戴着帽子，衣领拉得很高，还戴着黑色的眼镜。可能她是近视，也可能是出于伪装的需要。

第二段视频依旧看不清凶手的正脸，但能看到她在干什么。情况跟德莱顿夫人描述的一样，这个女人直接走到柜子前，砸破玻璃，抢了冰锥后就夺路而逃。

"她知道监控的位置。"我说。

"应该是她或者是她的同伙事前侦查过这个地方。"

"您能再播放一遍第一段视频吗？"

"好的。"德莱顿夫人说。

我又近距离看了一遍，从头到尾不漏过一个细节，德莱顿夫人之后又回放了一遍，这一次我贴的离屏幕更近。当视频播放到凶手走到大厅柱子旁时，我告诉她停止。通过跟柱子作对比，我能大致衡量出她的身高和体型。

"很好。"我说。

"什么？"坦普顿问。

"我们是该找一个身高五英尺十英寸、身形比一般女人壮的女人，还是应该找一个身高五英尺十英寸、中等体型、棕色头发的男人。我知道是哪一个了。"

第 55 章

蕾切尔的手指剧烈地疼痛着，让她有一种生不如死的感觉，根本无法思考。她的手像在燃烧一般，稍微动一下都是钻心的疼。而剧痛的来源就是她的断指，她想不明白，手指没有了，为什么会这么痛苦？

她闭上眼，努力幻想着阳光温暖的沙滩，但剧痛时刻将她拉回现实。她努力想象父亲正陪在自己身边，可却找不到他。她开始努力回想自己的母亲、兄弟，还有朋友，但脑海里只剩下模糊的影像，它们因为指尖的剧痛而变得扭曲。亚当已经从她这里夺走了那么多东西，现在连她的记忆也要夺走。

房间里的灯突然亮起，明亮而刺眼，蕾切尔瞥了一眼摄像头以及扩音器，然后看看门和手术椅，最后又看着扩音器，等待着亚当的命令。

房间里一片寂静。

"你想从我这里夺走什么？"蕾切流着眼泪低喃，而非怒喊。

沉默。

"你到底想要什么？"

蕾切尔看着自己的手，断指与其他擦着红指甲油的手指形成鲜明对比。她的断指很丑陋，即使她最终从这里逃出去了，她也将一辈子无法摆脱亚当的阴影。只要她看到自己的断指，就会想到这是亚当的杰作。他给她留下了一辈子的创伤，将一直伴随着她，直到死亡的那天。

又一阵剧痛袭来，打乱了蕾切尔的思绪。她闭上眼，开始祈祷阳光和沙滩，这一次奏效了。她正行走在阳光明媚的沙滩上，父亲握着她的小手，脚下的沙子温暖而细腻。父亲正在朝她微笑，告诉她一切都会好的。有那么一瞬间，蕾切尔相信他说的是真的，一切都会好的。

"对不起。"一道声音将她拉回现实。

阳光开始消散，蕾切尔睁开眼，声音是从门后传来的，略带紧张还有同情。这是伊娃的声音，蕾切尔松了一口气，她感觉自己承受不住亚当的再一次折磨了，尤其是刚经历了断指之痛。

蕾切尔挣扎起身，在房间里慢慢地走着，经过手术椅的时候她休息了一会儿。她靠着血迹斑斑的椅子扶手，一只手撑住身子，她看见自己的鲜血在手术椅上留下的印记。又一阵钻心的疼痛袭来，蕾切尔深吸一口气，跌跌撞撞地穿过房间，来到了门口。

"你很疼吗？"伊娃问。

当然疼，而且他妈的非常疼。蕾切尔闭上眼，深吸一口气，尽量控制着自己的情绪。她不想刺激伊娃，尤其是她们上次刚发生过不愉快。

"是的，很疼。"她说。

"你想要什么东西来止疼吗？"

"我不希望你因此而陷入麻烦里。"

"亚当出去了，他还要很久才能回来。在这儿等着，我马上就回来。"

门外边传来伊娃跑开的声音，在这儿等着，伊娃以为她不在这儿等着还能去哪里？会说出这种话来真是愚蠢至极，但也跟蕾切尔对伊娃的认知相符合。

疼痛感更加强烈了。

蕾切尔闭上眼，等待因疼痛产生的眩晕感消失。当她睁开眼时，疼痛感还是非常剧烈，她希望伊娃能赶快回来。

时间过得非常慢，每一秒钟都度日如年。

走廊里传来脚步声，伊娃来了。她走到门口，打开挡板，然后扔进来一支注射器。当蕾切尔把它捡起来的时候，手颤抖得几乎都抓不住。她本来以为会是止痛片，没想到是这支注射器，她最讨厌的就是打针。

"你要把里面的小气泡弹出来，然后注射进手里。"伊娃说。

蕾切尔拿着针筒，开始弹气泡，然后她轻推针筒，把气泡挤了出来。她看着针筒，又看着自己颤抖的手，一咬牙，就把针头扎进手里开始注射。她感到天旋地转，视线模糊，大脑里有一种奇怪的嗡嗡声。但不知为何，她还能保持清醒。

"他妈的。"她喃喃道。

"你不应该说脏话。"伊娃说，"这样不好。"

"抱歉，伊娃，我不会再说了。"

"把针筒放回挡板前。"

蕾切尔照做了，伊娃伸手接过针筒。她们的指尖碰撞在一起，伊娃的皮肤非常柔软温暖。这是她这么多天里，除了亚当，第一次跟其他人接触。

"谢谢你，伊娃。"

"没关系。"

蕾切尔靠着墙，等待药效发作。她希望药效能赶快发作，因为疼痛感越来越强烈了。

"我真心的，伊娃，谢谢你为我做的一切。"

"我现在能为你化妆吗？"

"当然可以，伊娃。"

伊娃起身，接着传来门锁被打开的声音，然后她打开门走了进来。蕾切尔抬起头，却看到亚当站在那儿。

"嗨，五号。"

声音还是伊娃的声音，但脸却是亚当的脸。

第 56 章

海切尔坐在国际大酒店的酒吧里，手里端着两杯酒走到桌前，他看起来比以前更加苍老了。我从他手里接过酒杯，朝他致意之后抿了一口。

"你现在看起来非常需要喝一杯。"我说。

"一杯？至少十几杯才够。他们已经把我调离这个案子了，温特。"

"他们不能这样做。"

"他们能，而且已经这么做了。"我们俩说话的时候，我打量着酒吧里的女服务员，不是之前的那个了，但还是同样的年轻漂亮、金发碧眼。

"如果让坦普顿抓住你在打量别的女人，她可不会高兴的。"海切尔说，他戏谑地看着我，等待着我否认。

"我跟坦普顿之间没什么。"

"谣传你们俩之间有什么。"

"谣传是错的。"

"那你稍晚没跟她约好见面吗？昨晚你也没跟她见面？"

我不知道他是从哪儿听到的消息，但一点儿也不惊讶他会听到这些风言风语。在警局里，谣言传得比大火都快。

“什么都没有。”我说。

海切尔眯起眼道：“你确定？”

“我很确定，什么都没发生，什么也不会发生。海切尔，我跟她来自不同的世界，就是这样。”我抿了一口威士忌，“好了，现在说说你的情况吧。”

“威廉姆·特伦特是压垮骆驼的最后一根稻草，他要上诉，而且赢面非常大，因为他的律师比我们的好。而且我授权了这次抓捕行动，所以要承担责任。”

“你说最后一根稻草，还有什么事？”

海切尔叹气道：“新闻发布会，媒体已经知道这是场骗局了，都在谴责我。”

“他们会忘了的。”

“你说得容易。”

“只要过去几个月，这一切都会烟消云散。”

海切尔一口干了杯里的酒，摇摇头道：“不会的，不管你成功过多少次，抓过多少坏人，人们只会看到你搞砸的那一次，你知道的。”

确实，我对此心知肚明，多少前途无限的人只因为一次失误就毁掉了自己的整个职业生涯。

“他们不应该把你调离这个案子。”我说。

“去跟我的上级说吧。”

“如果有用的话，我会去说的。”

“你说真的？”

“如果能让你回到这个案子里来，我会去挑战总警司。你是个好警察，拥有优秀的直觉。见鬼，看看你之前经手的案子，他们就应该让你来破这个案子。”

海切尔勉强露出一个笑容：“再次感谢你的支持和信任。”

“我不是在安慰你，你是最适合这份工作的人。”

"随便你怎么说。"海切尔摇着酒杯道,"再来一杯?"

"好啊。"

海切尔朝吧台走去,他的肩膀略略下沉,脚步沉重,看起来整个人都丧失了斗志。这份工作就是这样,即使优秀的人也要经历这些打击。我不想看到海切尔这样,不让他参与调查是巨大的浪费,只有他的参与才能最终抓到凶手。我看着手表,正好晚上八点钟。由于往返布里斯托,所以我把跟坦普顿的会面改成了晚上九点钟。海切尔手里拿着两杯酒走了回来。

"谁会代替你?"

"丹尼尔·菲尔丁警长,他是一个很保险的选择。他快退休了,做什么事都力求平稳。"

"力求平稳可抓不到凶手。"我叹气道,"这都是政治在背后搞鬼,我最讨厌破案掺杂政治了。关于菲尔丁,你有什么要告诉我的吗?"

"他在电视上看起来挺像那么回事的,媒体很喜欢他。"海切尔边说边摇头,又用手揉着疲惫的眼睛,道,"他脸上总是挂着笑容,非常善于蛊惑人心。但说到破案,他不行。"

"他不是你离开后的优先选项?"

"优先选项?他连最末选项都排不到。"海切尔又摇摇头,用双手揉着脸道,"蕾切尔·莫里斯最终的下场会变得跟其他几个受害者一样。"

"你要自责这都是你的错吧?"

"就是我的错,温特。我本来能做更多的事,见鬼,温特,我也应该做得更多。"

"好了,别自怨自艾了。下面才是你该做的事情,你喝完这杯酒就回家,今晚不准再喝了。回家立刻睡觉,明天接着抓这个家伙。"

"你听不明白我说的'调离这个案件'是什么意思吗?"

"这只是小事,事情再坏能坏到什么程度呢?"

"他们还可以停职,甚至开除我。"

"他们可以试试，但不会成功。"我说，"毕竟，你什么时候担心过失业？"

"我还有养老金要担心呢，温特。"

"这是一件小事。"

"不，这可是大事。还有，我没告诉你我已经被调离这个案子，接手其他案子了吗？"

"别在意这些细节。听着，你现在就回家睡觉，明早起来就请假说生病了，然后七点钟整到这里来跟我碰头。"

第 57 章

酒店里最好的房间通常也有最好的风景，从我房间的阳台上能看到很远的风景。私家车、公交车以及出租车发出的光和路灯的光混合在一起，透过玻璃看，它们闪耀着五颜六色的光芒。圣诞树上的彩灯十分耀眼，整个城市看起来就像万花筒一样。这个城市里有几百万人，有好人也有坏人，但大部分都处于这两者之间。在这数百万之中，引起我兴趣的只有两个。

我抽了一口烟，烟头在黑暗中闪烁着橘黄色的光。八点四十五分，还有十五分钟就到我们约好的时间了。但她应该会在九点零五分到这里，因为她肯定还会像上次一样迟到五分钟。

案件又陷入僵局，所有能做的事情都做了，所有的线索都排查过了。

新闻发布会没有成为晚间六点钟的头条，但从中午到晚上五点钟的这段时间里，还是存在着很高的曝光率。五个小时已经足够保证凶手看到这条新闻了，连环凶手一般会时刻关注着新闻动态，因为他们喜欢自己比警察聪明的感觉。这个游戏的很大一部分乐趣来源于此。

蕾切尔·莫里斯现在怎么样了？她已经弄清楚自己的处境了吗？

之前媒体曾长篇累牍地报道过这个案子，她很有可能看到过这些相关报道，那么，她现在应该已经明白了自己的处境和下场。折磨、断指，接着就是手术。我很好奇她究竟有多坚强，会如何面对这一切，但转念一想，这都不重要了。不管她多么坚强，凶手最终都会彻底击垮她。

除非我们能尽快把她营救出来。

我把烟头弹飞，转身走回室内。我的电脑里正在播放莫扎特的《单簧管协奏曲》第二部分，这是我最喜欢的部分，哀伤的单簧管曲调总是能击中我的心。莫扎特写了二十七首钢琴协奏曲，但只写了一首单簧管协奏曲。我猜是因为他已经在这个领域无人能及了——真的没有比这个再好的单簧管协奏曲了。

我已经洗完了澡，穿上舒适的衣服，等着坦普顿到来。等待总让我很不舒服，我喜欢行动，让自己忙碌起来。一旦停下来，好像力气就无处发泄。我看了眼手表，还有五分钟到九点钟，我还得等十分钟。

我坐在电脑前开始检查邮件，有几封是求助邮件，还有一些垃圾邮件。我随意翻看着，其中一封求助邮件引起了我的注意，里面有大量的附件，所以我点开了邮件。

这是一封来自阿拉巴马的邮件，某郡治安官发邮件求助，当地有两个十三岁的少女被绑架并惨遭杀害，治安官不希望再发生第三起。我浏览了一眼笔录和验尸报告，马上就发现了线索——重点总是在细节中。从表面上看，两个受害者被害过程很相似，但实际不然。有人故意造成两者很相似的假象，而这个人就是第一个受害者的继父。

两个女孩儿都被捅了二十多刀，而且伤口看起来都差不多，但实际是有区别的。第一个不同在于刀口的深度，第一个受害者的刀口更深，大概平均深一英寸多点儿；第二个不同是，第二个受害者的致命伤在心脏处，其他十九处伤口都没必要，因为人已经死了。凶手是故意这样做的，先把人杀死，然后才能从容地伪造其他十九处伤口。

第一个女孩儿是被她的继父在盛怒之下杀死的，这是个人谋杀，而第二个女孩儿则死于血腥谋杀，因为在第二个受害者身上找不到那种愤怒的杀人情绪。第二个受害者只是烟雾弹，这个可怜的生命在错误的时间和地点遭遇不测，葬送了自己的性命。

我点击按钮开始回复邮件，首先告诉治安官，第一个受害者的继父就是凶手。其次，他没必要担心会发生第三起案件，因为凶手杀完这两个女孩儿后就会收手。最后，我建议他可以在第一个受害者家里搜查一下，应该会发现行凶刀具。

写完邮件我抬头看了看墙上的钟，已经九点十分了，随后我又看了一眼自己的手表以确认时间，确实是九点十分。我把手机放在电脑旁，等着坦普顿的电话，五分钟过去了，还是没有任何消息。我拨通她的电话，响了几声后转到了自动留言。我留下的消息很简短，嗨，你到哪儿了？

又过去了几分钟后，我再次给她打电话，还是没人接。这一次我没有留言，因为已经没有意义了。坦普顿不会没有听到电话，或者把电话放在包包底下，她会让手机一直保持充电开机的状态，二十一世纪的女生都这样。她也不会出门不带手机，如果她迟到了一定会打电话跟我说一声。

我又打电话给警察局，询问她是不是在办公室。虽然概率很小，但我还是打过去询问了一下。不过，如果她回去工作了的话，也一定会告诉我的。接电话的人告诉我，坦普顿下午就出去了，他又在办公室里喊了一圈，确认她不在办公室。

我走到阳台上，又点上一支烟，思考着下一个电话该打给谁。我没有坦普顿家里的电话，也不认识她的朋友。我们俩的交集仅限于工作，除此，我对她一无所知。

我拿起电话打给海切尔，电话刚响了一声，海切尔就接了。

"给我坦普顿家里的电话和地址。"我说。

"怎么了？我以为你们俩今晚要见面。"

"她没来。"

"可能有其他事吧，她可能堵车了。"

"不是堵车，她出事了。"

"你想太多了，温特，她不会出事的。"

"我联系不上她，电话打不通，她也没在警局。你告诉我，海切尔，这听起来像什么事都没有吗？"

电话里传来吸气声，然后是叹气，短暂沉默后，海切尔决断地说："好，你在酒店里等着，我现在就过去接你。"

第 58 章

坦普顿住在一栋维多利亚风格的红砖楼房里，周围都是同样风格的建筑。房子看起来很古朴，但保养得很好。这是典型的中产阶级社区，繁荣兴旺，干净整洁。街道两旁停满了车，道路变得十分狭窄。

我们到达时，楼上和楼下的灯都亮着，这不是一个好兆头。坦普顿是不会亮着灯离开家的，一定发生了什么事。海切尔给了我她家里的号码，但我打过去只有语音信箱的提示。现在，她的手机已经打不通了，直接转到语音信箱，这说明要么她手机关机了，要么就是没电了。海切尔找到一个空隙，把车停在一辆 SUV 和 Mini 之间。

"我有一种不好的预感，温特。"海切尔看着楼上的灯光说，他的预感跟我一样。事实已经很清楚，他摇着头，用手按摩着自己疲惫的脸，"我要打电话叫人。"

"先别打，我们先进去看看情况。"

"灯亮着，坦普顿的电话又打不通，你觉得这是什么情况？"

"最坏的情况就是坦普顿死了，最好的可能则是她被绑架了。不管哪种情况，十分钟都解决不了问题，所以给我十分钟。"

"上帝啊，温特，你的想法太冷酷了。"

"十分钟。"

海切尔点头道："好，十分钟，然后我会打电话。"

我们先检查前门，大门是锁着的，八角窗前也没有碎玻璃。窗帘是拉着的，所以我们看不到室内的情况。歹徒没有从前门破窗而入，这也符合常理。前门离大街太近，不时就有行人和车辆经过，从这里进去太容易暴露。

我们开始围着屋子向后走，厨房的灯也亮着，百叶窗已经被拉起来，从厨房里透出来的灯光照亮了后院。后院大概四十平方米左右，铺着水泥板的石阶，石阶之间的缝隙里长着苔藓以及一些杂草，是院子里唯一的绿色植物。除此，院子里还放着一辆上锁的山地车，周围是高高的篱笆，可以很好地保护隐私。

厨房破碎的窗户证明了我的猜想。

为了减少噪声，凶手先在玻璃上粘上胶带，然后打破玻璃。之后他要做的就是打开窗闩，进入室内。

后门也是锁着的。

我还记得坦普顿曾开玩笑说，要给家里安装银行保险库的锁。当时我说这一点儿用也没有，别人要想进去，怎么都能进去。此时，我无比痛恨自己的乌鸦嘴。

"我要叫人了。"海切尔说，他从兜里掏出电话，开始翻通信录。

"十分钟。"我提醒他。

"那是五分钟前你说的十分钟。"

"现在开始计时。"

"好吧，好吧。但是进去的话，你得穿上这个。"

海切尔跟变戏法似的从兜里掏出两副橡胶手套和脚套。我拿过手套、脚套戴上，开始爬窗户。我小心翼翼地爬过窗户进入厨房，洗碗槽旁边是整齐摆放的盘子，还有一些反着光的碎玻璃渣。后门钥匙就在旁边，我打开门，让海切尔进来。

"九分钟。"海切尔说。

"九分钟。"我同意，"但我需要你闭上自己的嘴，这样我才能专心工作。"

我来到这里时天已经黑了，我喜欢在黑暗中行动。时间尚早，我要先找个地方停车，以便事后能尽快撤离。我是一个人行动的，因为我不知道要花费多长时间，带着同伴一起来会很危险，也很愚蠢，让她在外面等着会引起不必要的注意。

屋里没亮灯，说明苏菲·坦普顿还没回家。我快步来到后院，同时不让自己显得太匆忙和鬼祟，太急躁的话也会引起意外。要装出一副你是这里主人的气势，这样就不会有人怀疑你。高篱笆挡住了旁边一楼里的邻居的视线，但是如果从二楼看的话，还是能看到这里的情况。

二楼没有灯光，很好。

我开始粘胶带，然后打破玻璃，进入厨房。

进去后，我在里面一动不动地站了一分钟，让自己适应这里的声音以及味道。这栋房子是租的，因为房子的装饰风格有两种，一种是坦普顿的品位，一种是房东的风格。我逐一打量着每个房间，寻找最佳的伏击地点。厨房首先被排除，因为这里太狭窄，而且有很多东西可以用来当武器还击，比如刀具、盘子，还有其他大件厨具。这次的目标是个警察，跟其他手无缚鸡之力的受害者不一样，她可能有两下子，所以要小心一些。

客厅是一个选择，但我还得再看看其他地方，因为客厅正好对着大街，风险有些大。楼上的厕所也被排除，空间太小，还有次卧，里面放满了东西，也不适合伏击。最后我走进主卧。

床上和地板上都没有尸体，空气里也没有弥漫着死亡的气息。

大衣橱里都是衣服，梳妆柜的抽屉里也塞满了东西，床上的鸭绒被上有一个明显的凹痕。

我就是坐在这里等着苏菲·坦普顿回来的。

我把窗户打开一条缝，这样就能听到街上的任何响动。然后我回到床边坐着，静静地等待。每次有车经过时我都会竖起耳朵，甚至行人路过都会引起我的注意。

脚步声由远及近，到达正门处。

楼下传来钥匙开锁的声音。

她回家后有两种可能，要么她会直接上楼，到卧室里来换衣服，要么她会直接去厨房喂猫。我快步来到楼梯口，为两种可能做好准备。

我盯着床上的凹痕，这是我第一次离凶手这么近。如果两个小时前我来到这里，就会正好看到凶手。一个人能活到70岁的话，总共就是613620小时，相较这么长的时间而言，两个小时根本不算什么。空气里还残留着剃须水的味道，更加缩短了我跟他之间的距离。海切尔站在我身旁，眼睛同样注视着凹痕，从他看凹痕的神情可以看出，他也意识到这里就是案发现场。

我能够想象出凶手坐在床上的样子，中等体型，身高五英尺十英寸，棕色头发，但唯独缺失的就是他的脸。坦普顿的猫走到卧室里，跳到床上看着我们，神情好像在看低等生命一样，然后喵喵叫着要吃的。我用手挠挠它的下巴，它发出一声长长的呜咽，表示十分舒服。

"捕获在任何绑架案中都是最危险的阶段。"我说，"中途可能会发生许多意外，所以凶手是怎么成功制伏坦普顿，并且不引起任何人注意，把她弄到车上的呢？"

"我要打电话了，温特。"

"不，你不能打电话，你要做的就是回答我的问题。你说过菲尔丁很无能，所以，最后还是要靠我们俩把坦普顿弄回来，而不是其他人。所以，他是怎么做到的？"

"他给坦普顿下了药。"

我摇摇头道："然后呢？他就这么把她带上车？这样太容易引起注意，不会是这样的，尤其是在这个社区里，这太显眼了。"

"好吧，可能他是用刀或枪威胁坦普顿跟他走。"

"不可能是枪，如果他在这里开枪，马上会招来一堆警察。凶手明白这一点，坦普顿也知道。也不可能是刀，因为刀只有在近距离下才能产生威胁，而坦普顿接受过格斗擒拿训练，她会跟歹徒搏斗，你看见现场有搏斗的痕迹吗？"

海切尔摇摇头道："那他是怎么做到的？"

我继续逗弄着猫，猫发出舒服的哼声："好问题。"

第59章

地下室的灯"啪"的一声亮起，门被打开，蕾切尔吓得躲到墙角处。她看到亚当扶着一个女人走了进来，她的第一反应就是自己出现了幻觉。她眨眨眼，但等她再次睁开眼时，发现那个女人仍然在这儿。不是幻觉，是真的。

这个女人脚步轻飘飘的，头不时摆向一边，好像无法控制自己的身体一般。亚当扶着她走到手术椅旁，开始捆绑她。这个女人差不多跟亚当一样高，有一双大长腿和金发，非常漂亮。即使她现在看起来比较狼狈，而且陷入昏迷，但也无法掩饰她的美貌。

蕾切尔手上的疼痛仍然灼烧着她，每次心跳都会带来新的阵痛。上一次亚当最后留下的话是，她注射的针剂其实不是止痛的，里面只是生理盐水——又是他用来玩弄她的游戏。

她将眼睛瞟向门口，脑海里开始浮现向外走的路线。穿过走廊，走上楼梯，到达大厅，再穿过高穹顶的走廊会到达客厅，经过楼梯继续向前走，她就能到达大门口，门外就是自由。她看看亚当，又看看门口。

218

"五号觉得自己能跑多远？"

亚当甚至没有回头看，也没有转身把门关上。亚当和她自己都知道，她不会再尝试逃跑，至少不会在刚经历上次的教训后。蕾切尔感觉全身的力气都流失光了，瘫坐在角落里，用毛毯保护着自己。

"五号觉得自己跑不了多远，不过她错了，她比一号到四号都强，强很多。"

"去死吧。"

亚当四步就走到床垫前，蹲下来看着她。蕾切尔吓得闭上眼，拼命往墙角里挤，同时做出防御的姿态。一秒钟过去了，两秒钟过去了，什么都没有发生。蕾切尔睁开眼睛，看到亚当还蹲在她面前，注视着她。

"说脏话可不好。"他用伊娃的声音说，然后哈哈大笑。

笑完后，亚当又起身回到椅子旁，用手拍打那个女人的脸："醒醒，醒醒。"

"走开。"女人迷糊地说。

"醒醒，醒醒。"亚当冲她喊道，他一把抓起她的马尾辫，然后拼命拽，直到她疼得双眼圆睁，完全清醒了过来。

"莎拉·弗雷特没死，是吗？"他说。

"我不知道你在说什么。"

亚当把长长的马尾辫盘在手掌上，拽得更狠了："我再问一遍，莎拉·弗雷特没死，是吗？"

"她死了。"坦普顿强忍着疼痛说道。

"这是新闻上说的，五点钟的时候还是头条，但到六点钟就没有消息了。你不觉得奇怪吗？我觉得很奇怪，所以我开始猜测这到底是怎么回事，最后我猜出来的结果就是，你们在骗我。第三遍也是最后一遍，莎拉·弗雷特没死，是吗？"

坦普顿看着亚当的眼睛："没有。"

"你觉得我蠢吗？"

"不，你不蠢。"

亚当靠近她道："我聪明到能找到你，对吗？我从一开始就知道你住哪儿，知道你们所有人都住在哪儿。我在一号的丢弃现场看到过你，看到你在那儿工作，然后我一路尾随你到家，那个肮脏简陋的猪棚，而且一路上都没有引起你的注意。"他停顿了一下，继续说道，"你还是现在这个样子看起来更好看。"

亚当深吸一口气，微微笑着。蕾切尔看到他的微笑差点儿就要提出警告了。当亚当露出这种笑容时，就是他最危险的时候。然而，她看了看手上被断指的伤口，最终决定闭嘴。如果亚当伤害这个女人，那就不会再伤害她了。蕾切尔盯着自己的手指，内心激烈地冲突和挣扎着。她一直在盯着手指看，这样就不用看到手术椅上的那个美女受罪了。

"我很抱歉事情不像你想的那样，现在才是。我马上就要折磨你了，而你则要告诉我，我想知道的消息，所有的事情。然后我要加倍折磨你，因为我讨厌撒谎的人。之后我会更加猛烈地折磨你，因为我能够折磨你，明白了吗？"

他从口袋里拿起冰锥，在坦普顿眼前摇晃着："你知道这是干什么的吗？"

"是的。"

"等我折磨够你之后，我就要把这个用在你身上，之后会把你还给你的同事。这样就能给你们点儿教训，让你们下次再敢戏弄我之前先好好想想。"

"如果你真的这么做了，他们只会更加执着地追捕你，你绑架我是个错误。"

"我们走着瞧。"

亚当离开，屋里的灯熄灭了。

"你还好吗，蕾切尔？"

蕾切尔下意识地想说"还好"，但这只是条件反射，随后她意识到这个陌生的女人知道她的名字："你怎么会知道我的名字，你是谁？"

"我叫苏菲·坦普顿，我是一名警察。"

蕾切尔只听到一个词：警察。她先警惕地看了一眼最近的摄像头，然后开始小心翼翼地朝着椅子那儿移动。

"你要小声点儿。"她贴在坦普顿耳边悄声说，"屋子里被监控了，你是在执行秘密行动时被抓的吗？如果是的话就点头。"

坦普顿摇摇头。

"什么意思？没人知道你在这儿吗？"

坦普顿又一阵摇头。

"警察正在赶来，是吗？他们一定知道你在这儿。"

"他们会找到我们的，蕾切尔。"

蕾切尔紧紧裹住身上的毯子："他们不会来，是吗？没人会来救我们。"

"他们会找到我们的，你一定要相信这点。"

第 60 章

"卧室的灯亮着。"我说。

"这怎么了？"海切尔说。

"这说明凶手就是在这里发动袭击的，坦普顿走进来，打开灯，然后凶手突然袭击了她。"

"我们不是已经确定这一点了吗？"

"不，我们确定的只是他在这里等着坦普顿，但不确定凶手到底是在楼下还是这里发动袭击的。但现在我确定是这里，因为灯是坦普顿开的，而不可能是凶手开的。他要在黑暗里等待坦普顿过来。"

"你怎么会这么么确定，温特？"

"因为如果灯是凶手打开的，坦普顿回家的时候就会发现，就跟我们刚才在外面看到屋子里的灯开着一样。"

"假设你的猜测是对的，那他是怎么制伏坦普顿的？"

"先等等，我们进行得有点儿快。"我把坦普顿的猫放在床上，"猫是个大问题，如果坦普顿进门的话，猫一定会跑过去要食，那坦普顿就不会上楼，而是会直接去厨房。然后她就会发现厨房的碎玻璃，这时她就会大声呼救，并且打电话请求支援。"

海切尔问了那个问题后，我闭上眼开始思考。一个好的猎手总是会选择最佳的伏击地点，如果你能控制环境，就能增加胜算。凶手选择在主卧室里伏击坦普顿，对此我确定无疑。一开始我觉得客厅也有可能，但凶手不可能那么快下楼。而且由于客厅跟厨房的位置关系，只怕凶手潜伏在客厅袭击她之前，她就会发现厨房里的碎玻璃。碎玻璃肯定会引起她的警惕，甚至是拿出手枪来戒备，这样凶手将毫无胜算。

卧室看起来更有可能，但凶手是怎么引导她直接去卧室的呢？她一进门，猫肯定就上去要食，他可能一直注视着坦普顿，在她给猫喂食的松懈时刻突然发动袭击。

除非他不在楼下。

"猫当时跟凶手一起待在卧室里，坦普顿进门后，首先听到的就是猫在卧室里叫，凶手可能拽着猫的尾巴让它叫。坦普顿肯定以为猫不知道怎么把自己锁在卧室里了，然后她就开始上楼找猫。"

我再次闭上眼，在脑海里构建场景，直到找到最合适的解释。

"坦普顿进卧室的时候，凶手可能就躲在门后。"我说，"这是最合适的埋伏地点。坦普顿进门打开灯，看到猫在床上，然后她朝这边走来，她可能抱起了猫，亲昵地责备它太调皮了，竟把自己锁在房间里。等到她意识到房间里还有其他人时，凶手已经得手了。现在又回到了原来的问题，他是怎么制伏坦普顿的？"

"我们已经排除刀子或者枪的可能性。"海切尔说。

"我觉得是电击。"

"电击枪？"

我点头："这是我的猜测，凶手用五万伏的高压电击枪袭击了坦普顿。"

"这还是解释不了他怎么把坦普顿弄到车上的。"

"很有可能他还给她下药了，他并没有完全让坦普顿陷入昏迷，而是先给她注射小剂量的药，让她保持半清醒状态。电击的效果很快就会消退，所以只要他手脚快一点儿，下药完全来得及。"

"嗯，然后呢？"

"药物开始发挥作用后，凶手就把她弄到了车里。等她在车里坐好，凶手就会加大注射剂量，让她完全昏迷，最后凶手带着战利品回家。"

"泰晤士河北岸的某个地方。"海切尔说。

"泰晤士河北岸的某个地方。"我确认道。

我转身朝楼梯口走去，然后一路来到后院，海切尔正忙着打电话。出来后我脱下橡胶手套和鞋套，海切尔这时也打完了电话。

"我们得在这儿等着。"海切尔说。

"不，我们不能在这儿等。我们要做的是尽快找到坦普顿，而不是在这儿闲逛，然后回答一堆无意义的盘问。我也没兴趣亲眼见证菲尔丁到底有多蠢，我相信你的眼光，海切尔。"

海切尔叹气道："那我们去哪儿？"

"我的酒店离这儿不远，我们可以在那里工作。"

我们走回前门的大街，天空已经阴沉了一整天，看样子马上就要下雪了。云层越来越低，空气潮湿而压抑。冷湿的寒气渗进我的骨头缝里，让我备受折磨。我坐进车里，系好安全带，十五分钟后，我们回到国际大酒店。

海切尔把车开到停车场，我匆忙回房。我接下来要做的事情海切尔肯定不会同意，他会劝说我放弃，但我不会听他的。我的方法是最省时省力的，我脱下外套，把它扔在椅子上，又从兜里掏出钱包，找到唐纳德·科尔的名片。电话刚响了一声，科尔就接了电话，好像他一直在等我的电话一样。

我们的通话不到二十秒钟就结束了。

第 61 章

当海切尔进来时，我正在打客房的服务电话要咖啡。今晚我们要通宵奋战，所以咖啡是必备之物，而且需要很多。我打开电脑，连上打印机，在网上找到一幅伦敦地图后开始打印。我用四张打印纸打印出一幅完整的伦敦地图，然后贴在墙上。墙是石膏板的，所以图钉很容易就按进去，坏处则是石膏板隔音效果不好，我们能听到隔壁的呻吟声。

地图上，绑架地点用绿色图钉标示，抛弃地点用红色图钉表示。坦普顿的房屋用绿色的十字图钉标示，而查尔斯·布伦纳被抛尸的地点则用一个黑色十字图钉表示。做完这些后，我把四名受害者的照片贴在地图旁边的墙上。

咖啡送到了，两壶咖啡和两个马克杯，我给了服务员小费，让她一个小时后再送两壶来。我的血糖开始下降，所以我往咖啡里加了三勺糖，然后去冰箱里拿了一包花生和一根糖果棒。我撕开花生吃了一口，又撕开糖果棒咬了一块。

"我们到底从哪儿开始？"海切尔问。

"我们从头开始。"我说，"坦普顿被绑架，说明凶手已经开始背离自己的作案手法，这是好事，但我们也要相应改变思路。我们要把之前的思考都清除，重新审视每一个假设、每一个理论，看看最后能推导出什么来。"

"他是因为新闻发布会的事才绑架坦普顿的，对吗？"

我点头，又吃了一口花生。

"她可能会死。"海切尔说。

"有可能。"我同意。

"你难道不觉得对此负有责任吗？"

"愧疚救不回坦普顿，现在救回她才是当务之急。除非我们得知了她的死讯，否则我们就按照她还活着来营救。"

"你知道会发生这种事吗？"

"你是想说我拿坦普顿当诱饵吗？没有，我没那样想过。如果我有这种想法，至少我会确保她的安全。"

"但是……"海切尔说。

"但是当你刺激凶手时，他们不会总按你想的方式出牌。事发后我才明白他为什么会这么做，我们想要欺骗凶手，这让他很生气，而坦普顿就是承受这股怒气的焦点。"

"天哪。"海切尔的声音逐渐走低，神色茫然。

我知道他现在在想什么，他肯定在想象刀子切进坦普顿身体里的情景，看到鲜血不断滴下来，最后汇成血池。

"海切尔！"我喊道，"愧疚、猜测和相互指责都救不回坦普顿，也解决不了眼下的问题。现在唯一重要的事情就是救回坦普顿，明白吗？"

"明白。"他说。

我们一时陷入了沉默，只有隔壁的呻吟声不时响起。听起来他们正在兴头上，我也希望如此，干扰越少越有利于我进行深度思考。我把手里剩下的花生一口吃完，然后两三口吃完糖果棒。血糖开始回升，我感觉精力也开始回来了。

我从箱子里拿出一包烟，抽出一根点上，海切尔瞪了我一眼，但没说什么。我一边抽烟一边喝咖啡，尽力不去想坦普顿现在可能的遭遇。就像我对海切尔说的，现在最重要的就是救回她。

海切尔的手机响起，我在他接电话前，一把从他手里夺过手机。

"你干什么？温特！"

我把手机屏幕对向他，海切尔看清了上面的名字："菲尔丁？"

我点头。

我挂掉电话，把手机扔给海切尔。

"我现在不想也没必要跟任何人通电话，你也一样，不要让琐事分心。"

海切尔看起来不怎么信服我的话，但还是把电话放下了。

"好了，我们最大的假设就是有两名凶手，现在我还是确信这一点。"

"即使我们只有一个凶手存在的证据？"

"这里有两种不同的风格，这就意味着是两个人。"

我找到一支黑色的马克笔，在旁边的空墙上用大写字体写下"两种风格，两个凶手"，海切尔看了我一眼。

"你能找到白板吗？"我说。

海切尔耸耸肩，随便吧。

"也有可能他是精神分裂。"他说。

"不可能，电影和小说里通常都是这种情节，但这只是编剧和作者为了省事糊弄人的，现实生活里这种情况极少。"

"如果开膛手真的有同伙的话，那她真的很低调。"

"是的，这也让我们有了另一种推导。我们一开始假设女的是帮凶，男的是主凶，因为一般都是男性为主导。但情况也有例外，比如韦斯特夫妇，我们一开始都以为福瑞德是主凶，但最后证明罗斯才是拍板的人。如果在这个案件里也是女的主导呢？"

"有证据支持这种猜想吗？任何证据？"

"坦普顿被绑架。"我说道，大脑飞速运转着，"这个男性凶手跳出了自己的舒适区，作案手法一反常态。这是他第一次到受害者家里实施绑架，而且行动非常迅速。一般情况下，他都是非常从容地进行，先在网上诱惑受害者几个月，然后再出手。但坦普顿的事情从计划到实施最多不超过几个小时。"

"这能证明什么？"

"这说明他不是首脑。"我说，"我们都知道他绑架受害者，所以他平常作案的风险已经很大了，而绑架坦普顿的风险系数却比之前高太多。女凶手因为不参与绑架这个环节，所以她不会明白这到底有多危险。她只要舒服地坐在家里，等着男凶手带回受害者就可以了。她不清楚实地犯罪是什么感受，比如心跳加速，还有被人发现的风险、被抓住的恐惧之类的。"

我说着点点头，思路开始清晰起来："如果是男的决策的话，他不会做出这种事。正因为不是他主事，所以他才会这样做。很可能他已经尽力劝说女凶手了，但女凶手一意孤行，根本听不进他的劝说。她只想要坦普顿，没有什么能阻止她。"

我在碟子里熄灭烟头，拿起笔写上"主凶女，从凶男自卑"几个大字。

"还有一件事，作案手法改变，进一步证明凶手之间的关系在恶化。"

"如果是真的话，这倒是件好事。"

"是也不是，之所以说好，是因为这样我们很快就能抓到这些人渣了，不好的原因是，这意味着他们的行为越发不可预测，也越发激进。"

海切尔叹了口气，整个人看起来都蔫儿蔫儿的："这对坦普顿来说是个坏消息。"

"忘了这一点吧，海切尔，这没什么用，专注于眼前的事情。我们还有什么猜想？"

"我们猜测他们是恋人。"海切尔说。

"对，但也不一定。"我说，"《山腰扼杀者》最后发现两个凶手是表兄妹关系——肯尼思·比安奇和安杰洛·布诺。在这个案子里也是，凶手可能是表亲关系，或者兄妹关系，也可能是母子关系。"

"或者是恋人。"

"或者是恋人。"我同意道。

我接着在墙上写下"恋人、表亲、兄妹或母子"几个字。

"我们要找的两个人不全是男性？"

我摇头道："不，使用刀子是男性的象征，而化妆则是女性的特征。"

"你还是确信他们住在泰晤士河北岸？"

"确信。"我点头示意地图，"河是天然的屏障，所有的绑架和抛弃地点都在泰晤士河以北，那里就是他的狩猎区域。在那里，他拥有狩猎的本能，我们人类从茹毛饮血时就具有的本能。我们确定的信息有哪些？"

"我们只知道他的身高是五英尺十英寸，棕色头发，中等体型。"

我把这些都写了上去。

"我们还知道他是个虐待狂，很谨慎，很小心。"

"同意。"我把这些也写在墙上，"即使绑架坦普顿他也做得很小心，我打赌刑侦专家肯定在她家找不到什么线索。好了，关于女凶手，我们有什么线索？"

"几乎没有，她就像个幽灵。"

我想了一会儿，在墙上写下了"女幽灵"。

"这就把我引到前脑叶白质切除术这件事上了，它从一开始就困扰着我。我们要除去恐惧的色彩看待这件事。你们之前发现了多少具尸体？"

海切尔嗤之以鼻："只有查尔斯·布伦纳。"

"如果我们面对的是尸体的话，肯定会更加得心应手，因为这是我们最常面对的情况。受害者还活着这件事让我们很迷惑，当我在医院里看到帕特里夏·梅纳德的时候，我忍不住想这是什么滋味。如果她是躺在停尸房的死尸的话，我不会这么困惑。我可能会想一些有用的事情，比如她是怎么遇害的，或者她的死亡透露了什么信息。"

"所以，假设她死了，这会告诉我们什么？"

我看着墙上受害者的照片，向海切尔承认道："我不知道。"

第 62 章

"你能帮我解开这些绑带吗，蕾切尔？"

"我不能，如果我这么做的话，亚当会打我的。"蕾切尔在黑暗中盯着手术椅的位置说，"抱歉。"

"不必抱歉，我不应该提这种要求，为难你了。"

"没事。"

"你是怎么坚持下来的？"

"你以为我是怎么坚持下来的？我被绑架，遭受折磨，一根手指被切掉，还被剃成光头！"

"你真的很勇敢。"

"你觉得我勇敢？"蕾切尔发出嘲讽，摇摇头道，"我跟从网上认识的家伙见面，而且没有告诉任何人我要去哪儿，这真的是太蠢了。"

"你不蠢，蕾切尔。你犯了错，但这不是你的错。"

"随你怎么说吧，反正改变不了任何事情。亚当还是会继续折磨我，最后给我做手术，就像之前的那几个人。"

"我们会离开这儿的。"

"别说这种傻话了，不可能的。"

"我们会离开这里的，蕾切尔，你一定要相信这一点。"

"不，我不信，你不知道他是个什么样的恶魔。"

蕾切尔的脑海里突然涌上一个念头，瞬间让她手脚冰凉，如果这个女人跟亚当是一伙的怎么办？如果这一切只不过是像上一次一样引诱她逃跑怎么办？这是不是又是亚当的游戏？她想了一下跟这个女人说过的话，确保自己没有说太多。坦普顿一直念叨着逃离这里，这是什么游戏？亚当是不是正在哪里监视，等着她同意坦普顿的话，然后突然出现折磨她？

"你跟他是一伙的，对不对？"蕾切尔说，"你不是个警察。"

"我是警察，蕾切尔，你要相信这一点。"

"拿出证据来。"

坦普顿沉默着，然后叹息道："我现在没有。"

"看吧，你是就跟他一伙的。"

"现在不管我怎么说，你都不肯相信我，除非我能拿出证据来。"

"对，我要证据。"

"蕾切尔，我知道你被吓坏了，但你必须相信我，我跟你是一边的。"

蕾切尔嗤之以鼻，脸上露出嘲讽的笑容，双手抱膝抱得更紧："你什么都不懂。"她呢喃道，"但如果你真是个警察，你迟早会明白的。"

"希望我们能在我弄明白之前离开这里。"

"又来了，又开始骗人！亚当是不会伤害你的。"

"我叫苏菲·坦普顿，是伦敦警察局的一名探员。相信我，现在外面正有无数人在搜寻我们。"

"撒谎，如果真有这么多人在找我，那他们怎么还没找到？他们怎么没有及时找到其他受害者？"

"因为我的身份不一样，我是个警察，这样一来性质就完全不一样了。发生这种事，我们的人绝不会善罢甘休。"

"真好，原来警察的命比普通老百姓的命更金贵。如果你们稍微对我的绑架案上点儿心，可能我现在已经离开这里了，我的手指也不会丢。"

"我不能说这是对的，但是事实确实如此，蕾切尔。"

"不，你在撒谎，你不是警察，外面也没有人在找我们。"蕾切尔掀开毛毯站起来，怒视着近处的摄像头，"我不会再上你们的当了！"她冲着黑暗大喊，"你听到了吗？别再玩儿这种游戏了。"

灯光突然亮起，亚当打开门，大步走进来。蕾切尔马上缩回墙角，拿过毯子盖住自己。亚当来到床垫前，看着她坏笑着。他手里拿着藤条，在另一只手里不断拍打着，啪、啪、啪。

"五号得学习控制自己的坏脾气。"

亚当说完举起藤条，蕾切尔蜷缩起来，他看到后脸上露出开心的笑容，开始用藤条捅她，从上身一直到腿上，最后他把藤条停在她脚上。亚当嘲讽地摇摇头，脸上露出微笑，然后高高举起藤条开始抽打蕾切尔。蕾切尔发出痛苦的尖叫，拼命朝墙角里缩，同时将自己的双脚埋在毯子里。亚当觉得自己心里有火焰在燃烧，蕾切尔也觉得有火焰在灼烧她。

"住手。"坦普顿对亚当怒喊。

亚当停下，走到手术椅前，他端详了坦普顿片刻，然后开始鞭打她。每次藤条都高高举起，然后重重落下，十分狂暴。藤条一下下落在坦普顿的身上，挥舞的藤条摩擦着空气发出呼呼声，每一下都带起坦普顿的尖叫和哭泣，最后尖叫越来越无力，直到完全停止。蕾切尔想要让亚当住手，但吓得不敢说话。她想要站起来去帮助坦普顿，但身体已经完全僵硬。她想要闭上眼，但四肢根本不听使唤，她现在唯一能做的就是绝望地看着亚当施暴。

亚当打了一会儿突然住手，跟动手时一样突兀。房间里十分安静，只有从远处传来的管道"啪啦"声，还有锅炉的声音。坦普顿一动不动地瘫在椅子上，蕾切尔觉得亚当已经杀了她，她一定是死了。亚当把藤条放在椅子旁，从口袋里拿出一支注射器扎进坦普顿的胳膊里，过了一会儿坦普顿开始呻吟着恢复意识。

"告诉我警方掌握的一切。"他说，"如果我发现你在撒谎，后果会非常严重。"

坦普顿把知道的一切都说了出来，说完后亚当漠然地离开了，屋里的灯再次熄灭。

"现在你相信我了吧？"坦普顿说。

"对不起。"

"我们会离开这儿的。"

蕾切尔什么都没有说，因为不知道该说什么。此时此刻，坦普顿需要信念和希望，需要否认现实。蕾切尔明白这种感受，因为她都经历过，经历过从愤怒到讨价还价到绝望的循环。但最终，现实会让她接受一切。

她永远也无法再看到太阳，不可能再裸脚走在沙滩上，所有的记忆都会消散，好像她不曾在这个世界上存在过。这种滋味比死亡更痛苦，也更可怕。蕾切尔在黑暗中走到椅子旁，将一只手轻轻放在坦普顿的肩膀上，坦普顿本能地开始挣扎，但蕾切尔一直把手放在那儿并安慰她。

"我们会离开这儿的。"坦普顿再次低声说。

"当然，我们会离开这儿。"

第 63 章

我的手机响起提示音，是亚历克斯·欧文发来的邮件，里面是泰晤士河北岸所有保时捷车主的信息。我打开电脑邮箱，开始下载打印，总共有超过三百个人的名字和住址。海切尔看了一眼，发出痛苦的叹息。

"也要看到好的一面，至少凶手就在这三百个人里。"我安慰他。

"坏的一面就是把所有警力都调动起来也不够用，至少要一天才能排查完所有人。而且现在是晚上，一个人手也没有。"

我给自己倒了一杯咖啡，开始看名单。外面已经开始下雪了，现在还不大，但有变大的迹象。天气预报说将有暴风雪，提示车主最好待在家里，苏格兰和英格兰北部已经陷入大雪中。窗外，雪花在空中飞舞着，落到玻璃上，慢慢地融化，最后变成一滴滴水珠，顺着玻璃慢慢滑落。

"我们要整理一下名单，首先，把所有女性车主划掉。"

我拿起马克笔划掉一些名字。

"其次，把所有三十岁以下和四十岁以上的人排除。"

我划掉了更多的名字。

"还有种族，我们可以把非白人男性排除。"

我又划掉一些名字，开始看最后的名单。四十五个人，虽然还是有点儿多，但已经比开始时好太多了。

"现在呢？"海切尔问。

"现在开始上网，我们用卫星地图定位这四十五个人的住址，寻找那些周围人烟稀少的别墅。"

我看了一眼名单，记住了前十个人的姓名和地址，然后把名单和马克笔扔给海切尔，开始上网搜索。第一个人的地址是在巴内特的新区，那里人烟稠密。

"划掉詹姆斯·麦金塔。"我说，"他的住址不对，不是凶手。"

二十分钟后，我们的名单压缩到八个人。我把他们的住址都标到打印的地图上，用蓝色的小圈表示，然后后退一步扫视地图。我先看绿色的图钉，这是受害者最后出现的区域，然后是红色的图钉，这是受害者被抛弃的区域，这样就又排除掉一个人，因为他住在埃塞克斯，离其他标示都太远，不符合线索。

"我们可以派人检查剩下的这七处地方，虽然同时调动这么多人有些困难，但为了坦普顿，我们可以尽量实现。"

我摇摇头道："太危险了，如果凶手发现自己已经被包围，说不定会对坦普顿做出什么事来，还有蕾切尔。我们需要确定准确的目标地点，然后雷霆一击，精确打击凶手。这种连环凶手需要'快、准、狠'地制伏他们，不能让他们有鱼死网破的时间。"

"那你知道哪个是凶手吗？"

我看着地图，又看看旁边写的字，拿起笔划掉"表亲"。想了一会儿，又划掉"兄妹"，最后在"女幽灵"底下画了横线。

"你在想什么？"海切尔问。

我陷入思考，完全靠直觉判断着。我在"恋人"下面画横线，然后再在"母子"下面画横线，最后在"女幽灵"几个字下面又画了横线。

"你在想什么？"海切尔又问。

"你看过《惊魂记》吗？"

"你是说，开膛手是在受他母亲操纵？"

"我感觉凶手之间是母子关系，比夫妻或者兄妹关系的可能性更大。"

我拿起电话，电话刚响了两声亚历克斯就接了，他那边传来服务器和风箱的声音，也就是说他还在机房。

"苏马蒂跟你在一起吗？"

"她十分钟前就走了。"

"打电话叫她回来。我会发给你一份名单，你们要彻底搜寻这份名单的信息，特别是他们母亲的信息。你精通黑客技术吗？"

亚历克斯发出不屑的嗤笑，好像我问得很多余。

"好，我想要你们潜入伦敦所有大小医院的管理系统，看看他们有没有定期向这几个住址寄东西，不管是什么东西。"

"时间从什么时候开始算？"

"几年前吧，如果没发现有用的信息，就再向前推几年。一旦发现什么，马上给我打电话。"

我挂掉电话，把手机扔到床上，然后盯着四个受害者的照片，开始担心坦普顿。我想起我们第一次见面时她的样子，神采飞扬，自信而沉着，又想起与她交往之后的样子，坚强的外表下是一颗柔软而脆弱的心，她小心翼翼地掩藏着这一面，不让海切尔或其他人发现。随后，我的脑海里又浮现出她面无表情的样子，但这个形象很模糊。很好，不管怎么样，她都不会变得像其他人一样。哪怕付出生命，我也不会允许这种事情发生。

哪怕付出生命！

第 64 章

"我们认为亚当有同伙，他的妻子或女朋友。"

蕾切尔听后笑起来，但笑容中充满苦涩和痛苦，没有一点儿笑意。她此时正坐在垫子上，肩上披着毛毯，看着手术椅的方向。

"什么事这么好笑？"坦普顿问。

"没什么。亚当一开始也让我以为他有个妹妹，但其实这只是他玩弄我的游戏罢了。他假装成女人，而我居然真的上当了，你说这有多蠢？"

"这不蠢，蕾切尔。"

"是真的蠢。你想知道最蠢的是什么吗？我竟然很同情她，我以为她是被迫帮助他的。"蕾切尔再次笑起来，"我以为自己在玩弄她，没想到最后是亚当在戏弄我。"

"不要对自己这么苛刻，亚当很聪明，而且善于摆弄人，他是个虐待狂，他喜欢搅拌人的大脑。"

"我希望他去搅拌别人的大脑。"随后蕾切尔意识到自己的话有歧义，她又马上，"对不起，我不是说你。"

"没关系，蕾切尔，这不是你的错。"

"我只想回家。"蕾切尔呢喃着，泪水夺眶而出，她一边哭一边擦着眼泪。

灯光"啪"的一声亮了，蕾切尔的眼中满是泪水，看什么都是白茫茫的一片模糊。蕾切尔眨眨眼，抹去泪水。她看看自己的断指，伤口还传来疼痛感，但已经不像刚开始时那么痛了。她抬头看向坦普顿，女警察的脸色苍白而憔悴。挡板打开，两条黑色的尼龙绳被扔了进来。

"五号过去拿绳子。"

亚当扭曲的声音从扩音器里传出，蕾切尔看看绳子，又看看坦普顿，女警察的脸上满是惊恐，她的眼睛不断扫视着几个摄像头。

"你不会适应的。"蕾切尔告诉她，"你以为你可以，但你永远没办法真的适应。"

"五号过去拿绳子，不然就要接受惩罚。"

蕾切尔拿开身上的毯子，站起来朝门口走去。她拿起绳子，然后盯着最近的摄像头，等待下一步指令。

"五号过去解开囚徒。"

蕾切尔解开绑住坦普顿的皮带，坦普顿整个人都瘫在了手术椅里，她不断揉着自己的手腕。

"五号扶囚犯去床上。"

蕾切尔把坦普顿的一条胳膊搭在自己肩上，然后扶着她慢慢走，她们走得非常慢，坦普顿的整个身体都倚靠着蕾切尔，最后她们走到床垫前，蕾切尔扶着她坐下。蕾切尔也开始大口喘着气，断指的伤口又传来刺痛。她努力想装得勇敢一点儿，脸上的表情却出卖了她。

"五号用绳子绑住囚犯的手和脚，手要反绑，绑紧点儿。"

蕾切尔照做了，尼龙绳绑得很紧，她还使劲儿系了一下，确保不会松动。亚当告诉她绑紧，如果她不照做的话，后果会很可怕。

"抱歉。"蕾切尔低声说，她离坦普顿很近，说话的声音很小，不会被亚当听到。

"没关系。"坦普顿也低声回应。

"不会没关系的。"

蕾切尔绑完后站起来，盯着摄像头，等待着命令。

"五号走到椅子旁，脱下所有衣服。"

蕾切尔没有犹豫，她走到椅子旁，开始脱上衣，然后又脱下灰色运动裤和内裤，脱完后她赤裸裸地站在那儿，双臂紧靠身体。大门打开，亚当拿着一个水桶和毛巾走进来，左胳膊下夹着一套紫色的连衣裙，进来后，他小心地把连衣裙放在手术椅上。

"五号开始洗澡。"

肥皂水上面漂着一块海绵，水里有薰衣草精油的味道。蕾切尔拿起肥皂开始搓洗，她身上之前被切割的伤口有些发痒，但已经好多了。在蕾切尔洗澡的时候，亚当走过去检查坦普顿的绳子。蕾切尔只是低着头洗澡，不敢看亚当。洗完后，她用毛巾擦干身体，等待下一步指令。

亚当示意放在椅子上的紫色连衣裙，连衣裙上面还放着一套黑色的内衣和内裤："五号，穿上它。"

蕾切尔开始穿内衣和内裤，内裤的尺码有点儿小，而内衣又有点儿大。内衣的款式很老，是几十年前而非几年前的。连衣裙也很旧，应该有些年头了，看护肩和褶皱的样式，大概是二十世纪八十年代的东西。内衣和连衣裙都散发着樟脑丸的味道。

蕾切尔把连衣裙套过头，衣服有点儿小，她蠕动着才穿了进去。亚当走过来，在她身后帮她系扣子。他的指尖摩擦着她的脖子，蕾切尔尽量控制自己不要逃开。他的手指非常柔软，轻轻地帮她系好所有的扣子。系好之后，亚当后退几步打量着她，蕾切尔终于感觉呼吸顺畅了些。

亚当从上到下打量着她，然后指指门口：

"前面走，五号。"

第 65 章

手机铃声响起，我一把抓起手机。苏马蒂·查特吉非常干脆，只告诉我了一个名字，它是那七个名字里的第三个。

"确定吗？"我问。

"非常确定。"

她简洁地陈述了重点。我挂断电话，拿起那份名单，在"戴伦·

韦伯斯特"上面画了一个圈，然后拿给海切尔看。

"就是这个家伙。"我说。

海切尔高兴地笑起来："这是我最近一年里听到的最开心的事了。"

我抓起外套向外走去，海切尔跟在我身后一起来到电梯口。他已经在打电话部署人手和方案，集结警力。等我们到一楼的时候他还在打电话，我走到吧台前问有没有我的包裹，吧台告诉我稍等，便转身走到后面的房间里。没一会儿，她拿着一个公文箱和一串车钥匙交给了我，车钥匙上有玛莎拉蒂的车标，箱子跟我想象的一样重。

"这次坐我的车。"我对海切尔说。

海切尔把手捂在听筒上："你什么时候有车了？"

"几秒钟之前，是辆玛莎拉蒂。"

海切尔盯着我，我盯着他。他说了几句话后就挂断了电话："怎么回事，温特？"

"我在车上跟你解释。"

唐纳德·科尔的玛莎拉蒂就停在酒店的门口，时刻准备出发。我向他要一辆快车，他给了我一辆玛莎拉蒂，这车确实很快，4.2升V8发动机，6速变速箱，时速高达284公里，百公里加速只要5.2秒钟。

我们坐进车里，我把箱子扔给海切尔。我发动汽车，引擎传来轰鸣声，轮胎摩擦着地面，风一般地冲了出去。

我开得非常快，脚不断在油门儿和刹车之间变换，引擎轰鸣，变速箱一直在变换齿轮。我一路超车和变换车道，遇到红灯直接闯过去，没有任何停歇。雨刷全力工作，刷掉车窗上的积雪，后视镜里看不到科尔保镖的踪迹。

"怎么回事，温特？"

"打开箱子。"

海切尔打开箱子，看到箱子里的东西后，发出一声惊叹："上帝！"

"什么枪？"我问。

"两把勃朗宁 45 口径手枪，我猜它们都没登记吧？"

"没登记，也没法儿追踪来源。"

"车和枪，我猜这都是纯洁的圣母赐给你的吧？"海切尔说。

"唐纳德·科尔可不会喜欢别人说他纯洁。"

"天哪，温特！唐纳德·科尔！你到底在搞什么鬼？"海切尔深吸一口气，努力控制着自己的情绪，"好了，说说是怎么回事，我要知道整件事的来龙去脉。"

"戴伦·韦伯斯特不是凶手。"

"那是谁？"

我没说话。

"你知道我想知道很容易，打个电话给苏马蒂或亚历克斯就行了。"

"但你没有，如果你想这么干的话，你早就打了。"

我急转弯躲避过一辆迎面而来的出租车，出租车鸣笛的喇叭声随着距离而逐渐消失。

"你可以推理，我已经告诉过你一个名字，而你也跟听话的童子军一样，马上把消息告诉菲尔丁了，你已经完成了自己的职责。但问题是，我也是人，也会犯错误，在酒店的时候我可能因为混乱把名字搞错了。"

海切尔没说话。

"如果我告诉你真凶的名字，你就有责任告诉菲尔丁，这样将大错特错。他会在没到之前就派人把凶手包围起来，会确保自己安全而把事情搞砸。"

海切尔还是没有说话。

"你真的觉得凶手这么蠢吗？会注意不到几十个警察包围了他的家，并且在暗中潜入？"我说，"这就是你希望的吗？而且坦普顿是你们自己人，你可能会感情用事，因而犯错。但只要出一点点纰漏，坦普顿就可能遭受致命的危险。"

"你没有感情用事？"

"这是错误的问题，海切尔。现在你该问的是，你到底该把坦普顿的生命托付到谁手里？我，还是菲尔丁？"

第 66 章

蕾切尔一路跟着亚当上楼，她心里十分不情愿，但又不敢反抗，违背亚当的后果十分可怕。她感觉自己两腿发软，脚步沉重，她双手扶着楼梯，手掌在木制的光滑扶手上滑动着，只有这样才能勉强继续走。

让她上楼吓坏她了，卧室就在楼上，里面还有床。亚当已经折磨、电击她了，还把她的手指切掉了，下一步呢？强奸？如果真是这样，她不会反抗。她会一动不动地躺在床上，让亚当为所欲为。她会闭上眼忍受一切，只巴望赶快结束。但她不会有任何反应，亚当也许希望能从她这儿得到反应，让他兴奋，不管是恐惧、愤恨，还是绝望，只要能得到她的反应。但她不会让他如愿，用没有反应来回击他，远比反抗或求饶更有效。

这就是她的整个计划，既能反抗亚当，又能活命。但她心底知道，这不会起作用，一旦亚当真的开始碰她，她会用手里的任何东西拼命地进行反击。她会拼命赶走他，踢他、咬他、打他或是挠他，只要能把他赶走就行。事后亚当一定会更加残忍地折磨她，甚至会直接给她做手术，但她不在乎，只要她还有一口气在，就不会停止反抗。

楼梯口有一面大镜子，金边装饰，非常豪华。蕾切尔呆呆地站在镜子前看着自己，简直不能相信眼前的人就是自己，现在的她看起来就像个得了癌症的病人。她的脸色苍白瘦削，眼神呆滞而没有生气，大大的黑眼圈十分醒目。身上穿的衣服不伦不类，好像是小女孩儿偷穿妈妈的衣服取乐一样。还有她的光头，让她想要立刻抱头痛哭。

亚当站在她身旁，笑着看着她在镜子前局促不安的样子。蕾切尔真希望手中有一把刀、枪或者是电棍，她要把它们全用在亚当身上，就像他折磨她那样，让他也感受一下痛苦和绝望的滋味。最重要的是，她要把那张自鸣得意的笑脸从他脸上扒下来，这是她最痛恨的东西。

"五号继续走。"

亚当在楼梯口朝右转，蕾切尔跟着他来到一个走廊，经过一个个上锁的房间。屋外雪花飞舞，狂风怒吼。

空气中充满柑橘的味道，好像身处柑橘园一般。但除了这种味道，还弥漫着另一种味道，是在医院里常闻到的气味。越往走廊里走，这种气味就越浓。走廊尽头，一丝光线从门缝儿里漏了出来。

亚当走到门口，先轻轻敲了几下门，然后打开。他站在一边，挥手让蕾切尔进来。蕾切尔没有动，她全身僵硬地看着眼前的场景。医院的味道越来越浓了，直往她鼻子和肺里冲，胃开始翻腾起来。她努力咽了一口唾沫，阻止胃液上涌。

"五号进妈妈的房间。"

蕾切尔还是僵立在原地。

"五号进妈妈的房间，不然就得接受惩罚了。"

蕾切尔走了进去。

房间装饰得像一个私人病房，墙纸是柔和的暖色调，窗帘是粉红色的，地上铺着乙烯基材料地板。房间里还有一大束鲜花，在这个季节非常奢侈，但也给房间带来了明亮的色彩和生气。

病床摇起来了，亚当的妈妈斜倚在那里，双手交叉放在胸前，只见她脸色憔悴，眼眶深陷。但蕾切尔还是能看出来，她年轻时一定是个美人，她跟亚当一样都是棕色的眼睛，骨架也一样。

一开始蕾切尔以为她的头发是真的，但走进去之后才发现那是假发。她脸上的妆容十分精致，化得很细心。白色的睡衣外面套了一件开襟衫，看起来十分得体。

病床对面的墙上安放着四块大屏幕，每块都连接着地下室里的一个摄像头，此刻屏幕里都是夜视仪拍摄下的绿色和黑色的影像。蕾切尔能从两块大屏幕上看到坦普顿正在拼命挣扎，迫切想要挣脱开尼龙绳。

书架上有一排DVD，上面标着日期、序号和代码，分别是一号到五号。光盘都是按照顺序摆放的，每天一张光盘。桌上标示"五号"的光盘只有一张，日期是她被绑架后的第二天。如果这就是昨天的视频记录的话，那她在这里已经两天了。

梳妆台的架子上有两个人体头颅模型和一只手。一个头颅上戴着假发，另一个则是光秃秃的。那只手直立地站在架子上，每根手指上都戴有一枚戒指，蕾切尔看到自己的婚戒戴在那只手的小指上。房间的角落里放着一张折叠整齐的行军床，但能看出经常使用的痕迹。

"过来，到我这儿来坐。"

老女人朝她身边的空位置点头，蕾切尔没有动。她不想动，眼睛只盯着地面，这样就不用去看那个老女人。亚当轻推她一下，让她过去。蕾切尔麻木地走过，屁股紧贴床沿。老女人示意让她坐近点儿。

"近点儿。"她的声音听起来十分有修养，充满岁月感，但颐指气使的语气，让人感觉不能违逆。

蕾切尔看了一眼亚当，然后又稍微往前坐了一点儿。老女人仔细打量着蕾切尔，不放过她脸上和身上的每一寸地方。

"真美。"她说，"你觉得我美吗？"

"是的，美。"

老女人听后笑了起来，笑容十分迷人，但蕾切尔警觉地发现，她的笑容跟亚当一样，都十分危险。

"我曾经也美过，但岁月却让我变成了现在这样。宝贝儿，由衷地给你一个建议，不要对我撒谎。如果你撒谎被我发现的话，我就让亚当把你的舌头割了。"她看看蕾切尔，接着说，"亚当最喜欢摆弄刀具，你应该已经体验过了。"

蕾切尔盯着旁边的墙，没有说话。

"亚当恨我，你知道吗？我生了他，他却恨我。他在心底想杀了我，却没胆子，跟他那废物父亲一样。我说的对吗，亚当？你是不是想用枕头闷死我？"

"我爱你，妈妈。"

"不，你不爱，你只爱你自己，跟你父亲一样。"然后她盯着蕾切尔问，"你相信天堂吗？"

蕾切尔想起阳光，还有脚趾踩在沙滩上的感觉，又想起她的父亲，她轻声说："我相信报应。"

老女人莞尔一笑，道："你终于说了句实话。那地狱呢，你相信地狱吗？"

蕾切尔看了一眼大屏幕里坦普顿挣扎的身影："是，我相信地狱。"

"不，你不信。至少现在还不信，但你会相信的，很多东西会帮助你相信。亚当，去拿化妆包。"

亚当走到梳妆台前，拿起一个金色的大包，又走了回来。

"你知道该怎么做。"老女人说。

亚当拿出口红要为蕾切尔涂抹，蕾切尔扭头躲开。他用手扳回她的头，然后开始给她涂口红。亚当涂得十分细心，动作轻盈而仔细，甚至有些吹毛求疵。

"我儿子让我失望透了。"老女人说，"他毁了我的身体两次，第一次是我生他的时候，第二次他把我变成了残废。永远别要孩子，不然此生你都会活在后悔里。"

旁边的心电监护仪显示出"90"这个数字，说明老女人现在有些激动，血压开始升高。

亚当给蕾切尔涂完口红，又开始给她涂眼影，绿松石色的眼影，亚当涂得还是很细心。然后是腮红，他用粉饼轻轻拍打着她的脸颊。

"我一直想要个女儿，最后却生了他。亚当小时候我一直把他当女孩儿养，把他打扮成女孩儿，是吧，亚当？"

"求你了，妈妈，别再这样了。"

"他那时候看起来超级漂亮，棕色的卷发垂在肩上，闪耀着棕色的大眼睛，简直可爱极了。"她沉浸在回忆里，微笑着说，"但当他开始长大，一切就都变了。他的骨架开始变大，一切就全毁了，他再也不像原来那么美了。不管我怎么打扮，他都越来越像个男孩儿。亚当，过去拿假发。"

蕾切尔听到亚当的脚重重地踩在地面上的声音，她看看鲜花，看看墙面，总之就是不想去看亚当母子的脸。她知道他们在玩儿什么把戏，现在还不是高潮，等回到地下室才是噩梦的开始。老女人知道亚当现在很愤怒，她在故意激怒他。现在亚当还能忍耐，但等回到地下室后，他就会开始发泄自己的愤怒，而她和坦普顿就是他的发泄对象。

病床上的老女人清楚地知道这一点，也知道怎么激怒亚当。然后她就坐在这里，通过四块大屏幕欣赏亚当折磨她们。

亚当把假发放在蕾切尔的光头上，用他婴儿般柔嫩的手指矫正位置。

"好了，亲爱的，赶快站起来，转个圈让我看看。"

蕾切尔站起来，麻木机械地转了个圈，动作僵硬而笨拙。她转完圈后就一动不动地站在原地，屏住呼吸，忐忑地等待着下一个命令。老女人先是面无表情地看着她，随后脸上露出灿烂的笑容。蕾切尔感觉，如果她能动的话，恐怕会高兴地鼓起掌来。

"就跟我原来一样。"她说。

第 67 章

车进入 M1 区时，我继续加速，强劲的 V8 发动机不断轰鸣着，里程表显示现在的时速已经差不多每小时九十公里了，车窗外的视野开始变得模糊。我们在暴风雪中穿行就像时空穿梭一般，雪花变成一抹飞逝而去的白色，就像一闪而过的流星。外车道现在是属于我的，碰到任何挡道或加塞的车，我都会疯狂按喇叭，直到他们让道。

在这种天气下，我开车的时速十分危险，但我没有选择。坦普顿不符合受害者的类型，所以她的下场可能会来得更快、更凄惨，一想到这一点，就让我很揪心。不管凶手打算做什么，都会迅速行动，说不定我们现在过去都已经晚了。

时速开始朝一百公里逼近，我双眼直视前挡风玻璃。现在我只能看到雪花的痕迹以及路上车辆闪耀的红灯。这太疯狂了，像是自寻死路，我几乎看不清路上的状况，但我还在继续加速，时速超过了一百公里。

"开膛手到底是谁？"海切尔问。

"你要学会推诿。"我说。

"如果有人问起，我会撒谎说，我一直认为凶手就是戴伦·韦伯斯特，直到你意识到自己搞错了，才明白凶手另有他人。"

"真的？"

"真的。"

"凶手叫亚当·格罗夫纳，我确信就是他，但为了确保万无一失，我又让苏马蒂确认了一下资料。"

"为什么是他？"

"因为地理位置，亚当住在威弗利山上，那是雷德本郊外的一座山间别墅。那里正好靠近 M1 区，离伦敦也不太远，而且从那里到圣奥尔本斯只有 8 公里路。这也能解释他为什么会把帕特里夏·梅纳德抛弃在那里。因为他的欲望开始膨胀，抛弃帕特里夏·梅纳德后他要马上对下一个人下手，所以他抄近路，将帕特里夏·梅纳德抛弃在离家比较近的地方。而且在那七处 [1] 区域里，雷德本是离查尔斯·布伦纳

---

[1] 前文提到的所怀疑的七个人。

被抛尸的地点最远的地方，从那时起他就想误导你们。"

"那他是一个人行动的吗？"

"不，是亚当和他的母亲。他只是从凶，他母亲凯瑟琳·格罗夫纳才是决策者。"

"他母亲还活着？"

"算活着吧。两年半前亚当开车的时候他们发生了车祸，亚当撞断了一只胳膊，但凯瑟琳·格罗夫纳就没那么幸运了。她脊柱断裂，脖子以下全都失去了知觉。她在医院里住了一年多，做颈椎牵引还有各种手术。出院后她就回家休养，亚当负责照顾母亲的饮食起居。"

"这也就是你让苏马蒂她们入侵医院系统的原因，亚当要照顾好他母亲，就需要专业的医疗设备。你怀疑这之前就发生过？"

我点头："或者是类似的事情，比如中风或者运动神经元病等让凯瑟琳·格罗夫纳瘫痪的疾病。这也能解释为什么凶手要给受害者做前脑叶白质切除手术，凯瑟琳·格罗夫纳虽然还活着，却永远不能自由行动了，要靠亚当照顾衣食住行各个方面，所以她想让受害者也体会这种痛苦。"

"但她们意识不到自己的情形，所以还是不一样。"

"无所谓了，这是个象征性的行为。"

"她在十八个月前出院的，那正好是查尔斯·布伦纳出事的时间。"

"这就是动机。"我说道，"凯瑟琳·格罗夫纳已经处于暮色时分，美貌不再，现在连身体也垮了。她是那种好妒善怒的女人，亚当首当其冲承受了她的愤怒，他可能从小就遭受生理和心理的双重虐待，甚至是性虐待。"

海切尔点头道："是的，说得有道理。"

"还有，如果你看到凯瑟琳·格罗夫纳年轻时候的照片，就会看到一个棕色眼睛的黑发美人，自信而迷人，这跟其他四个受害者的形象是一样的。因为她失去了年轻、美貌以及自由后，她不仅将怒火发泄在亚当的身上，还加倍地发泄在受害者的身上。所以她让亚当折磨她们，而她则在一边看着。而她之所以会给她们化妆，是因为这样能够让她暂时回忆起年轻和美貌的滋味。"

"那凯瑟琳·格罗夫纳的丈夫呢？他在这个案子里扮演什么角色？"

"他已经死了，亚当小时候他就死了。"

"自然死亡？"

"心脏病，尸检报告上是这样写的。"

"你怀疑是他杀？"

我点头道："凯瑟琳的丈夫有外遇，我相信是她谋杀了他。当时之所以没人怀疑，是因为警方没有认真调查。毕竟看着一个悲伤的寡妇带着幼子，谁也不会怀疑她有杀人动机，所以案子就这样了结了。如果再仔细调查一下，你们会发现我的猜测是对的。所有受害者的丈夫都有婚外情，这不是一个巧合。所有的受害者都是被丈夫背叛的妻子，愤怒绝望想要报复，这也不是一个巧合。凯瑟琳·格罗夫纳是在重演自己的过去，海切尔。受害者就代表着三十年前的她。"

第 68 章

亚当拖过一张椅子放在病床旁边，眼睛却一直注视着蕾切尔。椅子拖动时与地面摩擦，发出刺耳的声音，蕾切尔打了一个寒战，心里泛起不好的预感。她盯着鲜花，心里默默告诉自己一切都会好的。即使内心知道这是在骗自己，她还是不断默念，一切都会好的，一切都会好的，一切都会好的。亚当想要吓唬她，但他不会得逞。亚当调整座椅，让它面对大屏幕的方向。

"五号过来坐好。"

蕾切尔顺从地坐过去，亚当抓住她的胳膊别到椅子后面，然后用尼龙绳绑住她的双手。绳子绑得非常紧，让她的双手都有些麻木。然后他又将她的双脚分别绑到椅子的两只腿上。蕾切尔还是看着鲜花，她希望能回到有阳光和沙滩的记忆里，但怎么都无法成功。

亚当绑好她后就离开了卧室，脚步声逐渐远去。寒风刮过屋檐，发出怒吼，雪花不断拍打着玻璃，还有老房子里传出的"噼啪"声、心电监护仪的"哔哔"声和亚当妈妈轻缓的呼吸声，构成了寂静房间里的声音背景。大屏幕非常暗，里面只有夜视仪下模糊的人像，看起来就像融化的蜡人。

蕾切尔瞥了一眼床，老女人发现她在偷看自己，就朝她温和地笑着。蕾切尔看到她的微笑后，惊悚地转头，双眼直盯着大屏幕。如果她们俩在外面的世界相遇，蕾切尔会以为亚当的母亲只是一个人畜无害的温和的老妇人，她的人生已经进入迟暮之年，每天都与她的老朋友们一起打发剩余的岁月。自己甚至会替她感到惋惜和遗憾，但绝不会想到她是这么恐怖的一个人。

她父亲曾告诫过她许多次，不要根据一个人的言语判断他是怎样的一个人，而要看他做了什么。事实也确实是这样，她曾多少次在电视上看到，变态杀人犯的邻居们表达他们的震惊和疑惑：他不可能做出这种事情，他是多好的一个人。那时候蕾切尔总是在纳闷儿，他们怎么能这么迟钝，竟然发现不了一点儿蛛丝马迹？现在她明白了。

"把四号镜头放大。"老女人说。她的指令很清晰，每个字的吐音都很准确。

右下角的屏幕画面开始放大，绿色和黑色构成的人像开始变得清晰，蕾切尔能看到坦普顿在床垫上挣扎着，她还在努力摆脱束缚。

"三号放大。"

左下角的屏幕图像开始放大，这个镜头面对的是坦普顿的脚。心电监护仪上的数字回落到 78，蕾切尔还是紧紧盯着屏幕，避免跟亚当的母亲有任何的眼神交流。

蕾切尔看到老女人在屏幕上倒映出来的扭曲面容，她身上只有头部能够自由活动，从颈部往下都无法活动。亚当的母亲突然开始拼命挣扎，心脏也开始加速跳动。蕾切尔看过去，发现老女人的眼中充满泪水，她努力想要将泪水眨出去，一滴眼泪从她妆容精致的脸上滑落。哦，这一定不是眼泪，这样的恶魔怎么可能会哭，怎么可能知道什么是爱呢？她所有的想法和感情都是黑暗的，憎恨、愤怒，还有厌恶。

蕾切尔感受得到老女人的绝望还有无助感，但她并不同情。相反，有一种邪恶的喜悦在她的心底燃起。如果她没有被绑在椅子上，她可能会帮助老女人，但她更有可能拿个枕头闷死对方。她不明白亚当怎么能忍受这么多年，竟然到现在也没有杀了她。与这种母亲生活在一起就像活在地狱里，如果他愿意的话轻而易举就能做到。不用任何搏斗，他只要拿个枕头，一只手就能完成。如果他不想这样做，也可以离家出走，只要走出大门不再回来，噩梦就会永远结束。

但他还是选择留在了这里，这个老女人看起来很脆弱，却有致命力量，蕾切尔看不透。她怀疑自己永远都理解不了这种状况，他们母子间的关系太过诡异，对她来说超出正常范围。

地下室的灯已经打开，大屏幕里一片雪白。

"把夜视仪关掉。"老女人说。

屏幕中的画面变成了彩色，画质非常清晰。坦普顿已经停止挣扎，她一动不动地躺在垫子上，双手被反绑，双眼盯着大门。她灰色的上衣已经被汗水浸湿，大口地喘着气。蕾切尔又看了一眼左上角的屏幕，门和挡板都关着。她又看向下面的两块屏幕，坦普顿躺在那里，身体紧绷，眼睛睁得大大的，满是警惕的神情。

"打开声音。"

房间里响起坦普顿的喘息声，又快又浅。左上角的屏幕里显示，大门打开，亚当走了进去，右手拿着园艺剪，左手拿着电棍。蕾切尔已经告诉过坦普顿会发生什么，所以坦普顿对接下来的情况已经有所了解。

　　她的大脑现在应该处于紧张状态，心里充满痛苦、逃跑还有报复的念头，但都是没用的念头，对现实没有任何帮助。亚当走到椅子旁，从上面的屏幕中消失了，然后又出现在下面的屏幕中。现在两个屏幕里有两个亚当，一个从左边拍摄，一个从右边拍摄。

　　亚当举着园艺剪在坦普顿面前晃悠着，扩音器里传来对话。

　　"转过去。"亚当说。

　　"去死吧。"

　　亚当举起电棍："转过去，不然就要受惩罚。"

　　坦普顿怒视着他，亚当举起电棍捅向她的胃部，坦普顿发出愤怒的惨叫，但亚当一直没有拿开电棍。坦普顿叫得越惨，亚当脸上的笑容就越灿烂。很久，他才放下电棍，抓住坦普顿的胳膊将她面朝下按倒。

　　他先用剪子剪断坦普顿腿上的尼龙绳，然后又剪断她手腕上的绳子。剪完后，他敏捷地向后跳跃，跟床垫保持着距离，以防坦普顿反击。坦普顿一边揉着自己的手腕和脚腕，一边怒视着他。

　　"坐到椅子上去。"

　　坦普顿没有动弹。

　　亚当又拿起电棍捅她的胃，坦普顿疼得在床垫上直打滚躲避着亚当，但电棍一直在她的身上。坦普顿的惨叫越来越尖厉，显得痛苦而绝望。亚当拿开电棍，坦普顿的尖叫又开始减弱。她侧身像胎儿一样蜷缩在床垫上，泣不成声，非常可怜。

　　"坐到椅子上去。"

　　坦普顿犹豫了一下，蕾切尔以为她又要反抗。亚当手里不断挥舞着电棍，坦普顿怒视了他一眼，慢慢站起来朝手术椅走过去。她坐到椅子上，亚当开始捆绑她。

　　绑完后他离开地下室，推着手推车回来，他把手推车停在手术椅前，拿起喷灯点燃。然后拿起缝衣针放在火焰上加热，直到一端变得通红。坦普顿恐惧地在手术椅里挣扎着，脸上都是泪水，绝望地想要找到一个出口。

"请让他住手。"蕾切尔低声说。

老女人开心地笑道:"之前你说自己相信天理报应,亲爱的,这就是天理报应。"

第 69 章

当我们到达 M1 区中心位置时,这场雪已经变成了暴风雪。我把车速降到七十公里每小时,但相对于现在的天气来说仍然太危险。方才在路上我一直没有说话,只专心开车,因为一不小心,我们就有可能出车祸。

往威弗利山去的路况越来越糟,雪也越下越大。我继续降低车速,但还是有好几次感觉到车在打滑。玛莎拉蒂不是为这种路况设计的,它应该行驶在平坦宽敞的马路上。这种天气需要的是四驱越野,而不是跑车。

通往威弗利山的道路两旁都是高高的篱笆,导致路比较窄。大风将雪吹成一堆一堆的,地面很快开始结冰。此时我把车速已经降到十六公里每小时,但轮胎在冰面上仍是不断打滑。雨刷已经完全跟不上下雪的速度,但还在徒劳地工作着。如果暴风雪再继续下半个小时,这条路将完全无法通行。

威弗利山的周围都是悬崖,山上树木茂密,都是高高的冷杉树,在漫天大雪中像幽灵一样若隐若现。车道是在森林中开辟出来的,宽度只有二十码左右,我开着车通过大门,同时努力分辨着雪中的景物,这跟我们之前在网上查看的地形一样。

接近别墅的最佳地理位置在东边。通往前门的区域是一个用来停车的大院子和草坪,地形非常空旷,不适合潜行。同样状况的还有后院和南边,大概有四百码的空旷地形。西边没办法过去,这样就只剩下东边可以走。

我把车开到东北角的外墙边，停在了路中间，然后拿过箱子打开，刚打开就闻到了新枪的机油味道。

唐纳德·科尔拿过来的枪不错，45口径勃朗宁手枪是我最喜欢的手枪，因为它100%稳定可靠。它的可靠性不是98%，也不是99%，而是完美的100%。1911年，美国军队曾经测试过几款枪，45口径勃朗宁手枪是唯一一款通过6000发子弹射击测试，仍没有任何故障的手枪。当它的枪管因为过度射击而发热时，只要卸下来放到冷水里浸泡就可以了，之后拿出来继续射击也不会有任何问题。再加上易于拆卸和隐藏等特点，让这款武器成为许多人的最爱。

检查完枪后我开始装子弹——4.5毫米空尖弹。虽然9毫米圆头弹拥有更强的穿透力，但4.5毫米空尖弹拥有更大的阻滞力。同时击中坚硬固体时，4.5毫米空尖弹可能会嵌入目标物体中，将更多的动能传递到目标身上，而9毫米圆头弹可能会直接穿透物体。4.5毫米空尖弹的巅峰纪录是击中湿漉漉的行军毛毯后，子弹陷入其中。如果把毛毯换成肉体，你就能理解我为什么更喜欢4.5毫米空尖弹而不是9毫米圆头弹了。

上完子弹后我又检查了几遍，一般我都习惯先打几发找找感觉，但现在情况不允许。一切准备好后，我开始将子弹上膛。

子弹上膛有可能会触发误击，但这种风险还在可承受范围之内。如果危急时刻你要用枪时，却发现子弹还没上膛，那就什么都晚了。在关键时刻，你必须争分夺秒，每一秒钟都可能关系到你的生死。现在就将子弹上膛，关键时刻也许便能救自己一条命。

我把手枪别在腰后，然后拿起另一支手枪递给海切尔。海切尔没有接，只是盯着手枪。

"这是把枪。"我说。

"我知道这是把枪。"

"你知道怎么开枪吗？"

"我当然知道。"

"嗯，你把枪口对准别人，然后扣动扳机疯狂扫射，直到把所有子弹都打光。"

"我知道怎么开这把破枪，温特！"

"行动的时候，身后有掩护的话我会更安心，可以全神贯注于眼前的事情而不必顾虑太多。"

海切尔一把夺过手枪，打开车门下车。寒风像刀子一样刮在脸上，每一口呼吸都在一寸寸地冻住我的肺。我们俩低着头穿行在暴风雪中，像幽灵一样若隐若现。

行走十分艰难，我感觉手脚已经开始不听使唤了，眼睛都睁不开了。我们沿着墙角走到东边，雪已经下了有一寸之厚。我心中默默计算着距离，走了大概有一百五十步后我停下来。如果计算没有错误的话，现在我们的位置跟别墅正好成九十度角。

海切尔在下面推着我爬上八英尺的高墙。爬墙的时候雪渗进了我的衣袖和脖子里，那感觉真是糟透了。爬上去后，我伸手将海切尔拉了上来。

我们跳下来的地方是一片树林，这也跟我们之前看到的卫星地图符合，树林能给我们提供掩护，减少被发现的概率。大部分树木都已经掉光了叶子，光秃秃的，但还是有一些常绿植物。又高又粗的树干阻挡了大部分狂怒的暴风雪，落下来的时候已经变成了小雪。突如其来的安静有些怪异，就好像有人按了开关，将暴风雪关闭了。我们在泥泞的地上穿行，凌乱的树枝和裸露的树根不断阻碍着我们前进的步伐。

沿着树林走了大概三十码，对面是一堵六英尺高的墙。我伸手扒住墙的顶端，双手插在积雪中，然后开始往上爬。

二十码外就是厨房的门，我们只有穿过这二十码的距离才能到达那里。眼前的这块空地以前是菜园，但已经被遗弃很久了。这里三面环墙，另一面就是房子。一楼有两扇小窗户，黑乎乎的，从窗外看不到里面有任何人活动的迹象，但为了以防万一，我还是观察了好几秒钟。一旦进入房间，我们就处于可能遭受伏击的状态，所以一定要谨慎。

"准备好了吗？"我问。

"一直准备着呢。"

海切尔看起来有些害怕，但害怕是好事。害怕能让人保持头脑清醒，其实我心里也很害怕。如果现在照镜子的话，就会看到镜子中我的表情跟海切尔一样。

我们俩一起跳下墙，开始快速奔跑，海切尔一直跟在我身后。我们俩在暴风雪中狂奔，我的肺似乎已经被冻住了，二十码的距离变得像二十公里一样远。最后，我们俩终于跑到房子前，背靠着墙喘息着。海切尔大口地喘着气，脸上一片潮红。

"看来我得多去健身房锻炼一下了。"他说。

"说的好像你曾去过健身房一样。"

海切尔莞尔道："去你的，温特。"

我拧了一下门把手，是锁着的，周围也找不到备用钥匙，于是我就从口袋里拿出开锁工具开始干活。开这个锁用了几分钟，一是因为锁比较老，且又笨重，该上油了；二是我的手已经冻得不听使唤了，一点儿也不灵活。开完锁后，我拔出手枪进屋，鞋子在地板上留下湿漉漉的痕迹。

厨房很大，陈设非常整洁有序。餐桌上摆放着一堆速食罐头，乍看之下好像是随便码放的，但仔细看的话，你就会发现，它们的摆放很有规律。汤是一组，番茄酱烘豆是一组，意大利面是另一组。

每一组摆放得都很精致，让人联想到安迪•沃霍尔[1]的艺术品。

---

[1] 安迪•沃霍尔被誉为20世纪艺术界最有名的人物之一，是波普艺术的倡导者和领袖，也是对波普艺术影响最大的艺术家。

厨房里很干净，洗碗池里没有脏盘子，垃圾桶里也没有垃圾。空气中有一股柑橘和漂白剂混合的味道。打量一眼周围环境，你就能对主人做出判断，这肯定是一个强迫症患者。

我静静地站在厨房中间，融化的雪水从头上流下，我仔细聆听着房间里的动静。除了老房子发出的各种响声外，没有任何人活动的声音。

我蹑手蹑脚地走向厨房门，海切尔跟在我身后，就像空气一样安静，只有他的呼吸声才让我意识到他的存在。我们刚走到门边，就听到楼上传来声响。

"什么东西？"海切尔低声说。

我摇摇头，把手指放在嘴边让海切尔闭嘴，然后轻轻转动门把手，小心地推开门。进入走廊后，我双手举着手枪前进，覆盖身前所有的角度，就像我在FBI接受训练时学习的那样。海切尔在我身后一步远的位置，也双手举枪。我停下脚步开始聆听，所有的注意力都集中到楼上。

楼上又传来声响，这次我们听清楚了。人的惨叫声跟其他声音是不一样的，我们听到了一个女人的惨叫声，非常凄厉而且绝望。

我们好像运动员听到发令枪一样，同时大步朝楼上奔跑而去。有人在遭受折磨，我们的责任就是要阻止受害者被伤害。我们跑上楼梯口，朝右转进入了一个走廊。

走廊的尽头是一扇门，里面透出了亮光。门是半开的，我用肩膀撞开门闯进去，眼睛快速打量着室内的环境，并且不断移动手枪的位置。肾上腺素开始飙升，我觉得自己扣住扳机的手指有些沉重。一两秒钟之内，室内所有的情况都呈现在我的面前。

凯瑟琳·格罗夫纳目瞪口呆，十分震惊，张大了嘴看着我。

梳妆台上是五枚婚戒。

蕾切尔·莫里斯被绑在椅子上，她安然无恙，但已经没有了一根手指。

大屏幕亮着。

我能从屏幕中看到坦普顿，她被绑在手术椅上，脚下是她的汗衫，已经破碎成一块块的。亚当站在她身旁，手里拿着一把长刃猎刀。坦普顿的状况很糟糕，从胸骨下面到肚脐都是血印子，整个人已经处于半昏迷状态。

"麦克风是开着的。"凯瑟琳·格罗夫纳说，"亚当，警察来了，你知道该怎么做。"

亚当走到最近的摄像头前盯着它看，他的整张脸都出现在屏幕里。他长得很英俊，有一张容易让人信任的脸，眼中闪烁着幽默感。他看起来不像个杀手，就跟我父亲一样，谁也不会把他当成连环杀手。还有邦迪[1]、达莫[2]或者是约翰·韦恩·盖西[3]，看起来都人畜无害。

我看着凯瑟琳·格罗夫纳："告诉他把刀放下。"

"不放你又能怎么样？"亚当的声音从扩音器里传来，音量调得很大，所以他的声音有些失真。

"把刀放下，不然我就杀了你妈妈。"

亚当微笑道："你不敢这么做。"

我扣动扳机。

第 70 章

我两步走到窗前，把手捂在凯瑟琳的嘴上，另一只手摘下她手指上的小夹子。心电监护仪发出一声长长的警示音，然后跳动的曲线开始变成直线。枕头上的枪眼离凯瑟琳·格罗夫纳只有一英寸远，我的

---

[1] 泰德·邦迪，原名西奥多·罗伯特·考维尔，是美国一个活跃于1973—1978年的连环杀手。
[2] 杰夫瑞·莱昂内尔·达莫（1960—1994年），美国著名连环杀手，犯下多起命案，绰号"密尔沃基怪物"。
[3] 约翰·韦恩·盖西（1942—1994年），是美国一名连环杀手和强奸犯。

耳中还回荡着枪声。屋子里是一股硝化甘油的味道，直往我鼻子里冲。

　　凯瑟琳·格罗夫纳愤怒地看着我，使劲儿摇头想要挣脱我的控制，这是她身体里唯一还能活动的部分。这些年里，许多人都想杀死我，但他们的恨意都不及此时的凯瑟琳·格罗夫纳。我扼住她的喉咙，阻止血液在她颈动脉的流动，她逐渐停止挣扎，整个人都松弛下来，头落回了枕头上。这一切都在瞬间发生，是如此迅速，以至于亚当都没有反应过来。他听到一声枪响，一秒钟后他听到心电监护仪上曲线变成直线的响声。这个把戏并不复杂，但愤怒和悲伤会让人变蠢。

　　"你做了什么？"亚当神情有些恍惚，然后他开始大喊，声音里充满愤怒，"你做了什么？"

　　我靠近海切尔，贴在他耳边说了几句话，把自己的计划告诉他。我只说了几秒钟，因为现在时间紧迫。

　　"我们为你解决了你一生中最大的麻烦，亚当，你再也不用受她的控制了。"海切尔说。

　　"你们为什么要打死我妈妈？"

　　这不是我期待的回应，亚当怎么会把我跟海切尔的声音认成一个人呢？我跟他的声音一点儿都不像，但这也从侧面表明，悲伤已经让他丧失了基本判断。

　　"你再也不用受到她的控制了。"海切尔重复道。

　　我走到旁边，拿起手推车上的一把剪子和一卷胶带。我把胶带扔给海切尔，让他把凯瑟琳·格罗夫纳的嘴粘上，她大概还有二十秒钟左右就会醒来。如果她醒后大叫的话，一切就都完了。我们要让亚当·格罗夫纳确信他母亲已经死了，要让他一直处于拒绝和愤怒的状态，没有办法进行有效思考。这是坦普顿唯一的生机。冰锥就在地下室的手推车上，亚当之前已经把它用在四个人身上了。

　　我走到蕾切尔·莫里斯身旁，示意她不要说话。我剪断尼龙绳，扶着她向外走去。在我身后，海切尔还在喋喋不休地跟亚当说着话。

海切尔做得很好，他一直叫亚当的名字，营造一种私人聊天的氛围，总之都是教科书上教的东西。

"告诉我一切重要的信息。"一走出房间，我就对蕾切尔说。

蕾切尔开口陈述，直到我们走到通往地下室的门口时她还在说。她的表现让我很意外，她只是在陈述事实，既没有哭泣也没有诉苦，只是简短地陈述重点和回答问题。唐纳德·科尔一定会为他女儿的表现感到骄傲。

我独自下楼，穿过走廊来到地下室门口。我趴在挡板的位置，仔细探听屋里的动静。

海切尔扭曲、机械的声音传来，这种失真应该是亚当故意弄成这样的，这也能解释为什么他到现在还没有分辨出我跟海切尔来。亚当的声音很轻，听起来很自然。

我耐心探听，等待时机，我要先预想出目前房间里的情形才能行动。这并不容易，我现在正处于极端亢奋状态，大脑在嗡嗡作响。亚当的话语里有一丝嘲弄的色彩，更让我不喜欢的是，海切尔的声音里有乞求的色彩。

我站起来，打开大门走进去。灯光很亮，房间里一片雪白。亚当站在椅子旁，用坦普顿做掩护。他左胳膊抱住她的身体，右手拿着猎刀放在她脖子上，整个身子都隐藏在坦普顿的身后。不管我枪法多好，都不可能打中他。

坦普顿已经陷入昏迷，她还能站着全是因为亚当的扶持。她身上的伤口不断流出鲜血，看起来情况很糟糕。我慢慢向左走，亚当看着我的行动，挪动坦普顿来做掩护。

"放下刀子，亚当。"

"你放下枪。"

我紧紧抓着枪，用左手扶着右手。不管我怎么移动，射程内都只能瞄准坦普顿。我告诉自己，对面不是真实的血肉之躯，他们只是靶子，就跟我在FBI受训时打的纸人一样。我要冷静，要理性面对现在的局面。

"不可能。"

"放下枪，不然我就杀了她。"

"如果我放下枪，你还是会杀了她，而且还会杀了我。"

"放下枪。"

"你为什么要这么做，亚当？"我需要些时间来想出对策。我脑海里快速思考着各种情景，但不管我怎么做，坦普顿最后都可能会死亡。

"做什么？"

"你为什么要给受害者做前脑叶白质切除手术？杀了她们不是更容易吗？"

"妈妈说不能杀她们。"

"但是你提出做这种手术的，对吗？"我的大脑高速运着转，一定能找出一种办法，解决亚当又不危及坦普顿的性命。总会有办法的，总会有的。

"这是我最喜欢的部分。"亚当的声音里带着笑意，"前一秒钟她们还是有灵性的，但下一秒钟就没有了，这很奇妙。她们看起来还活着，但已经死了，就像幽灵一样。"

"这不是你最喜欢前脑叶白质切除术的原因，对吗？"

"你在说什么？"

"还有其他的原因，对吗？"

"看来你要告诉我原因是什么了？"亚当嘲讽道。

"你不必再伤害她们，你也不想去伤害她们，对吗？你之所以这样做，是因为这是来自你妈妈的命令，她故意激怒你，而你需要发泄自己的愤怒。"

"我不知道你在胡说八道什么！"

从他的声音里我能听出自己猜对了，而且还能听出我们的谈话已经结束了。一瞬间，世界好像停止转动了，时间也停滞了，所有的事物都变为静止的了。亚当握住刀子的手指开始握紧，他随时都可能用刀子划开坦普顿的喉咙，划断她的颈动脉。一旦他杀死坦普顿，就会等着我杀死他，之前我已经经历过这些，这也是他们这种人的一贯想法。

电光石火间，我的脑海里浮现出一个想法。我的顾虑太多了，我必须驱除这些顾虑。我快速地把这个想法在大脑里过了一遍，确保没有漏洞。就像打台球，我告诉自己。

我的手指扣紧扳机，脑海里想象莎拉·弗雷特未来几十年都要麻木坐在窗前的样子，她的人生本来还有无限可能，但现在都已成空。我又想到她母亲每天都去探望她，但她的母亲也会变老，总有一天再也无法去看她。坦普顿现在就处于这种危险的边缘，我不能让这一切发生。

就像打台球，我告诉自己。

对面是纸人而不是血肉之躯。

活着总比死了好。

我的第一枪打中了坦普顿的肩膀，我瞄准的是骨头，所以子弹嵌在里面，坦普顿吸收了子弹大部分的冲击力，突然的疼痛让她在昏迷中开始呻吟，然后摔倒在地。除此，子弹剩余的冲击力传导到亚当身上，虽然没有坦普顿吸收的那么多，但仍然会非常疼。他发出一声痛呼，刀子从手里脱落。刀子摔在地上发出"哐啷"一声，我紧接着开了第二枪。

我单膝跪地，开始计时。一秒半钟后，亚当"砰"的一声摔倒在地上。坦普顿朝前摔倒，而他向后摔倒，就像两颗球碰撞后分开一样。

我的第二颗子弹直接击中亚当的眼窝，由于角度的问题，子弹打中的是他的大脑额叶，然后在里面搅碎了他的脑白质，这也是他给受害者做手术时切除的部分。亚当在摔倒落地前已经死亡。

第 71 章

我拿起行李箱放在门口,航班一个半小时后出发,经过四个小时的飞行后,我就可以身处阳光明媚的地方。由于暴风雪,航班肯定会有所延误,机场要清理跑道,疏散滞留航班,所以我不用太赶时间。我可以慢悠悠地过去,安检时间足够,接受各种探测也绰绰有余,自从"9•11事件"后,安检越来越严格。

距离我杀死亚当已经过去两天,这两天里我一直在接受各种询问和盘查,现在调查已经结束,我也可以按照计划离开伦敦的冰天雪地,去找一个温暖的地方。但事实上,案件还没有结束,还有很多工作要进行,但这是海切尔的问题,不是我要考虑的。凶手已经伏法,不管是蹲监狱还是死亡,对我来说没有太大区别。我还是能够心安理得地睡觉,一如既往。

我走到阳台上抽最后一根烟,心里已经在想下一个案子。这就是我处理案子的方式,一旦凶手伏法,它们就不再有意思。有意思的是那些仍然逍遥法外的凶手,而这个世界从不缺少这种人。

门口传来敲门声,这不是客房服务员那种响亮的敲门声,而是带着犹豫、非常轻盈的敲门声。有人在寻求我的邀请,希望我能邀请她进屋,而客房服务员敲门则是要求你开门,因为这就是他们的工作。我打开门,发现坦普顿站在门外,她脸上露出灿烂的笑容,胳膊用绷带缠着,挂在脖子上。手术进行得很顺利,但在她的肩膀里植入了金属,以后她都无法通过机场金属探测器的测试了。

她看看我脚边的皮箱:"要走了?"

我侧身让她进来:"你不是应该在医院吗?"

她直接走到沙发那里，姿势僵硬地坐下来，脸上不禁露出疼痛的表情。

"很疼吗？"我问。

她用自己完好的那只手做了一个没事的手势："现在麻药劲儿还没过去，所以疼得不算厉害。再过一个半小时，那时候才会真正开始疼。"

"你应该明天才能出院。"

"我趁护士换班偷偷溜出来了。"她说完后，表情开始变严肃，但随后她看了一眼房间，严肃的神情淡去，取而代之的是一丝不确定。显然，坦普顿很困惑。

"我不希望你关于我的最后记忆是医院，这不好。"她又停下，开始歪嘴笑道，"我想要跟你好好告别。"

"还有……"我急忙补充。

"还有，我觉得我们应该把事情说清楚，消除误解。"

我没说话，当一个女人说她想要谈谈时，最好的办法就是保持沉默。

"在海切尔的报告里，他说亚当·格罗夫纳是故意寻死，想让警方击毙他。"

坦普顿看着我，表情又严肃起来。我还是没说话，因为我们已经悄然进入了一个雷区。海切尔在提交最终报告前曾发给我一份，这份报告现在就是整件事情的最终解释。每个人都皆大欢喜，海切尔的上级很高兴，因为凶手死了，证明警方很能干。媒体也很高兴，因为他们有了好素材可以写。受害者的亲属也很欣慰，因为凶手最终得到了报应。

唯一刺耳的声音来自凯瑟琳·格罗夫纳，她见到每个人都说，自己的儿子是被谋杀的，但没人在乎她说什么。最后，只有她一个人的声音反对着海切尔。

这也是问题的所在，因为事情不完全像海切尔写的那样。报告里大部分内容都是翔实准确的，但也有一些出入。第一点，他在报告里说枪是别墅里找到的；第二点，他说我在开枪前已经警告过亚当·格罗夫纳。海切尔之所以这样撒谎，都是为了给我擦屁股。

但我绝不会因此而失眠，不管发生什么，不管情况如何变化，我都不后悔开枪。亚当·格罗夫纳该死，坦普顿该活，就是这么简单。从坦普顿盯着我的神色来看，她心里有自己的看法。但她当时处于昏迷状态，所以猜测只能是猜测。最后，她像想通了一样点点头，严肃消失，表情又变得柔和，她变回了我熟悉的那个坦普顿。

"他死了我很高兴。"坦普顿说，我们俩之间的紧张气氛消失。

"我很高兴你还活着。"

"谢谢你，不过你当时非得射击我吗？"

我做鬼脸道："相信我，这是唯一的办法。"

坦普顿大笑道："我逗你玩儿的，温特。最后，你只是做了你该做的。"

"随你怎么说吧。"

"我想说，如果不是为了见你，我可不会跑出医院，谢谢你救了我的命。"

"愿意为您效劳。"话出口后我就后悔了，因为这样说好像显得太冷酷，让我看起来像是一个呆子。我们俩陷入尴尬的沉默，坦普顿已经说完了自己此行的目的，一时之间不知道接下来该说些什么。

"我能让你再留几天吗？"坦普顿打破沉默道，"至少在这儿过完圣诞节吧，你可以住在我那儿，没有人应该一个人孤单地过圣诞节。"

"我不孤单。"

"你下一个案子要处理的那些东西不算。"

我听后笑起来道："我对圣诞节不太感兴趣，这是家庭的聚会，而我的家庭是个噩梦。我更喜欢忙碌。"

"我不会逼你，温特。不过，如果你改变主意了就来找我，你知道我住哪儿。"

"谢谢。"

我们俩下楼，我让门童叫两辆出租车来。他打完电话后，告诉我有我的包裹，然后就消失在后面的房间里。跟上次装枪的箱子款式相同，只是这一个更大、更重，我把它递给坦普顿。

"拿着这个，把它当作告别礼物吧。"

"什么东西？"

"打开看看。"

坦普顿走到附近的一张桌子旁，用一只手打开箱子。一看到箱子里的东西，她的双眼睁得很大，深吸一口气后，她"砰"的一声盖上了盖子。她受到了引诱，虽然也许只有短短的几秒钟，但她确实心动了。

"一百万英镑？"我问。

"不知道多少，但看起来很多。如果我没看错的话，都是用过的钞票。"

"是一百万英镑，这是救回蕾切尔·莫里斯的赏金。拿去花吧，还房贷、买新车，还有去度假。"

"我不能拿这钱，这是唐纳德·科尔的钱，我要上交。"

"上交的结果就是，最后这钱会莫名其妙就失踪了。"我说，"你知道是怎么回事。最好的做法就是你把钱分成四份，匿名寄给四位受害者的家人，他们可以用这笔钱照顾受害者。"

"对，可以这样做。"

门童通知我们车已经到了，我们俩穿过旋转门，在门口拥抱。有一秒钟，我以为我们的拥抱会演变成别的什么东西，我希望能这样，但也很现实地认识到这不太可能。啦啦队长跟学霸之间是不可能的。

但那是在我开枪射击她之前。

拥抱完后，坦普顿坐进出租车。她透过车窗向我露出最后一个甜美的微笑，然后车就开走了。我拿起自己的行李箱坐到另一辆车里，司机拉着我赶往希斯罗机场，我还有航班要赶。

致 谢

　　我的经纪人卡米拉·雷伊十分善于鼓舞人心，她的热情、专业和对细节的洞察力对我帮助很大，促使了杰弗逊·温特这个角色的诞生。我十分幸运自己能够与她一起合作。

　　我还要感谢法贝公司的凯瑟琳·阿姆斯特朗女士，她的编辑功底深厚，十分幽默，对书籍发自内心的喜爱，这些都感染了我，与她一起工作是十分愉快的经历。

　　我的好朋友尼克·塔比也提供了很大帮助，除了早期修改，他还不厌其烦地向我提供关于枪支、技术和网站的资料。

　　除此，我还要感谢安德森经纪公司的克莱尔·华莱士和玛丽·达比，伦敦警察局的加布里埃尔·克里斯托警长、凯特·欧恩、KC·欧恩、罗西·古德温、露丝·杰克逊，还有韦恩·布鲁克斯。

　　最后，我将自己的爱意和感谢献给凯伦、尼尔玛和费恩，感谢你们。